浪華燃ゆ

なにわ

伊東潤

KODANSHA

浪華（なにわ）燃ゆ

目次

装画　村田涼平
装幀　芦澤泰偉

浪華燃ゆ

【主要登場人物一覧】（登場順）

大塩平八郎正高　大坂東町奉行役方与力
坂本鉉之助　大坂城玉造口番方与力。平八郎の親友
渡辺良左衛門　大坂東町奉行同心。後に洗心洞門人となる
政之丞　平八郎の祖父
篠崎小竹　儒学者。平八郎が通う梅花社の塾長
橋本忠兵衛　摂津国東成郡般若寺村庄屋。洗心洞門人
ゆう　曾根崎新地の茶屋「大黒屋」の娘
高井山城守実徳　文政三年（一八二〇）より天保元年（一八三〇）まで大坂東町奉行
近藤重蔵　五度の蝦夷地探検で知られる旗本
柴田勘兵衛　平八郎と鉉之助の槍術指南・道場主
内山彦次郎　大坂西町奉行与力
頼山陽　歴史家・思想家。主著に『日本外史』がある
播磨屋利八　御池通りの料理茶屋店主
平山助次郎　大坂東町奉行同心。町目付。洗心洞門人
宇津木靖　彦根藩士。洗心洞同人
瀬田済之助　大坂町奉行与力。洗心洞門人

梅田源左衛門　彦根浪士。洗心洞門人。乱では大砲方物頭を務める
吉見九郎右衛門　大坂町奉行同心。洗心洞門人
格之助　平八郎の養子
弓削新右衛門　大坂西町奉行与力
新見伊賀守正路　文政十二年（一八二九）より天保二年（一八三一）まで大坂西町奉行
矢部駿河守定謙　天保四年（一八三三）より同七年（一八三六）まで大坂西町奉行
跡部山城守良弼　天保七年より同十年（一八三九）まで大坂東町奉行。老中・水野忠邦の弟
小泉淵次郎　大坂町奉行与力。洗心洞門人
河合郷左衛門　大坂町奉行同心。洗心洞門人
大井正一郎　玉造口与力・大井伝次兵衛の息子。洗心洞門人
堀伊賀守利堅　天保七年より同十二年（一八四一）まで大阪西町奉行
遠藤但馬守胤統（たねのり）　大坂城玉造口定番
土井大炊頭利位　天保五年（一八三四）より同八年（一八三七）まで大坂城代
美吉屋五郎兵衛　油掛町の手拭地仕入れ商。平八郎の遠縁

同心町
淀川
中屋敷西町
天満組
天満堀川
●大塩平八郎役宅(洗心洞)
⛩川崎東照宮
⛩天満天神
長柄町
旧大和川
大川
天神橋
天満橋
今橋
八軒屋
高麗橋
松屋町筋
内骨屋町筋
東町奉行所
京橋口
平野橋
谷町筋
路町
内平野町
大坂城
追手筋
東横堀川
●牢屋敷
追手口
●西町奉行所
玉造口
本町橋
●城代屋敷
坂本鉉之助役宅
(推定)
猫間川
上町

大坂市中中心部概要図
北
堂島
米市場
曾根崎新地
大江橋
堂島川
難波橋
淀屋橋
北浜
斎藤町
中之島
土佐堀川
船場
江戸堀川
京町堀川
油掛町
北組
安治川
美吉屋五郎兵衛
阿波堀川
西横堀
西横堀川
立売堀川
南組
木津川
長堀川
心斎橋
御池通り
至道頓堀↓

第一章　商都の武士

一

「出船千艘、入船千艘」と謳われた大坂には、全国から様々な商い物が集まってきた。なかでも最大の商品の米は、年百五十万石ほどが入津し、「天下の台所」の名に恥じない商い量を誇っていた。

諸藩は米や特産品を売るため、大坂に蔵屋敷を置いたが、その数は約百三十家を数え、中之島から堂島一帯には、数えきれないほどの蔵屋敷が軒を連ねていた。

だが、この町の主人公は商人たちだ。

文政元年（一八一八）頃の大坂は、すでに人口四十二万余を抱える大都市になっていたが、そこに住む人々の大半が何らかの形で商いにかかわっており、まさに日本の経済発展の原動力となっていた。

一方、武士の数はそう多くはない。

文化・文政の頃、江戸は人口百万の世界でも有数の大都市だったが、その半分にあたる五十万が武士だった。つまり全人口の一割も占めない武士たちは、江戸に集中していたと言っても過言ではない。

　では大坂の武士はどれほどいたかと言うと、四十二万のうち八千から一万だという。それほど大坂では、武士は珍しい人種だったのだ。

　元禄・宝永の頃の大坂で活躍した俳人の小西来山に、こういう句がある。

お奉行の名さへ覚えずとしくれぬ

　大坂の市政を預かる東西両町奉行は、元禄・宝永の頃には二年から三年で転任していく者が多く、名前など覚えられないという事情もあった。だが、お奉行なんて関係ないという大坂人の気概が、この句には端的に表されている。

　当時の大坂は天満を除けば、北は堂島川、南は道頓堀川、西は尻無川、そして東は平野川に囲まれた一里四方の町で、そこに四十二万余の人口が密集しているのだから、まさに人がひしめいているという言葉が当てはまる。

　人が集まる場所は、犯罪も多くなる。それを取り締まるのが東西町奉行所、すなわち大塩平八郎たちの仕事場だった。

　文政元年、平八郎は二十六歳になっていた。

浪華の海（大坂湾）はべた凪だった。両岸に蔵屋敷の立ち並ぶ土佐堀川から安治川河口を経た船は、星明りだけを頼りに湾内をしずしずと進んでいった。船頭の漕ぐ艪の音が耳に心地よい。

　つい口をついて唄が出る。

梅が咲けがし、いよやへむめが、枝を枝を手折るふりして

「平さん、こんな時によく小唄なんて謡えるな」

　坂本鉉之助があきれ顔で笑う。

　大坂生まれの大坂育ちでも、武士たちは武家言葉、すなわち江戸言葉を使う。

「鉉さんは、この長唄を知っているかい」

「知らないね」

「これは市川検校という三弦（三味線）弾きが作った『八重梅』という曲で、あの平井権八が磔にされて処刑される寸前に謡ったものさ」

　平井権八とは、吉原の遊女に入れあげ、遊ぶ金ほしさに辻斬りを繰り返した徒士のことで、大坂まで逃げた末、最後は逃走をあきらめて大坂町奉行所に自首した。その後、江戸に護送された権八は、鈴ヶ森の刑場で磔にされるとなった時、見物人に得意の喉を聞かせてやりたいと

言ってこの唄を披露した後、処刑されたという。

「ああ、平井権八なら聞いたことがある。でも、なんで今謡うんだい」

「権八は罪人だが、度胸だけはあった。それにあやかろうと思ってね」

「あやかろうたって平さん、これからわれらがやろうとしているのは捕物だよ」

鉉之助が噴き出す。

「分かっているさ。だから空しくなる」

「何を言っているんだい。盗人を捕らえる仕事は大事なことだ」

「いや、わしはもっと大きな——、人の役に立つようなことがしたい」

平八郎がため息をつきつつ、空を見上げた。

「でもな、平さんは常から『世のため人のために役立ちたい』と言っているが、捕物だって世のため人のためだよ」

「そうだな。今のわれらにできることをやるだけだ」

淀川と大和川の河口にあたる大坂湊は、土砂によって遠浅になっている。そのため川浚えを盛んに行ってはいるものの、とても追いつかず、大船は沖合に停泊し、その積み荷は上荷船や茶船と呼ばれる平底船に託される。

奉行所が借りた上荷船は、沖へ沖へと漕ぎ出していく。いくつかの船の間をすり抜けたが、どれもお目当てのものとは違う。お目当ての船は、船首に吹き流しを付けているのだ。

「おっと、あれじゃないかい」

鉉之助の指し示す方角に、一隻の大船が見えてきた。

「待てよ――。ああ、そのようだな。吹き流しを付けてるのはあれだけだ」

大船が目前に迫る。どうやら弁財船のようだ。船首と船尾に小さな灯がともっているので、船首に付けられた吹き流しもよく見える。

どうやら見張りも置かず、船子たちは寝静まっているようだ。

「もっと近づいて船名を確かめろ」

船頭が音もなく弁財船に近づいていく。

同心の一人が龕灯に灯を入れた。龕灯は筒型の照明器具なので、灯が外に漏れず、正面のみを照らすことに長けている。

龕灯の灯で船縁を照らすと、菱垣廻船独特の斜めに並んだ格子が浮かび上がった。

弁財船とは物資の輸送に使われる大型の木造帆船のことで、後に有名になる北前船、菱垣廻船、樽廻船は、それぞれ航路、形態、積み荷からそう呼ばれただけで、すべて種別は弁財船になる。

同心が船縁に沿って龕灯を照らしていくと、文字が照らし出された。

「ありました。万栄丸と書かれています」

「鉉さん、確かその船名だったな」

「ああ、取り調べの時に、あの野郎が言った船名だ」

「よし、それなら間違いない。踏み込もう」

鉉之助が不安そうに言う。

「待てよ。五百石積みの弁財船なら、七、八人は乗り組んでいるぞ」

石積みとは、米をどれだけ積めるかによる呼び方で、五百石船なら米を五百石積むことができる。五百石の米は一俵を四斗で計算すれば一千二百五十俵になるが、現実的には満載などしない。積み荷の重さで船が進まなくなるからだ。

「こっちは五人だ。何とかなるだろう」

「平さんにかかっちゃ、奴らも災難だな」

鉉之助が笑う。

「良左衛門（りょうざえもん）、頼むぞ」

同心の渡辺（わたなべ）良左衛門が「へい」と答え、鉤（かぎ）の付いた太縄を舷側に投げる。

鉤の引っ掛かる音が聞こえてきた。良左衛門は太縄を引いて手応えを確かめると言った。

「うまく嚙（か）んだようです」

「よし、行け」

良左衛門は猿（ましら）のように太縄を伝って、船の上に降り立った。

鉉之助が「どうだ」と小声で問うと、良左衛門が舷側から頭を出した。

「気づかれていません」

良左衛門が肩に掛けていた縄梯子（なわばしご）が下ろされてくる。

「では、わしから行く」

平八郎が大柄な体をものともせず縄梯子を伝う。鉉之助もそれに続き、船頭以外の五人が弁財船の胴の間（船体中央部の甲板）に上がった。

「さて、どうする」と鉉之助が問うと、平八郎は揚げ戸を引き上げ、中をのぞき込んだ。

暗闇の中から複数の大いびきが聞こえてくる。

「では、行く」

平八郎が階段を降りると、鉉之助、良左衛門、そして小者（こもの）の才蔵（さいぞう）と続いた。胴の間には万が一に備え、小者を残している。小者とは与力（よりき）や同心の雑用に従事する者のことだ。

御用提灯（ぢょうちん）に灯を入れると、平八郎が地鳴りのような大声を上げた。

「船改めだ！　神妙にいたせ！」

そこにいた七人が飛び起きる。

「目が覚めたか、盗人（ぬすっと）どもめ！」

「お役人様、何を仰せで。この船は丸亀（まるがめ）藩御用達の塩飽（しわく）屋の船でございます」

寝床から這（は）い出してきた物頭（ものがしら）とおぼしき男が懇願するように言う。

「それに間違いはないか」

「へっ、へい」と答えつつ、男が奥に置いてあった手文庫まで戻ると、そこから書付を取り出した。それには丸亀藩の朱印が捺（お）されており、丸亀藩の荷を大坂の蔵屋敷まで運ぶよう依頼したと書かれていた。

「明日から荷を陸揚げする算段で、ここに停まっておりやした」

「いかにもこれは正式の書付のようだ。しかし――」

その時、鉉之助が耳元で囁(ささや)いた。

「平さん、まずいぞ。これは本物の朱印状だ」

それが聞こえたのか、物頭が別の書付を取り出す。

「こちらが荷の預り証です。明日にも蔵屋敷に陸揚げするものばかりですが、ご検分いただくならご案内いたします」

物頭が震える手で積み荷の目録を手渡した。物頭の態度に不審な点はない。

――騙(だま)されたか。

だが偽証をすれば罪はぐんと重くなる。自白した者がそれを知らないはずはない。

「案内はよい。われらだけで検分する」

「どうぞ、ご勝手に」

物頭はやれやれといった顔をしている。

「才蔵は、この者らを胴の間に並べておけ」

「へい」と答えるや、才蔵は船子たちの尻を叩くようにして、上に向かわせた。

その時、物頭が何かを包んだ紙を差し出してきた。

「なんだこれは」

「お役目ご苦労様です」

物頭が下卑(げび)た笑みを浮かべる。

「鉉さん、どうするね」

「さてね」

鉉之助は腕組みして素知らぬ顔をしている。

「要らぬ」

「へっ、要らぬのですか」

物頭が唖然とする。それだけ礼銀（賄賂）が横行しているのだ。

「今なら見なかったことにしてやる」

「申し訳ありません」

物頭が慌てて包みをしまった。

「さてと――」

良左衛門の手から龕灯を奪った平八郎は、目録に目を通した。

「塩と干物か」

「じゃ、見てみるかい」

二人が向かった先には、三十余の塩俵といくつかの箱があった。それを鉉之助が次々と開けていく。

「平さん、やはり目録に書かれているもの以外はなさそうだぜ」

それでも平八郎は船底を這いずるようにして何かを探している。

「捕まえた野郎に騙されたんだ。もう、あきらめようや。これ以上、探しても無駄だよ」

「いや、待て」

「丸亀藩から苦情が来るぜ。そしたらお奉行から大目玉を食らう」

「待てよ。これは二重底じゃないか」

平八郎が船底を叩くと、音が響くような気がする。

「本当かい」

「どうだ」

「しかし二重底だとしても、どうやって入れたんだ」

底の板敷は隙間なく詰まっている。

それでも平八郎は良左衛門の照らす龕灯を頼りに、なめるように船底を探っていった。

「これだ」

懐（ふところ）から鎧通（よろいどおし）と呼ばれる小刀を取り出した平八郎は、板敷の間に差し込むと、一枚の板を引き剝（は）がした。木の軋（きし）む音がすると板が外れ、その下にあるものが姿を現した。

「千両箱か」

「そのようだな。これは難波（なんば）屋の紋所だ」

鉉之助が太縄で縛られた千両箱の一つを取り出す。

「間違いない。これは難波屋の蔵から盗まれたものだ」

千両箱の一つを開けると、まばゆいばかりの黄金の輝きが目を射た。

「こいつは凄い」

鉉之助がため息を漏らす。

「われらには生涯縁のないものだ」

「やったな平さん。あんたの執念にはまいったぜ」

「何事もあきらめなければ、必ずや埒（らち）が明けられる」

埒が明くとは、問題を解決するという謂（いい）だ。

「さすがだな」

鉉之助が平八郎の肩を叩くと、良左衛門も満面に笑みを浮かべて「おめでとうございます」と言って祝福した。

「盗人め。奉行所でこってり油を搾（しぼ）ってやる」

良左衛門に千両箱の一つを抱えさせ、三人は胴の間に上がっていった。


大塩平八郎は寛政五年（一七九三）、大坂天満に生まれた。幼名は文之助（ふみのすけ）といい、子供の頃から文武両道に秀でていたという。

そんな文之助を不幸が襲うのは寛政十一年（一七九九）、七歳の時だった。父の平八郎敬高（よしたか）が三十歳の若さで急死したのだ。翌年には心労から母も死亡した。文之助には弟もいたが、夭折しているので、これで大塩家の血を引く者は一人になった。

そのため祖父の政之丞（まさのじょう）の養子となり、名も文之助から平八郎正高（まさたか）と改めた。

祖父の薫陶を受けた平八郎は、異常なまでに正義感が強い少年に育っていく。弱い者いじめをする者がいると聞くと、相手が年上だろうと、上役の息子だろうと食って掛かるので、逆にのされてくることもあった。そんな平八郎を、祖父母は温かい目で見守っていた。

文化三年（一八〇六）、十四歳で元服した平八郎は与力見習いとして初出仕を果たす。見習いなので雑用仕事を通じて与力の仕事を学び、将来に備えるのだが、勉学好きで大志を抱く平八郎にとって、そうした仕事は耐え難いものだった。

それでも文化十四年（一八一七）、与力の中で末席（最下役職）の定町廻となり、市内を巡察する仕事に就く。そんなある日、怪しげな男を見つけて跡をつけると、大坂でも有数の大店の周囲を歩き回っているのに気づいた。

こうした賊は目つきで分かる。それは父の死後、与力に返り咲いていた祖父の政之丞から教えられたことの一つだ。

そこで男に奉行所への同道を求めると、突然逃げ出した。しかし前もって周囲に同心と小者を配していたおかげで、男を容易に捕まえ、奉行所に引っ立てた。

平八郎は男を締め上げ、押し込み強盗の下見役だと吐かせた。盗人たちは船を根城としており、次なる獲物を狙っているという。これで最近頻発している蔵破りが捕まらない理由が分かった。船を根城としているので、足がつかなかったのだ。

平八郎は下見役から「万栄丸」という船の名を聞き出し、坂本鉉之助と共に賊たちの寝込みを襲い、盗人どもを一網打尽にした。

これに喜んだ東町奉行の彦坂紹芳は、平八郎に金四百疋（一両相当）を、大坂城代の松平輝延も、その配下となる玉造口与力の坂本鉉之助に同額の褒賞金を与えた。

本来、鉉之助は大坂城の警衛にあたる玉造口定番付だが、難波屋から盗まれた千両箱の大半が、米価を安定させるための御用金だったため、城代が鉉之助に共同捜査を命じたのだ。

定番とは、駿府や大坂など幕府直轄の城に一定期間駐在し、城を守る役目のことだ。

いずれにせよ平八郎は大功を挙げた。

これにより安堵した祖父の政之丞は、家督を平八郎に譲って再び隠居した。

かくして平八郎は、与力見習いではなく与力として大坂の治安を守っていくことになる。

二

「おかえりなさいませ」

帰宅を告げると、継祖母の清が迎えに出てきた。

祖父の政之丞は平八郎の実祖母を若くして亡くしており、後妻を娶っていた。それが与力の西田家から嫁いできた清になる。

「お出迎え申し訳ありません。それでお祖父様の具合はいかがですか」

清は俯き、無言で首を左右に振った。それだけで祖父の様子が悪いと分かる。

「平八郎、ただいま戻りました」

病臥する政之丞にそう告げると、その皺だらけの首がゆっくりと動いた。

「平八郎、か――」

歯の抜けた顔に、もはや生気はない。朝方出掛けた時は、もう少しましだった気がするが、一段と病（やまい）は進んだようだ。

つい三月（みつき）ほど前まで毎朝の素振りを欠かさなかった祖父とは見違えるほど衰えてきている。

――これがあの厳しかった祖父なのか。

その頰（ほお）がこけた顔を見ていると、人の生が、いかに空しいものか思い知らされる。

「平八郎、今日の勤めはどうだった」

「はい。住吉（すみよし）大社の手前まで足を延ばしたので、同心や小者が音を上げておりました」

平八郎の従事する定町廻は、昼番と夜番に分かれて市内を巡察し、犯罪の捜査と摘発を行う仕事だ。しかしたいていの定町廻は、行きつけの飯屋や茶屋で休むことが多く、日が暮れるまで歩き回っているのは、平八郎くらいしかいない。

与力や同心にとって世襲的身分制の壁は厚く、それを打ち破ることは不可能だった。それゆえ誰もが事なかれ主義に陥っていく。

「忠勤に励むのはよいが、そんなそなたの姿勢を、よく思っていない者もおるだろう」

「はい。確かに白い目で見られています。しかし、忠勤に励んでいる者を批判することは、誰にもできません」

この頃に流行（はや）った狂歌の一節に「大坂与力の毎日食らう奈良茶飯」というものがある。元禄になると、茶店でも茶飯、豆腐汁、煮しめ、煮豆などの飯物を出すようになり、とくに大坂には奈良を起源とする茶飯の店が多かった。そのため茶屋ばかりに入り浸っている定町廻を揶揄して、こんな狂歌が流行ったのだ。

「平八郎、『水清くして魚棲まず』という格言があるのを知っているだろう」

「ええ、まあ」

「池の水が汚れているから魚は生きられる。そこには小さな虫もいるからな。だが正義を振りかざし、池の水を清くしすぎてしまうと、魚は生きていけぬ」

「それはそうかもしれませんが、ほかの定町廻のように手を抜き、時には礼銀をもらっているようでは、いつまでも盗人が横行します」

「その通りだ。だが考えてみろ。小さな虫がいなくなれば魚も棲めなくなるのと同じように、盗人がいなくなれば、与力や同心は扶持をもらえまい」

「尤もです」

二人が笑い合う。

――これが最後になるかもな。

祖父はめったに笑わない人だった。そんな祖父が、平八郎と声を合わせて笑ったのだ。祖父にも何か思うところがあるのだろう。

「だがな平八郎、皆が皆、池を汚していくことに加担していれば、いつか国は滅ぶ」

「仰せの通りです。それゆえ私だけでも皆の範になるべく――」

「分かっておる。そなたはそういう男だ」

政之丞が嚙み締めるように続ける。

「だからこそ平八郎、心を洗うことを怠(おこた)るなよ」

「はい。お祖父様の教えを守り、どんなに寒くとも毎朝、井戸水で体を洗い、その時に心の澱(おり)も洗い流します」

「そうだ。常に刷新された心で物事に向き合うのだ。さすれば内なるものが道を指し示してくれる」

「内なるものとは太虚(たいきょ)ですね」

太虚とは心境の無垢にして清澄なる状態のことで、その状態を保つことができれば、いかなる時でも正邪善悪が識別できるという。簡単なことのように思えるが、人は生きていくことで、様々なしがらみに囚(とら)われ、正邪善悪の区別がつけられなくなることがある。そんな時、太虚に立ち戻ることで、道が見えてくるのだ。

かつて政之丞は土佐堀の紙問屋出身の町人儒者・篠崎応道(しのざきおうどう)に師事していた。その流れで平八郎も応道の養子の小竹(しょうちく)の下で儒学を学んだ。小竹は梅花社という塾を開いており、少年の頃から平八郎もそこに通っていた。

この時代、私塾は村の寺小屋から儒学を講じる高等教育機関まで、各地に林立していた。政之丞もそれに漏れず、学問を好み、平八郎にも早くから儒学を学ばせていた。

「これまでそなたに教えてきた通り、心が本来持っている理(ことわり)を正しく発揮することを妨げているのが、心の中に巣くう様々な悪心（悪い感情）だ。悪心は欲望、憎悪、嫉妬といったものに変化し、知らぬ間に心の中に住み着く。だが日々そうしたものを洗い流していれば、太虚という心の純なる状態を保てる」

「さすれば、常に正邪が見極められるのですね」

　政之丞が力強くうなずく。

「うむ。人は本来善なるものだ。赤子を見よ。赤子ほど太虚を実現している者はいない。だが腹がへれば乳が飲みたくなる。その時、声を上げて泣けば母が飛んできて乳を与えてくれる。つまり知恵が付いたわけだ。赤子の知恵など悪心ではないが、それが長じれば悪心となって心に住み着く。さようなことが度重なれば盗人になる」

「それを取り締まり、罪を償わせることが、われら与力の仕事です」

「そうだ。しかし――」

　政之丞が咳き込んだので、平八郎は上体を起こし、吸い飲みで水を飲ませてやった。

「すまぬな。情けないことよ」

「さようなことはありません。きっとよくなります」

「気休めを申すな。わしはもう長くはない」

「何を仰せですか」

「己の体は己が一番よく分かる」

「お祖父様――」

　人一倍感受性の強い平八郎は、つい嗚咽を漏らしそうになった。

「男は人前で感情を面(おもて)に出すなと、あれほど言っただろう」

「申し訳ありません」

「それはよい。先ほどの話の続きだが、悪心を持つ者が盗人なら、まだましだ」

「と、仰せになると」

政之丞の顔が険しいものになる。

「権勢を持つ者に悪心がある時こそ厄介なのだ」

「つまり上役や与力の傍輩（同僚）ですね」

「そうだ。権勢を持つ者が腐敗していても、それを正すことはできない。だが正さねば、取り返しのつかないことになる」

「取り返しのつかないこととは――」

「公儀が危ういことになる」

平八郎が息をのむ。

「つまり公儀の腐敗が行くところまで行ってしまえば、民が蜂起し――」

「それは分からん。だが、そうなることも考えておかねばならぬ」

「では、どうすればよろしいので」

「それは太虚に聞け」

政之丞が唇(くちびる)を嚙む。

「太虚にと仰せになっても――」

「その時、何をなすべきかは、その時になってみないと分からん。わしがああせいこうせいと言うことではない」

政之丞が苦しげな顔で言う。

「それでも、どうすればよいか教えて下さい」

「そうだな。まずは諫言することだ」

「それでも不正をやめない時は――」

「王陽明の書を献じて『開悟得道』の道を開くしかない」

王陽明とは陽明学の始祖のことで、陽明学とは無善無悪説を基本にした儒教の一派のことだ。「心即理」「知行合一」「致良知」を根本思想とする。

「心即理」とは人は私心（損得勘定や自己中心的考え方）によって良心が曇り、正直な行動に移せない時がある。だが誰にも聖人たる心、すなわち理があり、それに耳を傾ければ、正しい行動が起こせるということ。「知行合一」とは、「知ることと行うことは同じ」という謂で、行動を伴わない知識は意味を持たないということ。「致良知」は、「良知を致す」の謂で、人は生まれつき正しい知力、すなわち是非、善悪、正邪を見分ける心の働きを持っており、私心を排除し、良知に至る努力をしていかねばならないということになる。

「献上した書を読まねばどうしますか」

「そうなればお手上げだ」

「つまりその者は、『開悟得道』できないのですね」

「ああ、そうなる。しかし平八郎――」

政之丞の顔が悲しげに歪む。

「それが人というものだ。さような者にはかかわらぬがよい」

「しかし――」

それに続く言葉を、平八郎はのみ込んだ。組織というものに属していれば、否応なくかかわらざるを得ない人が出てくる。

「わしは死を待つ身だ。もはや死後のことなど考えることはできない。そなたはなすべきことを自分で考えるのだ」

「分かりました」

政之丞が目を閉じた。もはや語るべきことは語り尽くしたといった体だ。

平八郎は一礼すると、その前から辞した。

文政元年六月、政之丞は六十七歳で没することになる。

後妻の清は健在だったが、政之丞の菩提を弔うために出家したいと言うので、平八郎はその便宜を図ってやった。ただし清とは後々まで深いかかわりを持つことになる。

三

大坂の武士は、市政には一切かかわらない大坂城内の居住者「番方」と東西の町奉行所に所属する武士たち、いわゆる「役方」に大別された。「番方」は大坂城の守衛が目的なので、民との接点はほとんどない。諸藩の蔵屋敷に在番している武士もごくわずかだ。

一方の「役方」は、知行高一千石から三千石の旗本が任命される東西両町奉行を中心に、与力と同心などから成っていた。

平八郎は「役方」、すなわち奉行直下の与力で、親友の坂本鉉之助は大坂城の玉造口を守る「番方」となる。

大坂町奉行所は大坂城京橋口を出たところにある。創設当初は、大川を背にして東町と西町の奉行所が並んでいた。

江戸は呼称が南北になるが、大坂が東西なのは、江戸の幕閣が「江戸の」「大坂の」と付けずに東西南北で呼べる利便性から、そうなったとも言われる。

大坂町奉行所は大坂市中の行政、徴税、訴訟、消防、警察といった役所としての仕事を担当し、また摂津・河内・和泉・播磨の四カ国内にある天領の徴税と訴訟も取り扱っていた。とくに多いのが金の貸し借りに関する公事訴訟で、その件数は四千五百を超える年もあったという。

これほどの件数があると、二名の町奉行と四名ほどの吟味方与力で処理するには不可能なので、訴訟の遅延は日常茶飯事で、それに痺れを切らした訴人は、内済（和解）とすることが多くなっていた。

享保九年（一七二四）の大火の際には、両町奉行所が同時に焼失してしまう。すぐに再建することになったが、また同じことが繰り返されると、行政機能が麻痺するので、西町奉行所は本町橋（ほんまちばし）の東に移転した。それゆえ平八郎の時代、両奉行所は離れた場所にあった。

両町奉行所は大坂の町を東西に分けて管理していたのではなく、それぞれ一月ごとに月番制を取っていた。そのため継続案件は、どちらかの奉行所が引き続き担当することになり、月番制とは言うものの、実態は休みなどないに等しかった。

町衆とかかわりがあるのは、東西町奉行とその配下の与力と同心、いわゆる「役方」で、東西奉行所それぞれ与力三十騎・同心五十人から成っていた。大坂に住む武士には、大坂城内と上町界隈（うえまちかいわい）、中之島から西横堀（にしよこぼり）辺り、そして天満という三つの居住区があったが、与力は主に天満に集住していたことから、「天満組六十騎」と呼ばれていた。

天満は与力町、南同心町、北同心町に分かれており、平八郎の家は天満橋筋長柄（ながら）町にあった。与力の年収は八十石、同心は十石三人扶持と決まっていた。屋敷地として与力は一人五百坪、同心は二百坪を天満か川崎（かわさき）に与えられる。

一石を一両、一両を十万円とすると、与力の年収は現代価値に換算して八百万円になる。

町奉行は幕府の人事だが、与力と同心は奉行所に「居付き」で、奉行が代わっても一緒に異動することはない。また「御抱席（おかかえせき）」なので建前上は一代限りだが、実際は世襲となっていた。つまり与力と同心は代を重ねることで、地元の事情に通暁（つうぎょう）していく。

平八郎は与力として抜群の実績を挙げ、家督を継いだ文政元年、目安役兼証文役になる。与力には二十四役あり、ほぼ年功序列でその階段を上がっていかねばならないが、平八郎の仕事ぶりは飛び抜けており、末席の定町廻から、五段階も飛ばして目安役兼証文役となった。二十六歳にしては異例の出世だ。この役職は民事訴訟に関する訴状を調査し、また証文を管理し、その真偽を確かめるもので、専門性の高い仕事だった。

その頃、親しくしていたのが三つ年下の橋本忠兵衛(はしもとちゅうべえ)だった。忠兵衛は摂津国東成(ひがしなり)郡般若寺(はんにゃじ)村の庄屋を務めており、五十石の田畑を所有する豪農だった。忠兵衛は鬼灯(ほおずき)の栽培で成功し、「ほおずき忠兵衛」の異名を取っていた。

かつて忠兵衛は隣村との境目相論の訴訟を行った。その時、調べ役として現地に派遣されたのが、まだ定町廻の平八郎だった。奉行所は慢性的な人手不足なので、前任の目安役兼証文役が奉行に「助け役(すけやく)」を依頼したと聞き、平八郎が名乗り出たのだ。

平八郎は公正な立場で双方の言い分を詳細に聞き、その調書を目安役兼証文役に提出した。その結果、奉行も吟味立ち合いの上、境目が確定された。

それは忠兵衛の言い分が全面的に通ったものではなかったが、納得のいくものだった。たいていこうした場合、付け届けや礼銀の多寡によって裁定の有利不利が決まるのだが、平八郎はそうしたものを一切受け取らず、調べ役としての役割を全(まっと)うした。

その姿勢に感服した忠兵衛は以後、平八郎を「先生」と呼んで慕い、自ら「一番弟子」と名乗るようになっていく。

その忠兵衛が若い女を連れて大塩邸にやってきたのは、文政元年の暮れも押し迫った頃だった。

「何かとご不便かと思いまして、下女代わりに使っていただこうと思いました」

「余計なことを――」

平八郎がため息を漏らすと、縁に控える女が体を強張らせた。自分が気に入られていないと思ったのだ。

「そなた、名は何と申す」

「はい。ゆうと申します」

「ゆう、か――」

――意外と賢いかもしれぬな。

ゆうと名乗った女は髪を高島田に結い、縦縞柄の留袖を着ていた。その顔はきりりと引き締まり、控えめながら芯が強そうな内面を表している。

忠兵衛が続ける。

「ゆうは曾根崎新地(そねざきしんち)の茶屋『大黒屋(だいこくや)』の娘で、二十一歳になったことで、父親から良縁を世話してくれるよう頼まれました。見ての通り、器量は悪くありませんので、商家の若旦那からも引く手あまたです。でも、商家に嫁がせるのは、ちともったいないかと」

「それでわしのところに連れてきたのか」

「はい。まずは女中としてお使いいただき――」

忠兵衛が口辺に笑みを浮かべる。

「要らぬことだ」

「では、連れて帰りますか」

女の方をちらりと見ると、全く顔色を変えていない。

――よき面構えだ。

きっと武家のところに女中奉公に来たところで、手を付けられた末、正妻が来れば捨てられると見切っているのだ。

「女、いや、ゆうとやら」

「は、はい」

「ここでわしが忠兵衛に連れて帰れと言えば、そなたはどこぞの百姓か、どこぞの商家の嫁となる」

「分かっております」

「どちらがよい」

ゆうは顔を上げると、悲しげに言った。

「私には選ぶことなどできません」

「では、そなたは忠兵衛に己の運命を委ねるのか」

忠兵衛が苦笑いを浮かべる。

「いや、そんな大それたことでは――」

「忠兵衛にとってはそうだろう。だがゆうにとっては、これで運命が決まる」

重い沈黙が訪れた。だがゆうは運命に身を任せることに慣れているのか、何も言わない。

「わしはそなたに聞いておる。そなたの好きにしてよいぞ」

「旦那様さえよろしければ、ここに置いて下さい」

「よいのか」

「はい」

「わしに尽くしてくれるのか」

「はい。至らぬこともあるかと思いますが、旦那様のために誠心誠意尽くします」

「そうか。それなら置いてもよいぞ」

「よかった！」と言って忠兵衛が膝（ひざ）を叩いたが、平八郎が右手を前に出した。

「一つだけ言っておく。分かっているとは思うが、妻には迎えられん」

この時代、厳格な身分制度により、武家は茶屋の娘を室（しつ）に迎えることはできない。

「分かっております。妾（めかけ）としていただけるなら、これほどのことはありません」

「ただし」と平八郎が言う。

「そなたを迎えたからには、わしは室をもらわぬ」

「ちょっと待って下さい」

忠兵衛が慌てて言う。

「いや、そこまでしていただかなくてもよいのでは。だいいち正室腹の子がいなければ、大塩家は断絶となってしまいます」

「養子をもらう」

「しかし――」

「まあ、聞け」

平八郎が大きな手で忠兵衛を制すると言った。

「ゆうはわしのために尽くすと言う。わしもゆうの誠意に応えねばならぬ。室などもらえば、ゆうは身を引かねばならなくなる。その時、室がゆうを家から放り出せば、ゆうは行き場を失う。年を取っていれば良縁もないだろう。それゆえ、わしは室を迎えぬ」

「いや、待って下さい。それは困ります」

忠兵衛の言葉を制して、ゆうが言う。

「旦那様の誠意、しかと承りました。ゆうはうれしゅうございます」

「そうか。では、ここにいてよいぞ」

「ありがとうございます」

忠兵衛がため息をつく。

「何とも言いようがありませんが、これでよかったんですかね」

二人がうなずく。それを見た忠兵衛の瞳から流れるものがあった。

「分かりました。ゆうを連れてきてよかったです。さて、邪魔者は退散いたしますか」

「なんだ、酒でも飲んでいけ」

「そうですね。今日は祝い酒だ。お言葉に甘えて一杯だけ」

ゆうが早速、台所に立とうとする。

「ゆう、今宵だけそなたは客人だ。座っておれ。酒と肴は、わしが支度する」

「そういうわけにはまいりません」

「構わぬ。そうしてやりたいのだ」

忠兵衛が中腰になったゆうの袖を取る。

「いいんだ。ゆう。このお方は一度言い出したら頑として聞かない」

「そうだ。忠兵衛。わしはやりたいようにやる」

そう言うと、平八郎は台所に向かった。

なぜか心は浮き立っていた。それが「ゆうを気に入った」ということだと、平八郎にもようやく分かってきた。

四

大坂は開削された河川や堀といった水路の多い町だ。少し歩けば水路に行き当たる。しかも江戸と違い、多くの橋が架けられているので便がいい。橋を架けることで人の行き来を活発にし、経済を活性化させていこうという幕府の狙いが、そこから透けて見える。

大坂の町人たちの居住区は天満組、北組、南組と呼ばれる三郷に分かれていた。天満組は大川の北で、その南に北組、さらに本町筋を隔てて南組がある。大坂の中心は船場のある北組で、それに次いで南組の島之内に人が集住していた。そのため大坂は天満、北、南というより、天満、船場、島之内の三つに分けて呼ぶこともある。

蔵屋敷は土佐堀川が南を走る中之島に多く、土佐堀川沿いに土地を持てなかった中小藩は、南の江戸堀や京町堀に蔵屋敷を設けていた。蔵屋敷群は安治川口、尻無川口、木津川口などから、西に広がる摂海（大阪湾）へと通じている。

大坂城が大坂の東端にあることから、武家屋敷は東横堀川の東に多く、南には寺社が多い。さらに道頓堀川の南は難波村や木津村といった農村地帯が広がり、そこから新鮮な野菜が大坂の中心部へと供給される。

すなわち大坂は大坂城と武家屋敷群が上町台地という高みを占め、その西側の深い谷、いわゆる谷町筋を経て、西に下っていく地形になっている。水路は東西が多く、南北を貫く河川は開削された東横堀川と西横堀川、さらに西に木津川が流れているくらいだ。

町に必須の歓楽街は市街地の周辺部から外れた地区に造られた。それが道頓堀の芝居町、新町の遊郭、島之内の遊里などだ。

夕刻になると商人たちは稼いだ金を懐に入れ、多くの橋を渡って歓楽街に向かう。歓楽街には犯罪も多くなるので、与力や同心の出番が多くなる。

――人はなぜ悪に手を染めるのだろう。

与力として日々、科人と接するうちに、平八郎の考えは、いつもそこに行き着いてしまう。罪を犯せば、その償いをせねばならない。それは過酷なもので、罪を犯す者たちがそれを知らないとは思えない。それでも人は悪に手を染め、罪を犯すのだ。

幕府の法典にあたる「公事方御定書」によると、幕府の刑罰は六段階あり、最も重いものが死刑で、遠島、追放、敲、過料（罰金刑）か手鎖と続き、最も軽いものが呵責（叱り）になる。

死刑を言い渡される科人は意外に多かった。というのも相手を殺したり傷つけたりしなくても、強盗や追い剝ぎを犯せば死刑となり、また窃盗の場合でも十両以上のものは死刑とされた。さらに少額の窃盗でも再犯までは入墨で済むが、三度目からは死刑となる。

死刑は主に斬首刑で、場合によって、死骸は刀の切れ味を試すための様斬に使用された。さらに罪が確定すると財産は没収され、死骸の埋葬や弔いも許されないこともある。死骸の多くは刑場に掘られた穴に投げ込まれ、野犬やカラスの餌になる。

同じ死刑でも一瞬で死ねる斬首刑はましな方で、鋸挽、火罪、磔といった残虐な方法もある。ただし鋸挽は形式的なもので、磔も槍を二、三回突き入れれば絶命できるので、苦しみは長引かない。だが火罪だけは違う。

火罪は放火を犯した者に適用され、最も死までの時間が長くなる。煙を吸って気を失うので苦痛はないというのは俗説で、風が少しでもあれば煙を吸い込むことはなく、まさに全身が火に包まれるまで科人の絶叫が続く。

江戸と大坂では、同じ火罪でも方法が異なる。江戸では科人を栂の木に括り付け、それを垂直に立て、足元に積んだ柴や薪に火をつけるだけだが、大坂では科人に鉄の首輪をはめ、鎖で鉄柱につなぎ、周囲に積み上げた柴や薪に火をつける。科人は手足が自由なので、熱さに堪えかね、断末魔の叫び声を上げながら鉄柱の周りを走り回ることになる。

しかもそれを「見懲らし（みせしめ）」、つまり公開で行うので、見物人は震え上がり、犯罪を行わないという効果がある。

平八郎は一人、左右に目を凝らしながら夕闇迫る道頓堀通りを歩いていた。すでに同心や若党を先に帰しており、何の気兼ねも要らない。

与力や同心の目配り法は、首を動かさず目だけを動かす。首を動かすと目立つからだ。むろん変装などしない。

与力は捕物などに出役（臨時の出動）する時は、革か羅紗の火事羽織を着て、陣笠をかぶり、馬に乗って出かけるが、定町廻の際は継裃を着て五泉平の袴を穿き、福草履という平服姿だ。ただし十手だけは袱紗に包んで常に携行していた。

平八郎の目に飛び込んでくるのは、後ろ暗いところの何らない老若男女ばかりだ。

――芝居見物の帰りか。

道頓堀通りには大小の芝居小屋が数多くあり、それらから出てくる者たちの顔には、決まって笑みが溢れている。

――この笑顔を守っていかねばならない。

それが与力の仕事なのだ。

道頓堀通りの中心に近づくに従い、次第に人ごみは激しくなっていった。

平八郎は見習い時代から祖父に鍛えられてきたので、罪を犯そうとしている人間の顔が見分けられる。

かつて祖父は言った。

「罪を犯す者というのは、どこかほかの者とは違う。やけに目つきが鋭かったり、落ち着きなくきょろきょろしている。だがそういう輩(やから)は小悪人で、やる気のない与力や同心でも見分けられる。本物の悪党を見分けるのは難しい。とくに手練(てだ)れの悪党は生半可なことでは見分けられない」

平八郎が「では、見分ける極意はどこに」と問うと、祖父がしみじみと言った。

「人というのは隠そうとしても隠せないものがある。悪党というのは子供の頃から恵まれない中で育った者が大半だ。そうした者の顔には、何とも言えない翳(かげ)が差している」

「翳とは、いかなるもので」

「例えば祭りや縁日で、親が子に風車(かざぐるま)や飴(あめ)を買ってやるだろう。そんな時、悪党はそれを一瞥(いちべつ)し、ふと自分の過去を思い出すんだ。その時の寂しげな顔つきといったらない。われわれでも顔をそむけたくなるほどだ。それが翳だ。それだけは、隠そうとしても隠しきれない」

雑踏の中を歩きながら、平八郎は常に祖父の言う「翳」を探していた。

文政二年（一八一九）、大坂では火事騒ぎに便乗して商家に窃盗団が入るという事件が立て続けに起こっていた。火事が起これば広い範囲に延焼する。そのため人々は火を消すことや逃げることで精いっぱいになる。その隙を突いて留守宅に押し入るのだ。

一度目は偶然として処理されたが、二度目は偶然にしてはできすぎているとなり、大坂町奉行所では、東西を挙げて放火犯と窃盗団を探すことに力を入れることにした。すなわち与力や同心で喫緊の仕事がない者に町中を巡回させ、怪しい者を手あたり次第にしょっ引くのだ。

平八郎が見回りに割り当てられた地域は、芝居小屋が建ち並ぶ道頓堀沿いの通りだった。この界隈は大小の芝居小屋が多いが、とくに竹田の芝居（後の弁天座）、角丸の芝居（後の朝日座）、角の芝居（後の角座）、中の芝居（後の中座）、筑後の芝居（後の浪花座）の五つの芝居小屋は有名で、「五つ櫓」とも呼ばれていた。

堺筋から道頓堀通りに入った平八郎は、竹田の芝居を左手に見ながら雑踏の中を歩いていた。どこから見ても与力の姿なので、道行く人々は平八郎を避けていく。だが与力の姿をしているからこそ、後ろ暗いところのある者の顔が一瞬変わるのを、平八郎は知っていた。

立派な櫓がそそり立つ角丸の芝居の手前にある相合橋まで来たところで、「ぼてふり」が休んでいるのに出くわした。平八郎の中で何かが警鐘を鳴らす。

――常の「ぼてふり」とは違う。

「ぼてふり」とは、魚や野菜を籠や笊に入れて天秤棒で担いで売る行商人のことだ。たいてい昼前後に売り切ってしまうので、夕方まで歩き回っている「ぼてふり」は少ない。

――魚の「ぼてふり」だな。

提げているのが笊なので、それは一目で分かる。だが肝心の笊に魚は一尾も載っていない。それだけなら売り切ったということだが、笊の上に敷かれた笹が濡れていないのだ。笹はいったん水を吸うとなかなか乾かない。だから鮮度が保てるので、「ぼてふり」に限らず魚売りはよく使う。

――売り切ったとしても相当前のことだ。

しかも道頓堀通りは芝居小屋と商家ばかりで住居が少ないので、売り歩くなら裏通りを行くべきだ。

「こいつはおかしい」と思った平八郎は、相合橋の欄干に寄り掛かり、一休みとばかりに川を行く船を眺めるような姿勢をした。むろん視線の端で男を捉えている。

やがて男は、天秤棒を担ぐと西に向かって歩き出した。その歩き方は、「ぼてふり」特有の腰に負担が掛からない膝を曲げた歩き方だ。

――これは本物の「ぼてふり」だ。見込み外れだな。

本物の「ぼてふり」が、気晴らしに芝居小屋の周りの賑わいを見てから帰ろうとしたのかもしれない。独身の行商人は、道行く女を見るだけでも楽しいと聞いたことがある。

――まあ、いろいろ想像するんだろうな。

平八郎が追跡をやめようとした時、男は角の芝居の前で止まった。平八郎は反射的に右手にある草履屋に入った。

角の芝居は芝居小屋の建ち並ぶこの通りの中心に位置し、すぐ西隣の中の芝居と並んで最も客の入りがよい小屋だ。無数の役者の名が書かれた招木や提灯が軒先に掛かり、黄地に「大歌舞伎」と朱書きされた大旗が風に舞っている。

――よほど芝居が好きなんだな。

その時、角の芝居の前にある煎餅屋から子供の声が聞こえた。男の耳にも届いたのか、男がそちらを一瞥する。女の子が父親に煎餅を買ってもらったのか、早速かじりながら東の方へと歩き去っていく。

――あっ。

平八郎は男の顔に一瞬、翳が差すのを見た。

――どうやら見込み外れではなさそうだな。

男は手巾で汗を拭うようなしぐさをしつつ、角の芝居の周囲を眺めている。

この通りは小さな見世棚から大坂有数の大店まで軒を連ねている。つまり火事騒ぎを起こせば、大金を蔵に収めている大店は腐るほどある。

やがて男は歩き出した。草履屋を出た平八郎が男を追う。男の足が速まる。疑惑が確信に変わっていく。

男は右に曲がり、太左衛門橋を渡ろうとしている。

――よし、今だ！

「おい」と声を掛けると、男が振り向いた。

五

江戸時代は確かな証拠や証言があっても、疑い人（容疑者）の自白がなければ罪が確定せず、刑罰を執行できない。それゆえ拷問がしばしば行われた。

幕府発足当初は奉行所の行う拷問に定めはなく、与力や同心は自己流で容疑者を痛めつけていた。そのため拷問は次第に過酷なものになり、無実の者も拷問によって自白させられ、極刑に処されることが頻発した。

それを憂慮した八代将軍吉宗と老中らは、「御定書百箇条（公事方御定書の下巻）」という司法法典を作り、刑罰の緩和と残虐な拷問を禁止する触れを出した。

「御定書百箇条」によると、行ってよい拷問は、笞打（縛り敲）、石抱、海老責、釣責の四種で、大坂では東西町奉行の許可がなければ、どれもできなかった。

平八郎が捕まえた男の名は巳之吉といった。太左衛門橋で尋問した時は本物の「ぼてふり」だと言い、自身番まで大人しくついてきたので、さすがの平八郎も見込み違いかと思った。

だが元締の名を「知らない」というところから疑いを持ち、しつこく尋問したところ、しどろもどろになった。それで奉行所までしょっ引いてきた。

その時、同心の一人が、巳之吉の右腕に何かが巻かれていることに気づいた。取り押さえてそれをはがすと、最近できた火傷の跡だった。

これにより奉行所は騒然となった。

早速、尋問が行われたが、巳之吉が白状するわけがない。そのため牢屋敷に引き出し、脅しをかけることにした。

「かねて尋問したるが白状せざるうえは責問する。痛い目に遭いたくなければ有り体に申せ」

穿鑿所に吟味方与力の声が響く。吟味方与力は与力の中でも、とくに熟練した者が務める。

だが巳之吉は「身に覚えがありません」としか言わない。それで笞打となったが、百六十回まで叩いても白状しなかったため、規定により石抱となった。

平八郎は幾度となく「お前が科人だってことは分かっている。だから吐いちまえ」と耳元で囁いたが、巳之吉は黙って首を左右に振るばかりだ。

石抱は、十露盤板と呼ばれる山がいくつも連なるようになった板の上に正座させられ、膝の上に切石を抱かされる拷問だ。一枚でも耐えられない痛みだが、自白するまで何枚でも石を重ねられるので、たいていは二、三枚で音を上げる。

吟味方与力は、巳之吉の膝の上に一枚十二貫（約四十五キログラム）の伊豆石を積んでいった。瞬く間に巳之吉の顔が歪み、冷や汗がこめかみから滴る。さらに小者が石を揺らすと、苦痛に呻く声が漏れた。

脛からはすでに出血し、山形に連なった板は骨まで食い込んでいるはずだ。それでも巳之吉は三枚まで堪えた。

さすがの巳之吉も、出血から朦朧(もうろう)としてきて罪を認めた。そうなれば供述は早い。やはり平八郎の読み通り、巳之吉が放火した隙に、仲間がお目当ての商家に押し入るという手口だった。しかも巳之吉は張本(ちょうほん)（主犯）だった。

巳之吉から窃盗団の隠れ家の場所を聞いた平八郎は、彼らが根城にしている宿に踏み込み、一味を一網打尽にした。そして吟味の結果、同類（従犯）らは死罪となり、張本の巳之吉だけが火罪に処されることになった。

処刑までの日々、平八郎は巳之吉が収監されている与左衛門(よざえもん)町にある「天満の牢」に足繁く通い、差し入れをして話を聞いてやった。あの時に差した翳が、どうしても忘れられなかったからだ。

最初は心を閉ざしていた巳之吉だったが、この若い与力が心底から己に同情していると知り、やがて心を開いて口を利くようになった。

「お前さんは、どうしてこの道に入った」

平八郎が自分の吸っていた煙管(キセル)を差し出す。祖父と父が愛用していたその銀煙管は、六角形の斜格子(ななめこうし)の紋様の上に枝桜が描かれた逸品だ。

この銀煙管は祖父から父へと渡り、父の死によって再び祖父が持っていたものを、祖父が他界した際、平八郎が遺品として受け取ったものだ。それで初めて煙草(タバコ)の味を知った平八郎は、今ではすっかり煙草好きになっていた。

「さようなことを聞いてどうするんで」

喜んで煙管を受け取った巳之吉は、うまそうに何回か吸うと、平八郎に返してきた。

「どうもこうもない。ただお前の身の上話が聞きたいんだ」

煙管を受け取った平八郎は、煙管の吸口を拭わずに吸った。

かつて祖父は言っていた。

「科人に白状させる早道は仲よくなることだ。だが科人というのは、なかなか心を開かない。そこで同じ煙管を吸い合うことで、同志のような気持ちを抱かせるんだ。いわばこの銀煙管は、与力にとって十手と同じ道具なのさ」

巳之吉は拷問によって白状していたので、その手間は省けたが、平八郎は軽犯罪を犯した者に、この手をよく使った。

うまそうに煙草を吸う平八郎を横目で見つつ、巳之吉が言った。

「あっしの身の上話なんて面白(おもしろ)くないですよ」

「いや、わしにとっては大切なのだ。こんな仕事をしていると、捕まえた相手が、どうして科人となったのかを知りたくなる。それを聞き、科人となることを未然に防ぐことができれば、これほどよいことはないと思うのだ」

平八郎は真剣に語った。その熱意にほだされて、巳之吉もぽつりぽつりと語り始めた。

それによると巳之吉は能登国(のとのくに)に生まれ、父や兄と共に漁師をしていた。しかし食べていくのがやっとで、このままでは兄の雇人になるしかなく、そうなれば所帯を持つことさえ覚束ない。それで故郷を飛び出し、大坂に出てきたという。つまり典型的な無宿者だった。

「何のあてもなく出てきたのかい」

「あてなんかありませんよ。出たとこ勝負です。でもそんな者に食べていく道はありません。それで掏摸（すり）になり、板の間稼ぎになり、最後は見ての通りです」

板の間稼ぎとは、湯屋の脱衣場で客の衣服や持ち物を盗むコソ泥のことだ。

「そなたも本を正せば善良な民だったのだな」

巳之吉が皮肉な笑みを浮かべる。

「そうでしたね。少なくとも漁師をやっている時分まではね」

「では、なぜ道を踏み外したのだ」

「さてね」と言って巳之吉の視線が、平八郎の持つ煙管に向けられた。それに気づいた平八郎は、灰を落として煙草を詰め直し、火打石で火をつけて渡してやった。

「ありがとさんです」

「で、どうしてだ」

「旦那のように、食い物に困ったことのない方には分かりませんよ」

「それを言うな。いかにもわしは生まれついての与力だ。食い物に困ったこともない。それでも民の苦しみは分かっているつもりだ」

巳之吉がうまそうに一服すると語った。

「どこに行って何をしようと、食べていくのは難しいご時世でさ。しかし大半の者は何とか職を得て、悪事には手を染めません。でもあっしは染めちまった。それが、あっしの弱さだったたんでしょうね」

「弱さか。だが人は、己の弱さばかりで悪事に手を染めることはないはずだ。ほかに理由があるんじゃないか」

巳之吉は煙を輪にして吐き出すと言った。

「強いて言えば、世の中のことを知らなすぎたんですよ」

巳之吉が悲しげに眉根を寄せる。

「知らなすぎたとは――」

「お武家さんたちにとって当たり前のようなことでも、あっしらにとっては当たり前じゃなかったというわけです」

「よく分からんが、どういうことだ」

「誰も何も教えてくれないんですよ。父や兄が教えてくれたのは漁の仕方だけ。だって父と兄だって、それしか知らないんですからね」

――そういうことか。

何かで後頭部を叩かれたような衝撃が走る。

「つまりこの世の仕組みや分別（常識）を知らないことに、そなたが科人となった因があるというのだな」

「いや、それは言い訳です。やってはいけないことは、誰かが教えてくれなくても分かるはずです」

「だが、もしもそなたが立派な師に付いて学んでいれば、こんなことにはならなかったかもしれないのだな」

「そうかもしれません」

巳之吉が真剣な眼差しで続ける。

「正しいことが何かを心得ていれば、科人などにはならなかったでしょう」

「つまり誰もが、本然的には悪人ではないのだ」

「そうでしょうか。あっしは悪い奴らをたくさん見てきています。そいつらは根からの悪党でした」

「本当にそうなのか。よく考えてみろ」

巳之吉が何かを思い出したような顔をする。

「そうですね。皆で酒を飲むと、よく辛かった餓鬼の頃の話になります。誰もが無学で、生きることに必死だったと言っていましたね」

「そうだろう。生まれついての悪党などおらぬのだ」

「そうですかね」

「人が悪事を行わず、一人ひとりが有為の材となるにはどうしたらよいかを、わしは常に考えている」

「つまり垂教（すいきょう）（教育）ですか」

「ああ、そうだ。万民に垂教を施せば、この世から悪はなくなる」

「本当にそうでしょうか。いかに尊い教えを受けたとて、人は誘惑に弱いものです」

「いや、人が先天的に持つ善良なものが、後天的な悪、すなわち誘惑をも駆逐できるのだ」

「だと、いいんですがね」

巳之吉が関心なさそうにため息をつく。火罪による処刑を待つ巳之吉にとって、こうした話は、どうでもよいことなのかもしれない。だが平八郎の胸内からは、何か熱いものが噴き出してきた。

「巳之吉とやら、そなたはわが恩人だ」

「そんな、大げさな――」

「いや、わしの進むべき道を示してくれた」

「そうですか。そいつはよかった」

もう巳之吉は上の空だった。こうして会話することで一時の気はまぎれても、火罪が待っている巳之吉の憂鬱は拭い去れないのだ。

平八郎が決然として言う。

「そなたは火罪に処される」

「分かっています。あれは辛いらしいですね」

煙管を返すと、巳之吉が肩を落とした。

「わしの力で何とかしてみる」

「えっ、何とかしてみるって――、つまり火罪を免れる術があるんですか」

「いや、お上の法は曲げられない。だが御頭にうまく申し聞かせられれば、同じ死刑でも別の方法にしてもらえるかもしれない」

与力や同心たちは町奉行のことを御頭と呼ぶ。

「それは本当ですか」

「ああ、やってみる。でも無構にはできないぞ」

無構とは「おかまいなし」、つまり無罪のことだ。

「分かっています。あっしは楽にあの世に行きたいだけです」

「よし、期待しないで待っていろ」

「そいつは無理です。期待していますよ」

巳之吉の顔に初めて本物の笑みが浮かんだ。


平八郎は決意すると早い。早速、町奉行の彦坂紹芳に面談し、同じ窃盗団にもかかわらず、一人だけ火罪というのは理に合わないと弁じた。さらに火罪を行えば江戸にも聞こえ、老中たちに詮議されるかもしれないと脅してみた。というのも大坂では、天明五年（一七八五）から文政二年までの三十五年間、火罪が一度も行われていないからだ。

それを聞いた彦坂は平八郎の言い分を聞き入れ、巳之吉を死罪とすることに同意した。

事なかれ主義が横行する中、さらなる出世を目指す彦坂としては、少しでも波風を立てたくなかったのだ。

この翌年、彦坂は江戸に戻され、御旗奉行から小普請組支配へと出世を遂げていく。

平八郎はこの一件から教育の大切さを学んだ。つまり貧しい者にも教育を施すことで、そのうちの何人かは何が正しく何が悪いかを理解し、罪を犯さないと思ったのだ。

巳之吉の牢に死罪に変更されたことを告げに行くと、巳之吉は涙を流して礼を言い、「次に生まれ変わったら真人間になります」と誓った。

処刑の日、平八郎は刑場まで付き添い、巳之吉の最期を見届けたが、見苦しいところの一切ない立派な死に様だった。

六

腕白だった少年時代が終わる頃から、平八郎は無類の読書家になった。とは言っても、篠崎小竹の私塾・梅花社に通っていた十代の頃の平八郎は、ほかの者より漢籍などの書を読むのが好きという程度だった。ところが二十四歳の時、明代末期の政治家兼儒学者の呂坤（呂新吾）の『呻吟語』を読んだことで、学問への探究心が目覚める。

後のことになるが、当代一流の儒学者・佐藤一斎あてに書いた書簡にこうある。

「天祐により呂新吾の『呻吟語』を購入することができました。これは呂新吾が病中に発した言葉です。熟読玩味してみますと、道はここにあるではありませんか。はっきりと悟ることができました。まるで長い針が深い痞（腫物）を取り除いたのと同じで、私の場合、いまだ正心の人とはなりきれていませんが（主体性を確立した人間にはなれていないという意味）、それでも囚人同様の罪から逃れることができたのは幸いでした。その後、呂新吾の思想の淵源を探究し、それが王陽明に由来することが分かりました」

この一文には読みたかった本を手にし、自分が求めていたものに出会った青年の喜びが何の衒いもなく書かれている。ちなみにここで言う囚人同様の罪とは、「功名気節（功名心）」に囚われるという意味だ。

それまでの平八郎は、先祖の大塩波右衛門が小田原合戦の折、家康の馬前で功を挙げて持弓と所領を得たことを誇りにし、「功名気節」こそが武士たる者の追求すべきものだと思ってきた。しかし世は太平で身分制度は微動だにしない。それゆえ平八郎は「内面の徳を磨き、民のために良知を致す者」たらんとした。

かくして青年平八郎は、王陽明の諸著作と出会うことになる。それは平八郎の人生に大きな影響を及ぼしていく。

文政三年（一八二〇）十一月、大坂東町奉行として高井山城守実徳が赴任してきた。すでに五十八歳で、出世も頭打ちとなっていることから、東町奉行所の与力や同心は、経歴の最後をのんびり過ごすような人物だと思い込んでいた。

ところが高井は、皆の想像とは真逆の人物だった。

「初入り」を済ませた高井は、御用談の間（会議室）に与力や同心を集めて訓示を述べた。

「皆に言いたいことは一つだけだ。これまでの仕事のやり方をいったん忘れてほしい」

一同がどよめく。

「どうしてだか分かるか。これまでのそなたらの仕事ぶりは入念に調べてきた。それぞれの勤めぶりもだ」

――このお方は本気か。

ありきたりの訓示を聞くつもりでいた平八郎の胸内に、何か得体のしれない英気が湧き上がってきた。

「それによると、いろいろ派手にやっているというではないか」

与力や同心が静まり返る。

「だがわしは、過去のことはとやかく言わん。今日この時から、皆が心を入れ替えて忠勤に励んでくれるなら、過去のことは忘れる」

高井の声音が慈悲深いものに変わる。

「人というのは、よくも悪くも慣れる生き物だ。何かに慣れてしまうと、善悪の区別がつかなくなる。だが法を守るわれわれは、それではいけない。日々心を洗い、新たな気持ちで仕事に精励するのだ。さすれば慣れという悪癖はなくなる」

――このお方は、『易経（えききょう）』を読んでいるのか。

『易経』繫辞伝（けいじでん）の一節に「聖人は此（これ）を以て心を洗い、密に退蔵し、吉凶民と患（うれ）いを同じくす」というものがある。つまり「聖人は徳義によって心の汚れを拭い去り、よいことも悪いことも、わが事のように憂うるべし」という謂だ。これは『易経』の根本思想の一つを成す中庸の精神のことを指している。

高井が続ける。

「何のことだか分からぬような顔をしている者もおるので、分かりやすく言ってやろう。明日からは、一切の礼銀や付け届けをもらってはならぬ。清廉潔白を旨とし、仕事に精励するのだ。もしも一時の気の迷いから何かをもらった者がいるなら、申し出てほしい。正直に申し出れば、本人は切腹で済ませ、家督は子なり弟に取らせることで済ませよう」

この時代、武士にとって切腹は名誉の死だった。

「以上だ。脇目もふらず仕事に励め。さすればよきこともある」

それだけ言うと、高井は六十近いとは思えない素早い身のこなしで去っていった。

それを見届けると、御用談の間に残された与力や同心の会話が聞こえてきた。

「此度の御頭は、岩のように頭が固そうだ」

「明日からは一汁一菜だな」

「これで商人から借りている金を踏み倒せなくなったぞ」

その中には、「江戸でも己の流儀を押し通して老中の勘気をこうむり、左遷されてきたらしい」という事情通の言葉もあった。どうやら高井は、曲がったことが大嫌いな性格らしい。

――これは面白くなるぞ。

ようやく気骨のある上役と出会えたことで、平八郎は俄然やる気になってきた。

早速、高井に面談を申し入れると、その日の夕方に会ってくれることになった。


「よろしいですか」

高井の詰所（執務室）の障子の外から、平八郎が入室していいかどうか伺うと、「誰だ」という高井の甲高い声が聞こえてきた。

「はっ、大塩平八郎後素（こうそ）に候（そうろう）」

「ああ、大塩平八郎が参ったか。待っていたぞ」

昨年、平八郎は正高という親からもらった諱（いみな）を、後素に改めていた。この奇妙な諱は『論語』にある「絵事（かいじ）は素（しろ）きを後（のち）にす」から取っている。すなわち「絵を描く時、様々な色を使った後、最後に白を入れて陰影をつけていくように、人は様々な学問を身に付けた後に礼を学べば、人格が完成する」という一節から取られている。

「ご無礼仕（つかまつ）ります」

平八郎が大柄な体を縮めるようにして入室すると、高井は「構わぬから近くまで来い」と言って手招きした。

「そなたのことは聞いておる。謹厳実直で職務に厳格とか」

「仰せの通りに候」

「ははは」と、高井が豪放磊落（らいらく）な笑い声を上げる。

「さすがだな。武士はそれくらいでなければいかん。さて、その大塩殿が何用かな」

平八郎は威儀を正すと言った。

「はっ、先ほど訓示の中で仰せになったお言葉の中に、『日々心を洗い』という一節がありましたが、それは『易経』繫辞伝から引用したものでしょうか」

「なんだ、そんなことを聞きに来たのか。さすがの学問好きだな」

高井は平八郎のことを、ある程度は知っているらしい。

「はい。人は学問あってのものです」

「そうだな。わしも学問好きだ。だから先ほど、訓示の中に『日々心を洗い』という一節を入れた。そして誰が来るか予想した」

「あっ」

さすがの平八郎も虚を突かれた。

「わしの思っていた通りの御仁が参ったというわけだ」

「恐れ入りまして候」

高井は訓示の中に『日々心を洗い』という一節をさりげなく入れることで、平八郎の反応を見ていたのだ。

「大坂東町奉行所の面々のことは、前任の彦坂殿から聞いてきた。また大坂東西両町奉行から老中に提出する年次の手控え（報告書）にも目を通してきた」

「なんと――。そこまでなされた御頭はいらっしゃいませんでした」

「新たな仕事に就くにあたって、万事を尽くすのは当たり前だ」

「仰せご尤もに候」

「そなたには――」

高井の双眸が光る。

「大いに期待している」

「ありがたきお言葉」

「では、聞く」

「何なりと」

「江戸から遠いこともあり、また商人が多いこともあり、大坂は手の込んだ悪がはびこっておる。こうした悪を取り除くことはできると思うか」

高井の顔が険しくなる。

これまで町奉行に赴任してきた者たちは、その職が長くても四、五年ほどだと心得ており、大過なく穏便に過ごそうとする。それゆえ何をするにしても手ぬるくなる。手ぬるくなれば悪がはびこる。その繰り返しにより、大坂では悪が幅を利かせるようになり、今では武士階級まで汚染されつつあった。

「できます」

平八郎が確信をもって答えると、高井はすかさず「どうやって」と問うてきた。

「まず人倫の道や政を良知の下に根付かせ、人が本然的に持つ善良なる部分を取り戻させるのです。すなわち若き者たちを善導すると同時に、年ふりている者たちにも教育を施します」

「それだけで悪はなくなると思うか」

「なくなりません。人は誰もが聖人の素質、すなわち良知を持って生まれてきますが、生きている間に塵芥をまといます。それを振り払うのは容易なことではないからです」

「塵芥とは何か」

「『功名気節』や『貨色功利』を求めてしまう心のことです」

貨色功利とは「貨幣や女色をうまく得ようとすること」の謂だ。

「それらにどっぷり浸かっている者らに、良知を致すことはできるのか」

「できます。まずは疑い人や科人の取り調べを厳にし、次々と摘発していけば、悪人どもは奉行所を畏怖し、悪は減っていくことでしょう。それと同時に万民に良知を知らしめていくのです。さすれば人々は次第に悪を憎み、世は良知で満たされることでしょう」

「そなたは大きな宿望（理想）を持っているのだな」

「持っておりますが、それだけで事がうまく運ぶとは限りません。しかしやらねば何も始まりません。何もやらぬ者から笑われようと、何ら気になりません」

「そうだな。やってみることが肝要だ」

高井は力強くうなずくと言った。

「大塩殿、やろう」

「もったいなきお言葉」

奉行が与力を殿付けで呼ぶことは珍しい。だが高井は、一人の人間として平八郎を評価したのだ。

「そなたと二人でどこまでやれるか。わしは見ての通り、もはや出世など叶わぬ身だ。しかしわしが町奉行になったからには、その仕事を全うしたい。わしの手足になってくれるか」

「もちろんです。この大塩平八郎、この世から悪を取り除くことに命をかける所存！」

「よくぞ申した。そなたがいて本当によかった」

「ああ――」と言って平八郎が平伏する。その手の甲には大粒の涙が落ちていた。

――「士は己を知る者のために死す」か。わしはよきお方と出会えた。

平八郎は大きな感動に包まれていた。

七

その男は道場の真ん中に胡坐(あぐら)をかき、疥癬(かいせん)とおぼしき模様のできた脛をぼりぼりとかきながら、得意げに話を続けた。

「それで蝦夷人(えぞびと)（アイヌ）から海獣の胆(きも)を買ったのさ。蝦夷地の寒さに耐えるには栄養価の高いものを取らねばならぬからな。だが少しかじってみたところ、苦くて食えない。でも『精が付く』と連中が言うので、無理して胃に押し込んだところ、それが大いにあたって、下(しも)の方が大時化(おおしけ)になっちまった」

男は薄汚れた手巾で、槍術稽古後の汗を拭いながら語り続けた。

「それで連中に文句をつけたら、次に連中は海獣の目玉を勧めてきた。これが何を措いても滋養にいいという。だが、さすがのわしも『目玉は食えぬ』と断ったら、連中の一人がぺろりと食べたのさ。それを見てわしも度胸を決めて食べたところ――」

固唾をのむような顔で話を聞く道場仲間を見回すと、男が得意げに言った。

「これが、この世のものとは思えないほどうまかった」

「どのような味なんで」と、誰かが問う。

「こってりとタレを付けた鰻のような味だ。いや、鰻以上だ。食った後に腹も下さなかったし、千里も走れるかと思うほど活力が湧いてきた。『物は試し』と昔から言うが、あれは本当にその通りだったな」

黒々とした髭の中から顔を出す白い歯を誇るかのように、男は高笑いした。

男の名は近藤重蔵。近藤は蝦夷地探検で大いに名を上げた。しかしそれで有頂天になり、老中に「身分によらず人材を登用すべし」などと献言し始めたことで、老中首座に就いた水野忠成から憎まれ、大坂御弓奉行という閑職に転役させられた。

平八郎らと一緒に話を聞いていた坂本鉉之助が問う。

「それで近藤さんは、つごう何度くらい蝦夷地に渡られたのですか」

「五度さ」

重蔵が得意げに言うと、車座になっていた者たちから感嘆のため息が漏れた。

「あまりの寒さに肝まで凍えるという蝦夷地に、近藤さんは五度も行ったのですか」

「ああ、そうだ。蝦夷地は寒いなんてもんじゃない。口を開けて大きく息を吸うと、そのまま口の中が凍りついて閉じられなくなる」

「それは本当ですか」

「ああ、下手をすると喉まで凍って窒息する」

秘密の話を童子にするように、重蔵が声を潜めてその恐怖を強調する。

その時、道場主の柴田勘兵衛が、小者二人に酒樽を持ってこさせた。

「ああ、柴田さん、ひと汗かかせていただきました。でも、もう若い人たちには敵いません」

すでに重蔵は五十歳になっていた。

「そんなことはないでしょう。先ほど縁先から稽古を拝見させていただきましたが、近藤さんの槍先は、まだまだ舌鋒と同じくらい鋭い」

「こいつは一本取られましたな」

重蔵が大口を開けて呵々大笑した。


その後、皆で車座になって酒盛りとなった。

重蔵は酒が入って呂律が回らなくなっても、しゃべることをやめない。平八郎にとって、本来なら「好かぬ男」の範疇に入るのだが、蝦夷地への興味とその話術の巧みさに引き込まれ、珍しく話に聞き入った。

「そもそもわしが蝦夷地に派遣されたのは、オロシャ（ロシア）人が日本に通交を求めてきたことに始まる」

　安永七年（一七七八）、ロシア船が交易を求めて蝦夷地に初めて来航した。ロシアは十八世紀中盤頃からラッコ、クロテン、カワウソの毛皮を求めてカムチャッカから千島伝いに南下し、アイヌと物々交換をしていた。明和五年（一七六八）には、帰属が曖昧なウルップ島に植民を開始し、松前藩に交易の開始を打診してきた。松前藩はこれを謝絶し、ロシア人との接触自体も秘匿したが、田沼意次の命による天明五年の蝦夷地調査によって、それが明るみに出た。

「当時老中だった田沼意次殿は最上徳内という学者を蝦夷地に渡らせ、海鼠、鮑、昆布といった海産物を調査し、交易で利が出るものかどうか見極めようとした。つまりそれまでの問屋を介していた商いを改め、長崎会所で直取引できないか模索したわけさ。田沼老中というのは本当に頭の切れるお方だった」

　重蔵が会ったことのない田沼意次を懐かしむような顔をする。どうやら感情の容量が大きい男のようだ。

「その後、ラクスマンという少しはましなオロシャ人がやってきたことで、時の老中の松平定信殿は蝦夷地を幕府の直轄領にすることを考え始めた」

　寛政四年（一七九二）、ロシア初の遣日使節となるアダム・ラクスマンが女帝エカテリーナ二世の国書を携えて根室に到着し、交易を求めてきた。

「その後、蝦夷地交易で潤っていた松前藩との間でいざこざはあったものの、文化四年（一八〇七）、公儀は強引に蝦夷地を直轄領とした」

重蔵は論旨が明快で伝え方がうまい。

「オロシャばかりじゃない。エゲレスのブロートンという軍人もやってきて、蝦夷地や樺太の海図を作っていった」

「海図というと地形を描いた図面ですか」と誰かが問う。

「そうだ。海の深浅から潮の向きなど、航海をするのに必要なことが描かれた図だ」

「海図を作るために、遠路はるばるエゲレス船が来たのですか」

「うむ。エゲレス人によると、日本の北方は世界最後のテラ・インコグニタだそうだ」

「それは何ですか」

「地理の空白地帯という意味だ。エゲレスは世界のすべての海図を持っており、その最後の仕上げが蝦夷地や樺太だったってことよ」

平八郎が初めて質問する。

「何のために、そんな僻陬（へきすう）の地の海図を作るのですか」

「有り体に言えば探求心よ」

「探求心と――」

「そうだ。わしも同じだ。皆の知らない地に行き、誰も見たことのない光景を見たい。それで命が危うくなっても構わない。実は樺太で極光（きょっこう）（オーロラ）というものを見たのだが、これが実に美しい」

「お待ち下さい」と言って、一人の若い与力が手を挙げた。

「そなたの顔には見覚えがあるな」

「はい。江戸で近藤様と親しくさせていただいたわが父内山藤三郎の跡を継いだ彦次郎です」

「そうか。そなたの父上が江戸に参府した折、縁あって親しくさせていただいた。今も息災か」

「はい。病がちですが、今もまだ仕事を続けています」

——随分と冷たい物言いだな。

父に対する思いが希薄なのか、内山は随分と冷淡な言い方をした。

平八郎の場合、早世した父に対する思いは強く、その無念を思うと涙が出そうになる。その点、内山彦次郎に対する第一印象はよくないものになった。

「で、そなたは何が聞きたい」

「エゲレスは本当に探求心から海図を作っているのでしょうか」

「よくぞ、そこに気づいた。よいか——」

重蔵が皆を見回す。

「彼奴らは笑みを浮かべて握手を求めてくる。こうしてな」

重蔵が歯茎を浮き立たせながら毛深い手を前に差し伸べたので、皆から笑いが漏れた。

「だが、それを信じてはいかん。かの者どもは己の利だけを考えて握手を求めてくる。つまりこちらが隙を見せれば、蝦夷地を占領しようと目論んでおるかもしれん。とくにエゲレスには警戒が必要だ」

すでに大英帝国は世界各地に植民地を有していた。

「皆、よく聞け」

重蔵の顔が険しくなる。

「これから否応なく海は開かれる。公儀が鎖国を続けようとしても、それは無理というものだ。それゆえ外夷の学問を学び、彼奴らの手の内を知ることが大切だ」

――外夷の学問か。

平八郎もそれを学びたいと思う。だが一冊の本すらなく、たとえあったとしても、外夷の言葉が分からないでは学びようがない。

「何事も学ぶことは大切だ。決して外夷を敵視したり馬鹿にしたりしてはならない。彼奴らにも賢い輩はいる。とにかく彼奴らのすべてを吸い取るのだ。わしはこう見えても幼少の頃から学問好きでな。山本北山（やまもとほくざん）という儒学者に師事していた」

話題が変わり始め、道場主の柴田も迷惑そうな顔をしているので、皆は「それではまた」とか「ちょっと所用があり」などと言って座を立ち始めた。だがそんなことに頓着せず、重蔵はその場に横になると、手枕で語り続けた。

――山本北山だと。

皆と同じく腰を浮かし掛けた平八郎だったが、山本北山と聞いて座り直した。

「北山先生は儒学でも折衷学派に属していた。いわば、古学、朱子学、陽明学のいいとこ取りをしたような学派だ」

朱子学とは南宋の時代に朱熹（しゅき）という学者がまとめた儒学の一派で、幕府が封建制の維持に最適な学問として奨励したため、主に武士の間で広まった。儒学が「五常の徳目」すなわち「仁義礼智信」を重視した学問だったのを一歩進め、朱子学は君臣の序を明確にする「忠」の精神を重視した。これにより「忠・孝・悌」という主君、親、目上の者を絶対化する精神が育まれていく。

古学とは朱子学を否定する儒学の一派で、政治や社会秩序のためという側面を忌避し、愛、誠実、思いやりといった人の内面から湧き出る感情を重んじた。

折衷学派は江戸時代中期に派生した儒学の一派で、特定の学説に偏（かたよ）らず、そのよいところを抽出していくという穏当な学派で、一貫性よりも儒学を広く学びたいという旗本や御家人の子弟の需要に適（かな）っていた。

「平さん、そろそろ帰ろう」と鉉之助が耳元で囁く。

「少し待て」

二人が小声でやり取りしても、重蔵の耳には入っていないようだ。

「折衷学派は生ぬるい。儒学を学問として教えるだけで、それをいかに政治に生かしていくかという発想がない。つまり実践に役立たない学派なのだ。あれっ、もうみんな帰っちまったのかい」

重蔵が周囲を見回したが、それに応える者は、すでに平八郎と鉉之助くらいになっていた。

——面白くなってきたぞ。

平八郎は一言一句聞き逃すまいとした。

「それで近藤さんは、どうしたのですか」

平八郎が問うと、重蔵が眠そうな目をこすりながら答えた。

「それゆえわしは、儒学を実践する場の必要性を感じて塾を作った。いや塾といっても、わしの家は手狭なのでただの教場だ。そこで有志と学び、共に語り合いたいと思ったのだ」

「皆で学ぶために塾をお作りになったのですね」

「そうだ。『白山義学』という名までつけ、表門に扁額まで飾った。木工職人に依頼して立派なものを作らせたので、さんざ値切ったのだが二分（一両の半分）もかかってしまった。全く職人というのは――」

話が横にそれそうになったので、平八郎が慌てて戻した。

「それで『白山義学』という塾名の由緒は何なのですか」

「ああ、そのことか。白山は白い山。真っ白な心に義の学問を刻むという謂だ。実はな、うちの屋敷が白山神社の裏手にあったので、場所を塾名にして門弟を増やそうと付けたのだが、誰かが『さようないわれか』と聞いてきたので拝借した」

重蔵が大欠伸を漏らす。どうやら終わりが近づいてきたようだ。

「近藤さんがその義学とやらを創設なさったのは、おいくつの時ですか」

「ああ、その時のわしの年か」

にやりとすると重蔵が言った。

「十七だよ」

平八郎と鉉之助は顔を見合わせて唖然とした。

八

柴田道場での酒盛りは、その後すぐに終わった。重蔵がそのまま寝入ってしまったからだ。

道場主の柴田勘兵衛が重蔵を泊めると言ったので、平八郎と鉉之助は重蔵に肩を貸し、寝床まで運んだ。

その時、重蔵の腕や脛に凍傷の跡らしきものがあるのに気づいた。幸いにして手指や足指を失うことはなかったようだが、それらの跡は、蝦夷地での探索活動が過酷なものだったことを表していた。

――しかし傷は体だけではない。

蝦夷地の過酷な環境が、重蔵の心にも傷を残したのは間違いない。それは酒が過ぎることからも明らかだ。

背後を歩く柴田から、「若い頃は、これほど過ごさなかったのにな」という声が聞こえた。

蝦夷地探索が重蔵の名を高めたのは間違いない。だが失ったものも多いに違いない。

――何かを得れば何かを失うのか。

だが何かを失うことを恐れていては、何かを得ることはできない。

――何があろうとも、わしは近藤さんのように酒に逃げることはしないぞ。

平八郎は心に誓った。

平八郎と鉉之助の二人が道場を出る頃は、すっかり外が暗くなっていた。柴田が「住み込みの門人に送らせる」と言うのを丁重に断り、提灯だけ借りた。

「いやはや驚いたな」

鉉之助が首筋を軽く叩きながら言う。

「近藤さんのことか」

「もちろんだ。傑物というのは、やはり常人ではないな」

「うむ。あのくらいでないと蝦夷地探検などできぬ」

「その通りだ。人は熱に浮かされているようでなければ一廉のことはできぬ」

「熱か――」

平八郎にとって、今の仕事は熱中できるものではなかった。

「まあ、ああいう変わり者は変わり者で面白いが、われらにはかかわりのない人物だ」

「いかにも変わり者だが、かかわりがないということもあるまい」

「では、師事でもするのか」

鉉之助がからかうような口調で言う。

「わしは蝦夷地のことが聞きたい。それと――」

一瞬ためらったが、鉉之助なら夢を語っても恥ずかしくないと思い直した。

「わしは近藤さんのように塾を開きたい」

「塾か――」

鉉之助の持つ提灯が揺れる。

「平さんなら、人に何かを教えられる。でも何を教える」

「陽明学だ」

「陽明学だと。どこにそれを教える塾がある」

「ないからやるのだ」

「それはよいとしても、奉行所勤めでは無理だよ」

ちょうど東町奉行所が見えてきたところで、鉉之助が言った。柴田道場は大坂城の追手口(おうてぐち)を出てすぐのところにあるので、家に帰るには追手筋を北上する形になる。

――厄介なのはそこなのだ。

非番の日だけ講義すると言っても、そんな自己都合で講義を行う塾など流行らないし、束脩(そくしゅう)(入学金)や月謝を取るわけにもいかない。

「それは分かっている。だが近藤さんは幕臣ながら、長崎に行く直前まで塾を開いていた。あれでいて粘り強い性格なのだろう」

重蔵は寛政七年(一七九五)、二十五歳の時に長崎奉行手附出役(てつけしゅつやく)を拝命するまで、白山義学を開講していた。

「そうだな。近藤さんによると、借金して書物や地図をかき集め、手に入らないものは頼み込んで借り出し、皆で書き写したというからな」

重蔵は幕府の法令集の編纂と全国の地誌の編集に的を絞り、前者は『憲教類典』百五十四巻に、後者は林家（林羅山を祖とする朱子学の名門）の地誌編纂事業に合流したため事績は定かでないが、少なくとも甲斐・上野両国の地誌として結実した。

それだけでなく重蔵は、幕府に対して家格によらず個人の資質に応じた人材登用を提言し、世襲の御先手鉄砲組与力という軽輩から逸脱し、長崎へ、さらに蝦夷地へと雄飛していくことになる。

平八郎が己に言い聞かせるように言う。

「学問によって道は開かれる。学問こそ何物にも勝る武器なのだ」

「武器とは物騒だな。いったい誰と戦うんだい」

「誰かと戦うためではない。己を涵養し、世のため人のために役立つことをするためだ」

「世のため人のためというのは、例えて言うと、どういうことだ」

「それは――」

平八郎が言葉に詰まる。学問を与力という今の仕事に結び付けられないからだ。

鉉之助が畳み掛けた。

「しょせん俺たちは与力だ。近藤さんのように塾をやって博学となり、それをお上に認めてもらえれば、出世の糸口を摑めるかもしれん。だが今の家職をないがしろにはできない」

鉉之助の言うことにも一理ある。だが人は「こうしたい。だがそれは今ではない」と思って無為に時を過ごしてしまう。そのうち若い頃の英気が失せてしまうのだ。

——それでは駄目だ。こうと思った時が立つべき時なのだ。

平八郎は「こうしたい」と思うと、すぐに行動に移さなければ気が済まない性分だった。

「そなたの言うことも分かる。だがな、それでこの世に生まれた意義があるだろうか」

鉉之助が分別臭く言う。

「しょせん俺たちは与力だ。分不相応な夢を抱いてどうする」

「与力、か」

人は生まれた瞬間から、何かしらの枠にはめられる。百姓に生まれれば百姓になるしかなく、与力に生まれれば与力になるしかない。稀(まれ)に重蔵のような型破りの男が、その殻を突き破ることに成功するが、それは重蔵だから成し得たことなのだ。

——だが近藤さんも、ひたすら出頭したわけではなく、上に疎(うと)んじられて大坂に流されてきた。がんじがらめの世の中で枠を脱しようとすれば、必ずしっぺ返しがある。

平八郎はそれを痛感した。

「じゃあな」と言って提灯を押し付けると、鉉之助が道を引き返していった。気づくと、鉉之助ら玉造口与力の住む長屋を通り過ぎていた。

「こんなところまで付き合わせてしまい、すまなかった」

「いいってことよ。話が面白かったからな」

鉉之助が笑い声を残して去っていった。

一人になった平八郎は、天満橋を渡りながら考えていた。

——もっと世の中の役に立ちたい。そのためにはもっと学ばねばならない。学ぶことで、今何をなすべきか、明日何をなすべきかが見えてくるはずだ。

平八郎には「万民が幸せに暮らせる世を作りたい」という志（こころざし）がある。だが与力としてそれをなす方法は、いまだ見えていない。だからこそ、それを見つける第一歩として塾を開きたいのだ。

——だが与力をやめずに塾を開いても、中途半端に終わるだけではないか。

重蔵は幕臣という地位のまま塾を開いた。だが、近藤家の世襲職である御先手鉄砲組与力だから塾を開けたという一面もある。御先手鉄砲組与力は、戦時となれば先鋒として戦場を駆けねばならないが、平時は江戸城の門衛を交代で担うのが主な仕事で、非番が多い。その一方、平八郎の仕事は多忙を極める奉行所の与力なのだ。

——与力の仕事と塾を開講することは両立できないのか。

すでに六つ半（午後七時頃）は回っているのだろう。人の絶えた天満橋には、あばら骨を浮き立たせた野犬の姿が何匹か見えるだけだ。その遠吠えが空しく響く。

——わしは、このまま与力として生涯を終えるのか。

平八郎にとって、それはまさに負け犬と同じことだった。

九

非番の日、灘の清酒が一斗入った角樽を提げた平八郎は、重蔵の役宅を訪ねた。

重蔵は大坂城の西側の追手口に面する御弓奉行屋敷を与えられていた。そこは長らく空き家になっていたが、大坂の役人にとって垂涎の的のお堀端にあった。

重蔵はこの屋敷に、長男の富蔵、長女の近、用人一人、若党二人、小者三人、妾一人、下女一人と住んでいる。

江戸で幕閣に疎んじられたとはいえ、それが一時的なものだというのは、与えられた屋敷からも明らかだった。

早速、重蔵の居室に通された平八郎は、まだ日も高いのに一献傾けることになった。

「さすが酒は大坂だ。灘の酒ってのは、どうしてこんなにうまいのかね」

重蔵が徳利を差し出したので、平八郎は自分の小さな盃でそれを受けた。

「関東では、上方から下ってくる酒を『下り酒』と呼ぶ。一方、関東の地廻り酒は『くだらない酒』として蔑まれた。それが『くだらない』の語源だ。それゆえわしは関東の酒は飲まなかった。くだらない者になりたくはないからな」

重蔵が高笑いしたが、平八郎には何が面白いのか分からない。

「近藤さんは酒に目がないんですね」

「ああ、酒は好きだよ。これほど心に積もった塵や澱を洗い清めてくれるものはないからな」

「心を洗い清める――。『易経』にある『洗心』ですね」

「そうだ。さすが奉行所一と言われる博学だな」

中国の古典籍「五経（儒学における経書の総称）」の一つ『易経』にある言葉に、「聖人は此を以て心を洗い、密に退蔵す」というものがある。「聖人は欲望や私心を洗い流し、心の奥底にしまい込んでしまう」という謂だ。

「それがしなど、まだまだ浅学です」

「謙遜せずともよい。人は死の瞬間まで学び続けねばならない。つまり誰もが浅学だ」

「その通りですね」

平八郎は感心し、重蔵の持つ朱色の大盃に酒を注いだ。それを重蔵は一気に飲み干す。

「その日の朝から勤めの終わる夕暮れ時まで、人は様々な塵や澱を心に蓄える。だからそれを一日の最後に洗い流す必要がある」

「洗い流すことで、心が『太虚』になります。そこに学問を注ぎ込むのですね」

「その通りだ。さすれば賢人が達した域に、己も達せられるような気がする」

酔いが回ってから学問も何もないのだが、重蔵がそう言うと、本当のことのように聞こえるから不思議だ。

「それがしも酒は嗜みますが、近藤さんのように飲むことはできません」

「そうかい。それなら、お前さんはその程度の人として終わるしかないな」

「えっ」

重蔵の双眸が光る。

「お前さんは一廉の人物になりたいんだろう。それでその道を聞きに、ここに来た」

「その通りです」

「じゃ、一つまいろう」

重蔵が満々と酒を注いだ大盃を差し出す。

「酔ってしまっては大切なお話を聞き逃すかもしれませんので、そこそこにしておきます」

「それがいかんのだ。酒というのはな、ちびちび飲んでいては駄目だ。そんな者の心根は萎えるだけだ。一気に飲む者の心には、いつも雄渾（ゆうこん）な英気が宿る」

「しかし――」

「それとも大坂武士というのは、酒に酔うと醜態を晒（さら）すのか」

「さようなことはありません」と答えるや、平八郎は清水（きよみず）の舞台から飛び降りるつもりで大盃の酒を飲み干した。

「それでよい。心は洗われたか」

「は、はい」

「では、聞こう」

それまで脇息（きょうそく）に身をもたせていた重蔵が威儀を正す。

「学問は何のために修める」

「究極は経世済民のためです」

経世済民とは、経済という語の語源にもなった中国の古典籍にある言葉で、狭義の意味では「為政者が民の生活を維持するために、生産、消費、売買といった経済の仕組みを作り上げ、それを維持管理していくこと」という謂だ。

「よく言った。もしも『忠義を尽くすため』などと抜かしたら、酒を置いて帰らせるところだった」

「もちろんです。忠義は忠義で大切ですが、われら武士は常に民のことを考えていなければなりません」

「その通りだ。そのために学を修め、それを資として公儀に提言していく。それが武士たる者の務めだ」

「はい。しかしそれがしは一介の与力です。つまり学問を修めて経世済民に尽くしたいと思っても、日々の仕事は町の治安を守ることなのです」

「ははあ、そういうことか」

重蔵がうれしそうな顔で盃を重ねる。

「近藤さんも本を正せば御先手鉄砲組与力でしたね。つまり御目見以下の身分でした。しかし学問を修めて、それを武器に、公儀に物申すところまで行きました」

「そうだよ。御先手鉄砲組与力などというものは暇な仕事でね。戦となれば鉄砲隊の一人として先鋒を担うわけだが、戦なんてないからね。でも傍輩たちは、さも大事な仕事だと吹聴し、厳めしい顔で門の前に立っていた。それで非番となれば酒と博奕だ。ましな奴でも、せいぜい武芸、俳諧、囲碁、将棋に茶の湯ってとこだ。子供の頃からさような連中を眺めていると、人という生き物のくだらなさに辟易する。それでわしは学問を修めることにした」

「さすがです。しかしどうやって出頭なさったのですか」

「話には順序がある。黙って聞け」

「はあ」

平八郎が口をつぐむと、重蔵は自らの大盃に酒を注いで飲み干した。

「わしが出頭のきっかけを摑んだのは、学問吟味に応募したからだ」

寛政四年、寛政の改革を行った老中の松平定信によって、旗本と御家人への学問の奨励と実力主義を重視するために、学問吟味という試験制度が施行された。第一回は同年九月に行われ、慶応四年（一八六八）までの七十七年間に第十九回まで行われることになる。いずれの回も、合格者はほぼ一割以下という難関だった。

「学問吟味については、多少知っております」

「そうか。その第二回の学問吟味に合格したことが、わしの出頭のきっかけとなった」

寛政六年（一七九四）、二十四歳の時、第二回の学問吟味に応募した重蔵は、丙科合格を果たした。この時の甲科合格者には、文人として名を成す大田南畝や重蔵の上役として共に蝦夷地探索を行った遠山景晋がいる。

酔いが回ってきたのか、再び脇息に身をもたせ掛けた重蔵が得意げに続ける。

「若年寄の堀田様（正敦）にも御目通りが叶い、そこから、わしの出頭が始まった」

堀田正敦は後に蝦夷地御用掛となり、重蔵を抜擢することになる。またこの時の学問吟味の関係者が、それからの重蔵の出世にかかわっていく。

「人とは不思議なもので、運が開けてくると、とんとん拍子で出頭する。だがそうでなかった者もいる」

丙科合格者だけでなく甲乙科の合格者でも、出頭した者ばかりではない。出頭とは名ばかりで、これまでとさして変わらない職種や石高の者もいる。

――それが人の運というものか。

重蔵の場合、何が気に入られたのか堀田らに見込まれ、次々と出頭の機会を与えられた。その期待に応え続けた重蔵にも、むろん優れた能力があったに違いないのだが。

「しかし近藤さん――」

「なんだ、思い詰めた顔で」

「近藤さんは山本北山先生に師事し、朱子学を中心に学んできたわけですね」

「そうだが」

「それがしは陽明学をやりたいのです」

重蔵の顔色が変わる。

「陽明学だと」

「そうです。陽明学は人の心にある良知、すなわち生まれながらの無垢の心を肯定し、それを拾い上げる、すなわち自覚させる学問です。陽明学が広まることは良知が広まることで、陽明学こそ、上と下の者たちが相和してこの世をよくしていける学問だと思うのです」

　重蔵が気の毒そうな顔をする。

「わしとて陽明学は知っておる。だが湯島聖堂（昌平坂学問所）では朱子学を主な学問としており、陽明学は亜流だ。いや、邪道と言ってもいい」

　朱子学の普遍的秩序志向は、天下泰平を維持しようとする幕閣に好まれた。だが革新的傾向の強い陽明学は反体制派に好まれるようになり、幕府にとって煙たい存在となっていた。

「たとえそうだとしても、昨今の朱子学を教える塾は、古典の解釈だの、文法の分析だの、詩文作りの作法といったものしか教えません。それでは実学とは言えません」

「だからといって、朱子学を習得しないと学問吟味は通らぬ」

「それは分かるのですが――」

　平八郎が言葉に詰まる。

「お前さんは、学問を出頭の手掛かりとしたいのではないのか」

「出頭は目的ではありませんが、出頭できなければ経世済民の献言をすることもできず、その矛盾に苦しんでおります」

「よいか、この世は公儀が牛耳っている。公儀が白と言えば白、赤と言えば赤という者だけが出頭できるのだ。何を好き好んで赤を白と言い、白を赤と言う輩を公儀が出頭させる」

「その矛盾を克服したいのです」

重蔵の顔が苦いものに変わる。

「わしだって公儀におもねるのは嫌だった。だが自分の志を問うためには、公儀の決めたことに従わねばならぬ。それゆえ折衷学派の山本北山先生の講義にも通った。わしにもできたそうした忍耐が、お前さんにはできないと言うのか」

「はい、できません」

「だったら出頭をあきらめて、好き勝手に学べばよい。それなら誰も文句は言わない」

幕府は陽明学を禁止まではしなかったが、諸手を挙げて歓迎することもなかった。つまり陽明学は、出頭を目的にする場合は役に立たないのだ。

――わしはどうすればよいのだ。

その道を重蔵に教示してもらおうとしたが、重蔵とて、この矛盾を解決する策を持っていなかった。

「では、これまでお前さんは、陽明学だけを学んできたのか」

「いいえ、朱子学も学びました」

「どこで学んだ」

「梅花社です」

「ああ、あの『儒中の鴻池』か」

篠崎小竹の梅花社は、主に朱子学を教えているが、その思想の根源を探ろうというのではなく、上っ面の知識を中心に教えていた。そのため大坂では一、二を争うほどの繁盛ぶりで、

「儒者長者番付京坂第一」「儒学界の鴻池」と呼ばれていた。

「はい。非番の時に通っております。梅花社の講義に得るものはないのですが、蔵書には惹かれるものがあるので――」

平八郎は後年、この頃を振り返って「（講義を聞くことの）困苦辛酸、殆ど名状すべからず」と述懐している。

「そうか。それで陽明学に徹しようというのだな」

「はい。人の生涯など短いものです。無駄なものを学んで時を空費するより、自らが信じるものを学ぶべきだと思いました」

「だとしたら、出頭はあきらめるんだな」

「それをあきらめてしまえば、隠居するまで与力として大坂の町を歩くことになります」

「おい」と言って重蔵がぎょろりと目を剝く。

「それが嫌なら与力などやめちまえ」

平八郎に言葉はない。

「お前さんが一廉の学者になれると言うなら、農民でも商人でも集めて塾を開くがよい。食べるのには不自由しないだろう」

「それはそうですが――」

この時代、武士の株を売ることもできた。勝海舟の曾祖父の検校は旗本の男谷家の株を買い、子の平蔵を武士とした。

平八郎は、与力株を売り払うことまでは決断できかねていた。

しかし朱子学を学ぶのには辟易していたので、学問吟味を受けても合格は覚束ない。学問吟味は朱子学の経典をそらんじるまで覚えねばならず、旗本や御家人の俊秀でさえ、合格率は一割以下なのだ。

唇を噛み締める平八郎の前に、大盃が突き出される。

「いいから飲め」

「あっ、はい」

再び注がれた大盃を平八郎があおる。酒の味は先ほどに増して苦かった。

「どうだ、苦いか」

「はい。灘の清酒がこれほど苦いとは――」

「そうだろう。それが生きるということだ。誰もが矛盾を抱えて生きている。それを解消するのは容易なことではない。でもな――」

重蔵が遠い目をする。

「この世は、どこかで折り合いをつけていくしかないんだ。俺は『今は堪（こら）える時だ』と己に言い聞かせ、埒もないことを暗記し、下手な詩文をひねっていた。だがそこで堪えたからこそ、今の身分になれた。しかしお前さんは堪え性がなさそうだ。出頭をあきらめて与力として生きるか、さっさと塾を開いて己の学問を究めるか、どちらかの道を選ぶがよい」

「やはり、そう思われますか」

「うむ。人というのは、なぜか決められた道がある。いわゆる運命というやつだ。それが嫌だと思っても、どうしても運命に吸い寄せられていく。そんな時は流れに棹差していくのがよい。無理せず己の思う道を進め」

重蔵の言葉が、平八郎の胸にずしりと落ちてきた。

「分かりました。己の道を歩みます」

「それがよい。後は黙って飲め」

重蔵が注いだ大盃に映る己の顔を見ながら、次第に己の道が絞られてくるのを、平八郎は強く感じていた。


文政四年（一八二一）四月、重蔵が江戸に帰ることになった。事実上の罷免だ。その罪状は多様で、まず役宅に高楼を構えて大坂城内を眺められるようにしたり、堂上公家の千種有条の娘を、その雑掌の娘と偽って妾としたり、無断で大坂城下を離れて有馬温泉に逗留したりといった勝手し放題を咎められたのだ。一つだけならまだしも、あまりに横紙破りが多く、御役御免になるのも致し方ないことだった。

重蔵の大坂在番は二年にも満たない短期間だった。改易を免れただけでも幸いだったが、差控（謹慎処分）となったため、大坂の知己に挨拶もできずに去っていかねばならなかった。

むろん平八郎も、重蔵が差控になって後は会っていない。

江戸に帰った重蔵は「永々小普請入り」という永遠に非役という処分を下された。そのため激減した棒禄で家族と家人十一人を食べさせねばならない羽目に陥った。そこで一計を案じた重蔵は、槍ヶ崎の抱屋敷（百姓地を買い取って造った屋敷）の庭を庭園とし、入園料を取って家計の足しにした。ところがこれが大当たりし、「目黒新富士」または「近藤富士」と呼ばれるほどの新名所となった。なぜ富士と付けたのかというと、庭に富士塚と呼ばれる小山を造ったからだ。

そこまではよかったが、土地を売った百姓との間にいざこざが起こり、訴訟騒動にまでなった。そして文政九年（一八二六）五月、重蔵の嫡男富蔵と百姓一家の間で口論から刃傷沙汰となり、富蔵と近藤家の家臣らは百姓一家五人を斬殺した。

これにより近藤家は改易とされた。富蔵は八丈島に配流となり、重蔵本人も監督不行き届きを理由に、近江国の大溝藩預けとされた。大溝藩では重蔵を四畳半の獄舎から出さず、その健康状態も顧みなかったため、約二年後の文政十二年（一八二九）、重蔵は病を得て没した。享年は五十九だった。蝦夷地探索で名を成した一代の風雲児も、息子の不始末から、悲惨な最期を遂げることになった。

後にこの話を聞いた平八郎は、「人は運命に吸い寄せられていく」という重蔵の言葉を思い出し、その冥福を祈った。

十

篠崎小竹の梅花社は斎藤町にある。あまりの繁盛ぶりに土佐堀川に面した屋敷が手狭になったので、小竹の代になって斎藤町に移したのだが、今では随時五十人前後の塾生が通う大きな塾となっていた。

平八郎は梅花社の教育を「くだらん」とは思いつつも、与力の仕事が多忙な上、徒歩圏内の塾といえば梅花社くらいしかないため、三十二歳になる文政七年（一八二四）になっても通っていた。

その年の春、梅花社の書庫で書見していると、塾生の一人が「小竹先生が探している」と伝えてきた。

小竹の個人宅になっている奥の間までは、中庭を見ながら行く。ここには梅花社と命名された由来になる見事な枝ぶりの緑萼梅（りょくがいばい）が植えられていた。

――もう梅の季節は終わったのか。

すでに緑萼梅は花を落としていた。どうやら今年は、この梅が見事な花を付けるのを見逃してしまったらしい。

――時は瞬く間に過ぎてゆく。

父の平八郎敬高が三十歳の若さで急死したことが、平八郎の念頭からは離れない。この世で何も成さずに死した父の無念を思うと、焦りばかりが募る。

中庭の梅の木をにらむように見ながら、小竹の居室の前で「大塩です」と言うと、「おお、大塩殿か。入られよ」という小竹の甲高い声が聞こえた。

「ご無礼仕ります」と言って入室すると、大柄な男がこちらに背を向けていた。

「大塩殿、こちらへ」という小竹の言葉に従い、平八郎は二人の間にある丸茣蓙に座した。

「こちらのお方はご存じあるまい」

「ああ、はい」

ちらりと見ると、無精髭を生やした面長の男が座していた。その眉は濃く、頬骨は張り、顎骨も岩塊のように丈夫そうだ。一目で一廉の人物だと分かるが、その奇相から一筋縄ではいかないことも明らかだ。

「頼（らい）先生、こちらが先ほど話に出た大塩平八郎殿です」

頼と呼ばれた男が丁重に頭を下げる。

「勉学に励んでいる折に、お呼びたてしてしまい申し訳ない」

「いえいえ、お気になさらず。ここでは人物と会うことの方がためになります」

大塩が皮肉を込めて言うと、小竹は苦い顔をしたが、男は「ははは」と高笑いしている。

「さすがです。頼山陽（さんよう）と申します」

「東町奉行所与力の大塩平八郎と申します」

一瞬で、二人は相通じるものを感じ取った。

小竹は気を利かせて酒食を運ばせたので、飲みながらの歓談となった。

頼山陽は安永九年（一七八〇）、大坂で頼春水（しゅんすい）の嫡男として生まれた。平八郎より一回り上の四十五歳になる。父の春水が朱子学の塾「青山社（せいざんしゃ）」を開いていた関係で、幼い頃から書に親しみ、早くから俊秀ぶりを謳われていた。

その後、春水は広島藩の学問所創設にあたり仕官が叶い、広島に移る。もちろん山陽も同行したが、情緒不安定から度々問題を起こしたことで廃嫡にされ、三十二歳の文化八年（一八一一）、京都に出奔して塾を開いた。山陽は各地の学者を訪ねる旅をしながら著述活動を続け、文政十年（一八二七）には大著『日本外史』の一部を刊行し、天下に名を轟かせることになる。平八郎と知り合ったこの頃は、その著述が佳境に入っていた。

「大塩殿は陽明学を学んでいるとか」

山陽が水を向けてきた。

「はい。陽明学こそ経世済民の学問だからです」

「ということは経世済民を志しているのだな」

「はい。それがしは一介の与力ですが、世の中を少しでもよくしたいという思いから学問をしております」

「そうか」と言うと、山陽は平然と言った。

「それでは君の学問は大成しない」

「なぜでしょうか」

「学問とは己と向き合うことだ。何かを学ぶということは、そうした強い自我が必要なのだ」

「果たしてそうでしょうか。王陽明の言葉に『心即理』というものがあります。すなわち心と理は一体であり、私欲をすべて滅却すれば、自ずと学問は身に付くものです」

「つまりそなたの学問は、立身出世のためではないと言うのだな」

「そうです。私欲や悪心を断ち切らない限り、学問は心に入り込んできません」

「だが大いなる自我を持つことは、私欲や悪心を持つこととは違う」

「どう違うのでしょう」

「私欲や悪心は、それを梃子として何かを勝ち取ろうとするものだ。のう小竹殿」

「まあ、そうですな」

山陽の揶揄に小竹が苦笑いを浮かべる。

「『腐儒』という言葉を知っておるだろう」

「はい、もちろんです」

「『腐儒』は金もうけのために学問をする。そして遊女屋や揚屋で豪遊する」

「耳の痛い話ですな」

小竹が頭をかく。だが山陽の毒舌には慣れているらしく、不快な顔もしないし、座を立つこともしない。

実は、小竹は養子で入ったことから篠崎家の存続に強い義務感を抱いており、塾のために必死に働いてきた。

「そうした一点の利心が『大儒』と『腐儒』を分かつ」

「では、山陽先生は何を契機として勉学を志し、著述に励めるのですか」

「いかにも欲や功名心が全くなかったとは言わぬ。だがわしは、もっと大きな自我のために仕事をしてきた」

「もっと大きな自我――」

「そうだ。わしという一人の男が、どこまでできるか試してみたかったのだ」

「そのために勉学を――」

「ああ、これほど身勝手なことはない。だが世のため人のためなどと思っていると、様々な雑念が入り込む。例えば『これは世のため人のための学問ではない』と思えば身が入らなくなる」

「さようなことはありません」

「まあ、聞け」

山陽が大きな手で平八郎を制する。

「学問は心を空にする者だけに染み入ってくる」

「仰せの通り、太虚こそ大切なことです」

「そのためには雑念を捨て、己のことだけを考えるのだ。そして学問をやり尽くした果てに、世のため人のためを思えばよい」

「うーん」

平八郎には今一つ山陽の言う意味がのみ込めない。

「利を見ては飛びつき、害を見ては後に引くような勉学の仕方をしていては駄目だ。名望を拒み、惰心を鞭打ち、常に克己内省を忘れず取り組む。こうした気持ちを持つことが雑念を捨てることにつながる」

「しかしそれでは、何のための学問か分かりません。己の中に閉じられた学問では、己が死ねば終わりではありませんか」

「だから書くのだ。書き残し、それを後世に伝える。さすればその一点から、そなたの学問は開かれてくる」

「いかにも、そうかもしれません」

山陽が慈愛の籠もった声音で言う。

「大塩殿、そなたのことは小竹から聞いた。そなたは与力をやめて塾を開きたいのだな」

「ああ、はい」

——小竹先生は口が軽い。

己の本懐を軽々しく他人に告げられ、平八郎は小竹をにらみつけた。

すかさず小竹が言い訳をする。

「わしのような『腐儒』が引き止めても、大塩殿は聞かぬ。それゆえ山陽に学問の道を説くよう頼んだのだ」

「そういうことでしたか」

以前、小竹に「与力をやめて塾を開きたい」と言ったことがある。小竹は驚き、家職の大切さを説いたが、平八郎は話半分で聞いていた。その不遜な態度を小竹に感じ取られたのだ。

「小竹先生、申し訳ありません」

「わしのことはよい。それより、そなたの祖父の政之丞殿が養子として大塩家に入ったことを忘れてはならぬ。いわばわしと同じ立場だ。学問は大切だが、養家を絶やさぬことも大切だ」

「仰せご尤もです」

「それゆえ大塩殿」と山陽が肩を叩かんばかりに言う。

「今の仕事に精励するのだ。そして非番の時に学べ。そしてその間に大きな自我を育てよ。その先に世のため人のための学問が見えてくる」

「はっ、今のお言葉を忘れません」

平八郎は山陽と小竹の思いやりに感謝した。

この時、平八郎は道を示してくれた山陽への感謝の念を詩に託した。

春暁城中、春睡多く
軒をめぐる燕雀、声虚しくさえずる
高楼に上りて巨鐘（きょしょう）を撞（つ）くにあらざれば
桑楡（そうゆ）、日暮れてなお、昏夢（こんむ）ならん

春の夜明け、大坂の儒者たちは春眠を貪っている者が多い。

軒をめぐる燕や雀の声も、（彼らの耳には）届かない。
今、高楼に上って警鐘を鳴らさなければ
桑や楡の枝に夕日が掛かる時間になっても、夢から覚めないだろう。

平八郎は山陽という理解者をようやく見つけた。二人の交友は、天保三年（一八三二）に山陽が病死するまで足掛け九年も続くことになる。

第二章　洗心洞先生

一

御池通りにある播磨屋の暖簾をくぐり、「来たぞ」と言うと、店主の利八が転がるようにして飛び出してきた。

「これは大塩様、お待ちしておりました」

「久方ぶりだな。今日は皆でうまい飯を食い、酒を飲みたいと思ってな。いいネタは仕入れてあるかい」

「もちろんです。最高のネタを仕入れておきました。灘で一番うまい銘酒も運ばせました」

料理茶屋を営む播磨屋利八との縁は面白い。かつて利八は、つけを踏み倒した者を訴えたことがあった。その時、下調べにやってきた平八郎に有利な報告をしてもらうべく、付け届けを贈った。下調べ役の与力に付け届けを贈るのは、大坂では礼儀と言っていいほど当たり前のことだった。ところがそれを平八郎に叱責されたことで、利八は平八郎に心酔し、付き合いが始まった。

「今日は大事な客を連れてきた。よろしく頼むぞ」

「へい、お任せ下さい」

利八の先導で、平八郎一行は奥の広間に通された。

この宴席に招待したのは、平八郎の学問の同志とも呼べる面々で、平八郎の叔父の宮脇志摩（権九郎）を筆頭に、橋本忠兵衛、竹上万太郎、平山助次郎、宇津木靖、瀬田済之助、渡辺良左衛門、庄司義左衛門、梅田源左衛門、吉見九郎右衛門、白井孝右衛門の十一人だ。

この十一人に養子の格之助と小泉淵次郎が後に加わり、「大塩十三人衆」と呼ばれる一団が形成される。

平八郎は幼馴染の坂本鉉之助も誘ったのだが、鉉之助には、「わしは勉学が苦手なので、やめておくよ」と言って断られた。強いて誘うのも気が引けたので、平八郎は「分かった」とだけ返事をした。

皆がそろったところで、平八郎が冒頭の挨拶をした。

「本日、ご多忙の折にもかかわらず、お集まりいただいたのはほかでもない。私の決意を披瀝しようと思ってのことだ」

皆の顔が一斉に平八郎に向けられる。

「私は与力見習いとして、文化三年に奉行所に初出仕して以来、大坂の町のために尽くしてきた。しかしそれだけで生涯を終わらせてよいものか、疑問を抱くようになった」

まだ酒食が運ばれてきていないためか、誰一人微動だにせず平八郎の方を見ている。

「そこで熟慮に熟慮を重ねたのだが、やはり塾を開こうと思う」

「おお」という低いどよめきが起こる。

宮脇志摩が感慨深そうに言う。

「いよいよ決意いたしたか」

「はい。塾を開き、皆で学ぶことこそ、今の世には大切だと思います」

忠兵衛が慌てて問う。

「与力の仕事はどうなされる」

「与力の仕事も当面続ける。わしの祖父は養子として大塩家に入った。それゆえ大塩家を断絶させたくないという祖父の思いだけは、ないがしろにできない。いつか養子を取り、大塩家を安泰としてから、わしは塾に専念するつもりだ」

「さすが先生、見事な心がけです」

大塩に心酔している宇津木靖が膝を叩く。

「忠孝の道と学問の道は矛盾しません。与力を続けながら塾も続けられます。われら微力ながら先生を支えていくつもりです」

その言葉に、そこにいる面々も感じ入ったのか、「そうだ、そうだ」という声が上がる。

「皆、頼みとしているぞ」

平八郎は感無量だった。

与力と塾を両立させられるか、平八郎とて自信がなかった。その迷いを宇津木の言葉が一掃してくれた。

「だからこそ最初に問うておく。この中で、塾に入るつもりはないという者がいたら正直に言ってくれ。個々の事情があるゆえ、わしは気にせん。これまで通り昵懇(じっこん)にしていくつもりだ。現に坂本鉉之助は断ってきた」

その言葉に皆が驚く。平八郎と鉉之助が仲のいいのを、皆知っているからだ。

「鉉之助には鉉之助の考えがある。それゆえ断られても、これまでと関係は変わらん」

しばしの沈黙が訪れたが、誰も挙手する者はいない。

「誰もおらぬようだな」

「はい」と宇津木たち若手が声をそろえる。

「皆に迷惑を掛けることもあるかもしれんが、やるとなったらとことんやるつもりだ。皆も、そのつもりでついてきてほしい」

「おう」という声が上がる。

その時、利八が顔を出した。

「先生、そろそろよろしいですか」

「うむ。運び込め」

「はっ」と答えるや、利八が背後に控える女たちを促して膳を運び始めた。

平八郎が声を大にする。

「今宵は宴だ。好きなだけ食べて飲んでくれ。代はわしが持つ」

「おう！」

皆は酒を注ぎ合い、山海の珍味に舌鼓を打った。

利八が得意げに言う。

「今宵の料理ですが、吸物にはうどが入っております。口取り肴は卵焼き、きんとん、かまぼこの三品、二つ物は鯛の浜焼きと干し鰈（かれい）の煮つけ、そして鮒（ふな）の刺身を付け、最後の飯には香の物を用意しております。旬の料理を存分にお楽しみ下さい」

どれも大坂を代表する高級品ばかりで、一人あたり銀二十匁（もんめ）（現在価値で約二万円）にはなるが、そのくらいの散財を、平八郎は気にしない。

――金は使うためにある。

それが平八郎の考え方だ。

その後、一人ひとりが祝辞を述べにやってきた。

「一つまいろう」と言いつつ宮脇志摩が平八郎の盃に酒を注ぐ。志摩は父の異母弟で、平八郎より二歳年上でしかない。志摩は部屋住みとして、近所の町人の子に手習いを教えて生計を立てていたが、ようやく一昨年、摂津国吹田（すいた）村の神主（かんぬし）の家に養子入りできた。

「叔父上、これまでのご恩は忘れません」

父が早世したこともあり、志摩は平八郎の兄のような存在だった。

「水臭いことを言うな」

「それでも、お礼を申し上げたかったのです」

「いや、これだけははっきりさせておこう。わしの学問は浅い。これからはそなた、いや大塩先生に師事して学問を修めていきたい」

「ありがとうございます。しかしそれは学問の場だけとさせていただき、親戚付き合いの場では――」

「分かっておる。その時は叔父と甥でよい」

志摩が満面に笑みを浮かべた。志摩は引っ込み思案で気の小さいところがあり、これまで養子の話がなかなか来なかった。与力の次男なので本来なら、武士の家から養子縁組の話があってよさそうなものだが、三十三にもなって部屋住みで、今後のことをそろそろ考え始めていたところに、神主の家に養子入りする話が舞い込んできた。

続いて一番弟子を自称する橋本忠兵衛がやってきた。

「此度の決断をよくなされました。われら郷党挙げて学問の習得に努めます」

「それはありがたい。これからの時代、農民の子弟にも教育が必要だ。学ぶことの喜びを知り、有意義な生涯を送ってほしいと思っている」

江戸時代の教育は、民間の力で発展してきたと言っても過言ではない。とくに商業経済の発展によって町人や豪農の向学心は高まり、その教育熱は、武士たちのそれを凌駕するほどになっていた。

「ありがとうございます。わしら農民にも分け隔てなく接していただき、感謝しております。

わしも多くの若い者らと一緒に塾に通います。また書籍などの購入で、あちらの方も用立てさせていただきます」

「貴殿には迷惑を掛けたくないが、書籍だけは金がかかる。私の収入でほしい書籍を購入していくことは困難だ。しかしいただくことはできない。それゆえ『借りる』という形を取らせていただく」

「先生の気が済むなら、それで結構です。どういう形であれ、先生の役に立てれば幸いです」

忠兵衛が布袋のような顔に笑みを浮かべて去っていった。

続いて目の前に座ったのは、平山助次郎と渡辺良左衛門だ。助次郎は、同心として平八郎の組下に付き、手足のように働いてきた。同じく良左衛門も同心で、平八郎が与力見習いの頃から親しくしている。

「われらも入塾させていただけますか」

「もちろんだ。学問には与力も同心もない」

二人がうれしそうに頭を下げる。

「ありがとうございます。働きながらでも頑張ります」

二人に替わってやってきたのは、若い宇津木靖だった。

「先生、遂に念願が叶いましたね。おめでとうございます」

「ああ、ようやく踏ん切りがついた。仕事との両立はたいへんだが、年を取ってからでは遅い。今この時が大切なのだ」

「仰せの通りです。異国船の起こす度重なる事件は、われらに開国を促しています。そうなってから学んでも遅いのです」

文化五年（一八〇八）のフェートン号事件以来、日本国の諸所に外国船が出没し始めていた。昨年にあたる文政七年にも、大津浜（おおつはま）事件や宝島（たからじま）事件といった外国船との摩擦が生じ、文政八年（一八二五）二月には幕府は異国船打払令を発布することになる。

「そなたは蘭学をやりたいのだったな」

「はい。先々は長崎に出て蘭学を学ぶのが夢です」

靖は彦根（ひこね）藩士で、兄の一人が大坂の蔵屋敷に在勤していた。それゆえ靖は兄を頼って大坂に来ていた。だが外国の文物は長崎に真っ先に入るので、かねてより靖は長崎に行きたがっていた。靖の長兄の宇津木下総（しもうさ）は彦根藩の家老なので、長崎遊学の学資くらいは都合してもらえるだろう。

その後も、残る面々がやってきては酌をしていったので、平八郎はすっかりでき上がってしまった。

平八郎にとって最良の一夜が瞬く間に過ぎていった。

二

文政八年一月、平八郎が表口に「洗心洞」と書かれた扁額を掛けると、門人たちから歓声が上がった。

「ここが、われらの塾だ！」

その瞬間、平八郎の心にも英気が宿った。

「おう、来たぞ」

その声に振り返ると、皆の背後に頼山陽が立っていた。その傍らには小柄な篠崎小竹もいる。

「先生方、いらしていただけたのですね」

「今日は、これから天下に鳴り響く塾の初日だ。祝いに駆けつけねばならぬ」

山陽は大きな鯛を何尾か提げ、小竹は一斗の樽酒を抱えていた。

「山陽にはまいった。『祝い酒は樽で持っていくのが礼儀だ』などと申すのだからな」

小竹の言葉に、皆が声を上げて笑う。

「今日は、わしが鯛をさばいてやる」

「えっ、山陽先生は魚もさばけるのですか」

「当たり前だ。わしは、しばしば実家を逃げ出し、他人様の家に転がり込んでいたからな。一宿一飯の恩義に報いるには、食事の支度をし、後片づけをするしかあるまい。それでさばき方を覚えたのだ」

「では、鯛のほかにもさばけるので」

「ああ、河豚(ふぐ)が得意だ。次は河豚にするか」

「いやいや、毒があるのは頼先生だけで結構です。次も鯛でお願いします」

珍しい平八郎の戯れ言に、皆は天にも届けとばかりに笑った。

ひとしきり笑った後、小竹がしみじみと言う。

「塾の名は『洗心洞』か。よき名を付けましたな」

「はい。『易経』にある『洗心』から取りました。まず塾に来た者は、この扁額の前に立ち、しばし瞑目し、心に染み付いた汚れを取り去ってから中に入ってもらいます」

山陽が感心する。

「それはよいことだ。心に雑念を持ったまま塾に入っても、勉学に集中できぬからな」

「その通りです。まずは心の塵や澱をここで洗い流し、まっさらな気持ちで勉学に取り組んでもらいます」

続いて山陽と小竹を招き入れると、平八郎は邸内を案内した。小竹の抱えてきた樽酒は、門人たちが台所へと運んでいった。

「これから蔵書が多くなるのを見越し、三段の本箱を出入口から講堂、書斎へと続く廊下沿いに造ったので、廊下はやっと人が擦れ違う幅になってしまいました」

平八郎が申し訳なさそうに言うと、山陽が「食べる時を惜しんで書を読み耽(ふけ)れば、擦れ違うのも楽になる」と答えたので、背後に続く門人たちは大笑いした。

一行は一列縦隊になって奥へと進んでいく。

「表口を入って右へ行くと塾になり、左に行くと講堂と書斎になります。その向こうが勝手口となり、台所や私の起居する部屋になります」

平八郎は得意げに各部屋を案内した。講堂には読礼堂、書斎には中斎という名までつけた。講堂の西側には王陽明が門人への規範として示した「立志」「勧学」「改過」「責善」の額を、東側には呂新吾の格言十八条を掲げた。

「王陽明に呂新吾か。さすがだな」

王陽明は「人は何をするにも、まず志を立てる。そしてそれを実現するために学ぶ。また勉学の過程で過ちに気づいたら素直に改める。過ちを認めず見過ごすことは学問の妨げになる。そして人には、友や後輩門人を善導する責任がある。この四点をわきまえている者は、道を過たない」とし、「立志」「勧学」「改過」「責善」の四点を四つの教条として、門人たちを導いた。

また呂新吾の格言十八条も、彼が三十年の経験から紡ぎ出した修己治人の箴言だ。

「王陽明と呂新吾こそ、わが恩人です」

「では、陽明学だけ教えていくのか」

「いえ、綱領を作ったのですが、そこではとくに陽明学と謳わず、『わが学はただ仁を求むるにあり、ゆえに学名はないが、強いて名を付ければ孔孟学と呼ぶ』としました」

小竹が問う。

「つまり陽明学だけではなく、儒学を幅広く教えていくということか」

「はい。『大学』、『中庸』、『論語』といった孔子の書はもとより、『孟子』も教えます。そうしないと陽明学との差異が分からず、陽明学を理解することにつながらないからです」

山陽が力強くうなずく。

「そのことに気づいたか。実は、小竹殿とそれを案じていたのだ」

「申し訳ありません。四書六経は孔孟の筆になるものです。四書六経の説くところは極めて幅が広く、すべてに同意できるわけではありません。また何事も仁の功用を強く主張しすぎる点にも同意できかねます。しかしながら、その道の要となる孝の心は何よりも大切です。それゆえ私は『孝』の一字をもって四書六経の理義を説くつもりです。私の力は至らぬものです。また知識も同じ。しかし不眠不休の覚悟で、自分なりの孔孟学を確立していくつもりです」

平八郎は朱子学そのものを否定しているわけではなく、朱子学の形だけを教える末端の朱子学者たちを否定してきた。彼らは知識主義や形式主義に陥り、時には幕府の学問吟味や諸藩の試験のための講義を行い、朱子学の本質に触れようとしなかったからだ。

「朱子学を学ばず陽明学だけを学ぶことはできず、それをすれば結句、『良知を致す』ことは叶いません」

山陽が落ち着いた声音で問う。

「ということは、大塩先生の学問は、『致良知』への道ということになるのだな」

「そうです。良知とは己を突き詰め、己が何者かを知ることです。その助けとして四書六経などの経書があるのです」

平八郎はその手記に「読書とは鏡を磨く行為で、『四書六経』はそのための道具である」と書いている。「鏡を磨く」とは「致良知」、すなわち己を知ることにつながる。

「そこまで考えていたとは驚きだ」

山陽が感心する。

「すべてを知悉するお二人に、つい熱く語ってしまいました。ご容赦下さい」

「いや、よいのだ。貴殿の覚悟のほどを知ることができた」

一行は書斎に続く勝手向きの前で止まった。

「こちらには『鏡中観花館』という扁額を掲げました。『鏡の中の花を見る場所』という謂で、ここから先は私が起居する場所なので、門人の立ち入りを禁じています」

大塩邸と言っても与力がもらう地所は一人五百坪程度なので、この程度の広さになる。

そこには、ゆうが控えていた。

「此度はお越しいただき、ありがとうございます」

双方の紹介を済ませると、山陽が土産の鯛をゆうに託した。

「これはささやかながら祝いの品です。後で私がさばきます」

「いえいえ、お任せ下さい」

「では、お言葉に甘えて――」

小竹が茶々を入れる。

「山陽先生、よかったな」

「実はうまくさばけるか、ひやひやしていたんだ」

その言葉に一同は再び沸いた。

講堂に戻った一行は、そこに車座になって話をすることになった。ちょうど門人が樽酒を運んできた。台所に戻ったゆうが手回しよく用意したのか、大根や蕪などの香の物も大皿に盛ってある。

酒を酌み交わし、香の物をつまみながら、皆で歓談することになった。

「これから門人が入塾する際には、八条から成る『洗心洞入学盟誓』という誓約書に、それぞれの印を捺してもらいます。聖賢の道を学び、立派な人となるためには、誓約が必要です。しかし誓約は門人が私にするだけでなく、私が門人にもします」

平八郎は、多くの塾が「知識を授ける」ことだけに力を入れ、人としての生き方や心構えまで教えていないことに不満を持っていた。それゆえそこまで踏み込んだ教育こそ理想だった。しかしそこまでするには、師弟が密接な関係を築いていかねばならない。それは師弟間だけでなく、若い門人には、その家ぐるみの関係構築こそ必要だという考えに行き着いていた。それを明文化したのが『洗心洞入学盟誓』になる。

山陽がその丈夫そうな顎で、大根の漬物をバリバリと嚙み砕きながら問う。

「それは、どのような八カ条なんだね」

「第一は『わが門人たる者は忠信を重んじ、聖学の意を失うべからず。もし俗習に従い、学業荒廃し、奸細邪淫に陥ることあらば、その家の貧富に応じて、それがしの命じる経史を購い、これを洗心洞に提出し、門人の用に供すること』です」

「つまり学業に怠け、紅灯緑酒に耽溺した場合、退塾ではなく、大塩先生の指定する書籍を買えということか」

「そうです。退塾を命じることはたやすい。しかしそれでは、その者の学業は廃れます。それゆえ反省の意を示すために書を買わせるのです」

「なるほど。それで二番目は――」

酒を酌み交わしているうちに平八郎にも酔いが回り、その声も一段と大きくなっていった。

「孝悌仁義を重視する教育を行い、その道から外れる小説及び雑書を読むべからず。これを徹底し、もし隠れてこうしたものを読んでいるのが明らかになれば――」

平八郎が決然と言い切った。

「手の甲を鞭で打ちます」

「そこまでやるのか」

「もちろんです。たとえ私より年上でも、道を過てば打ちます。それが気に入らなければ、退塾いただきます」

孝悌仁義とは儒教における八種の徳目のうち、教育に関する四つのことだ。これに則った書物以外、例えば軍記物や読本（伝奇風小説）を隠れて読んでいるのが見つかった場合、体罰を下すということだ。

小竹が小声で言う。

「わしは、曲亭馬琴とか好きだがな」

曲亭馬琴の『南総里見八犬伝』は文化十一年（一八一四）から刊行が開始され、この頃には大坂でも大人気になっていた。

　小竹を無視して平八郎が続ける。

「第三は、毎日の業において、まずは経業（儒教における経書を読むこと）を優先し、『詩経』は後にします。これに反すれば体罰を加えます」

『詩経』とは『易経』『礼記』などと並ぶ「六経」の一つで、中国最古の詩集のことだが、ここでは漢詩全体の解釈や詩作という意味で使っている。

　さらに平八郎は、残る条を述べた。

　第四は、「陰に隠れて俗輩と交わり、登楼して飲酒するといった放逸な行動を許さず。これを一回でも犯せば、経書を購うこと」

　第五は「住み込みとなる者は、個人的理由で塾を出たり入ったりしてはいけない。すべての出入りは平八郎に申請すること。これに反すれば体罰とする」

　第六は「家事に変ある時は、必ず相談すること」

　これは家庭の事情で退塾せざるを得ない場合など、月謝を猶予ないしは免除する余地を残すという謂だが、入学時の誓約書で明記するのは珍しい。

　第七は「冠婚葬祭及び諸吉凶は相談すること」

　これも第六条と同じように珍しい条だが、冠婚葬祭などの人生の転機で退塾せざるを得ない場合は、相談してほしいという意味になる。

　そして第八条は「公罪を犯す者を見つけた時は、親族といえども見逃さず、これを官に告げ、その処置に任せること」

この第八条こそ、後に大きな意味を持ってくる。

「すべてが双務的とは言い難いですが、第一条から四条までは、私の誓約でもあります」

「洗心洞入学盟誓」を見せてもらった山陽が唸る。

「これは厳しいな」

「はい。秋霜烈日(しゅうそうれつじつ)の気概あってこそ、学問とは身に付くものです」

山陽が小竹に水を向ける。

「小竹先生はどう思われる」

「いやいや、さすがです。うちの塾では到底真似できません」

「小竹先生」と、平八郎が威儀を正す。

「私は梅花社を否定するつもりはありません。多くの者に学問を修めてもらうために門戸を広くする梅花社の考え方は、とても大事なことです」

「お分かりいただければありがたい。いかにも当塾には、さような厳しい決まりはない。来る者は拒まず、去る者は追わずが当塾の考え方だからだ。それによって少しでも多くの者に、学問の素晴らしさを知らしめてきたという自負もある。だが洗心洞の考え方にも一理ある。確かに学問を修めることは峻険な山道を行くがごときものだ。このくらいの気構えは必要なのかもしれん」

「ご理解いただきありがとうございます」

「君と洗心洞の前途は洋々だ。梅花社で学問の魅力に取りつかれた者が、さらに学問を究めたいという場合、洗心洞に来るのがよいだろう。なあ、小竹先生」

「それじゃ、こっちの商売が上がったりだ」

三人が大笑いする。

平八郎にとって、生涯で数少ない幸福な一日が瞬く間に過ぎていった。


洗心洞は通いと住み込み、双方の学生を受け入れていた。だが住み込みは場所に限りがあるので、瞬く間に埋まってしまった。というのも遠隔地から通う者たちは、寅の刻（午前四時頃）から始まる講義に出ることは困難なので、早朝の講義は住み込みの者たちと近くに住む者たちだけに行われたからだ。

これだけ早い時間に講義が始まるのは、平八郎が辰の刻（朝八時頃）には奉行所に出勤せねばならないからだ。平八郎不在の間、仕事を持つ者は仕事に従事し、住み込みの若者たちは、掃除、洗濯、炊事などの雑用や自習をする。

また平八郎が塾専業でないため、洗心洞では最初から自習用の書籍を多く必要としていた。当面必要な書籍は束脩（入学金）や寸志で購入したが、門人の数からしてとても足りず、第一条の罰則にあるように罰金を課したという事情もある。

平八郎の帰宅は未の刻（午後二時頃）以降になり、そこで講義がまた一回あり、それから夜にかけて二回ないしは三回の講義があった。門人もきついが、それにも増してきついのが平八郎だ。それでも平八郎は寝る間も惜しんで翌日の講義の予習をし、さらに与力の仕事の準備をして手日記（報告書）なども書いた。

そんな毎日なので、一日の睡眠時間が一刻（約二時間）前後となる日もあったが、平八郎は黙々と日課を過ごした。門人たちも平八郎の覚悟を知り、懸命に学び、また語り合った。

かくして洗心洞の噂は、瞬く間に大坂に広まっていった。

三

平八郎はその堂々たる体格に似合わず、疝気（せんき）（胃腸病の一種）を患っていた。家督を継いでからも再三死の淵をさまよっており、急死によって大塩家が断絶することを常に危惧していた。本来なら子の誕生を願うものだが、子ができたところで、ゆうは妾なので大塩家の跡を継がせるわけにはいかない。そうこうしているうちに年ばかり重ね、文政九年、平八郎は三十四歳になっていた。仮に三十半ばを過ぎてから正室を迎え、実子を得たとしても、早々に隠居して塾の経営に専念するという念願を叶えることはできない。それゆえ平八郎は、養子をもらうつもりでいた。

まず思いつくのが名古屋の宗家だ。平八郎は養子を迎え入れたいという趣旨の書状を、宗家の当主に送った。だが、いくら待っても返事が来ない。それで「分家に養子を出したくない」という真意を察した平八郎は、別家から養子を迎え入れようと、継祖母の清に相談した。清は同じ与力の西田家から大塩家に嫁いできており、西田家を当たってもらったところ、部屋住みでちょうどよい年頃の少年がいた。この年、十五歳になる格之助だ。

養子縁組の儀が終わり、両家の関係者が引き揚げた後、平八郎と格之助は書斎で二人きりになった。

「当家に養子入りいただき礼を申す」

平八郎が威儀を正して会釈すると、格之助が緊張した面持ちで答えた。

「こちらこそ、またとない養子縁組を整えていただき、お礼の申し上げようもありません。かくなる上はご恩に報いるべく、粉骨砕身いたす所存です」

「よき心がけだ。ゆくゆくは当家の家督と与力の職だけでなく、この塾もそなたに譲ることになる。その時のために、勉学にも精進する覚悟はあるか」

「もちろんです。その覚悟で参りました」

格之助が力強くうなずく。

その真摯(しんし)な瞳には、己の未来に対する希望が溢れていた。

「これまで不安だっただろう」

「は、はい」

格之助が肩を震わせて言う。

「私は四男ということもあり、西田家では行き場がなく、僧にされるところでした」

「そうか。だが仏門を極め、衆生を救うことも一つの道だぞ」

「仰せの通りです。仏は人の心を救済します。しかし私は、人々の日々の暮らしを安楽にしたいのです」

「その志は真か」

平八郎は正直驚いた。西田家からは「格之助は賢い」と伝えられたので、これから様々な書物を読ませ、また道を示そうと思っていたが、すでに格之助は志らしきものを持っていた。

「もちろんです。儒教の五常の一つに『仁』があります。孔子はこの『仁』を最高の徳目に据えました。それゆえ私は生涯『仁』に生きようと思います」

「そうか。では『仁』とは何か」

「『仁』の核心は『忍びざるの心』だと思います」

「『忍びざるの心』とは何か」

一瞬躊躇した後、格之助が言った。

「苦しみにあえいでいる人がいたら、迷わず走り寄り、助けていく気持ちです」

「その通りだ。わしの勉学の核心もそこにある。それが良知を致すということだ。だが朱子学は、それを頭で分かっていながら一歩が踏み出せない」

「と、申しますと――」

「『心即理』という言葉を知っているか」

「はい。心は理と一体ということです。つまり心が曇れば、人は正しい行いができず、悪事に走ってしまうという謂です」

「そうだ。朱子学は生きていくと自然、心は曇るものと説き、心と理の一体化を説かない。だが陽明学は違う。本来人は聖賢と同じ心を持っているので、どのような場合でも『心即理』だと教えている。すなわち人の心は本然、良知を致すようにできておる」

「では、良知を致すには、どうすればよいのでしょう」

「ひたすら学び心を磨くことだ。それ以外にない。しかし――」

平八郎の声が熱気を帯びる。

「学ぶだけでは駄目だ。学びを広げていくことにより、この世から悪はなくなる。仏教にも『自利と利他』という言葉がある。知っているか」

「残念ながら知りません」

「自利は自らが悟りを開くためだけに修行すること。利他は自らの学んだものを他人に敷衍(ふえん)し、その救済に尽くすことだ。仏教では、『自利と利他』を大八車の両輪のように回すことこそ尊いと教えている」

「ご無礼を承知で申し上げますが、それは宿望ではありませんか」

「宿望なくして何のために生きるのか」

格之助が頭を垂れる。

「恐れ入りました。私は何たる果報者（幸せ者）でしょう」

「ん、どういうことだ」

「義父上(ちちうえ)のようなお方に出会えたのは、古(いにしえ)の聖賢の引き合わせとしか思えません」

平八郎も感無量だった。

「わしの方こそ、そなたのような者が養子に来てくれてうれしい」

「もったいない」

格之助の瞳から大粒の涙がこぼれた。それは、これまでの将来に対する不安を洗い流す喜びの涙に違いなかった。


かくして格之助を養子に迎えた平八郎は、その教育にも力を注いでいく。もちろん格之助は、ほかの門人たちの手本にならなければならない。そのため厳しい日課が課された。

丑(うし)の上刻（午前二時頃）には起床し、新たに学ぶべきものを読み、続いて前日までの復習を行い、それまで理解が十分でなかったことや忘れていたことを習得し、早朝の平八郎との問答に挑む。そこで理路整然と答えられなかった場合、手の甲を打たれる。

平八郎のいない午前には書を習い、詩を学び、その合間に掃除洗濯や雑事を行い、夕餉(ゆうげ)を取った後、夜は大人に混じって講義を受けるという厳しい日々を、格之助は送った。こうした日課は、次第に住み込みの門人たちにも浸透していく。

格之助は平八郎の厳しい指導にも耐え続け、ほかの門人たちの手本になっていった。

四

文政九年は何事もなく過ぎ、洗心洞の経営も軌道に乗り始めた。門人は増え続け、遂には通いも住み込みも含めて常時五十人ほどの門人が出入りするようになった。

しかし平八郎には与力の仕事もある。むしろ塾を始めてから、以前にも増して、与力の仕事にも熱心になったと言ってもいい。誰にも後ろ指を指されたくないからだ。

そんな最中の翌文政十年一月、平八郎は播磨屋利八からある噂を聞き込む。

「さる宮方の隠居だと」

宮方の隠居とは、皇族の係累で隠居した者、ないしは皇族に仕えた女官の隠居者を指す。

「ええ、そうなんです」と答えつつ、利八が酌をする。

「一昨年頃から、宮方の隠居と称する女が堂島に居を構え、吉凶禍福を占う加持祈禱を行い、多額の礼銀や品物を得ているというのです」

「でも宮方と言えば、たいそうな身分じゃないか。それがどうして堂島に――」

「いや、宮方というのは当人が称しているだけで、あてにはなりません」

「そういうことか。だがそれだけでは、叱る程度のことしかできないな」

「いや、それがですね」

自分の店の中にもかかわらず、利八が小声になる。

「その祈禱法が耶蘇（やそ）のものらしいんです」

「耶蘇教だと――」

三代将軍家光（いえみつ）の時に勃発した島原（しまばら）・天草（あまくさ）の乱で痛い目に遭った幕府は、それ以来、耶蘇教すなわちキリスト教を忌み嫌い、その取り締まりを強化してきた。それゆえ耶蘇教を基とする祈禱となると聞き捨てならない。

「それが真だとしたら、由々しきことだな」

「ええ、わしら播磨国出身の商人は大坂に多く、その方面の集まりがあるんです。そこで聞き込んできたので、間違いないでしょう」

こうした同郷の互助組織のような集まりは、江戸時代を通じて盛んに行われていた。

「で、話の出どころはどこだ」

「あっしが聞いたのは、堂島新地裏町の播磨屋卯兵衛（うへえ）で、女房のそよが着物を質入れし、金に換えては祈禱に注ぎ込んじまうんで困っているという話です」

「つまり、その宮方の隠居にか」

「いえいえ、宮方の隠居は元締めで、耶蘇教の呪法を伝授し、手広く稼いでいるらしいんです。それでそよはその呪法を習得すべく、天満竜田町の播磨屋藤蔵（とうぞう）の妾のきぬなる者の許に通っているそうです」

「つまり、そのきぬが宮方の手先というわけか」

「おそらくそうなります」

「いずれにしても悪質だな」

「耶蘇教の呪法」は眉唾としても、怪しげな呪法が、民の間で広がっていくことを捨て置くわけにはいかない。

翌日、平八郎は上役にあたる大坂東町奉行の高井山城守実徳に相談した。

「そいつはきな臭いな」

高井も勘がいいので、すぐに身を乗り出した。

「かなり大きな寄合（組織）になっているようです。しかも大坂に流れてきた宮方も、大元締めではないと聞きました」

利八の情報を補強するため、平八郎はすでに調査を始めていた。

「しかし金をもうけたいだけなら、ご禁制の耶蘇教の呪法などと言わなければよいはずだ」

「そこなんです。それがどうしても解せないのです」

幕府の耶蘇教に対する取り締まりは厳格で、もし耶蘇教の呪法などを使っていれば、問答無用で首謀者は磔になる。金をもうけたいだけなら、耶蘇教の呪法などと謳う必要はない。

こうした場合、何かの根拠を得たければ、吉田家や白川家といった由緒ある神職の関係者、聖護院や三宝院といった名だたる修験道場の山伏、土御門家配下の陰陽師といったところを詐称すればよく、本来の身分を糊塗できない者は、願人や梓巫女（特定の神社に所属しない巫女）として怪しげな呪法を行えばよいはずだ。

高井が首をかしげる。

「あえて耶蘇教と名乗るからには、何か深い理由がありそうだな」

「そうとしか考えられません。おそらく布教活動ではないかと」

「そうか。霊験あらたかなところを見せつけ、信者を増やそうというのだな」

「その手口に違いありません」

「分かった。探ってみろ」

「承知しました」

かくして平八郎が掛与力（担当）となり、同僚の瀬田藤四郎も同役に指名された。藤四郎は済之助の父で、自らも洗心洞に通うくらい平八郎に心酔しているので、相役としては適任だった。


早速、二人は堂島にあるという宮方の隠居の家に踏み込み、一味を捕縛した。その結果、宮方の隠居某と名乗っていたのは真っ赤な嘘で、実際は川崎村の京屋新助の母のさのという者だった。さのは本来、稲荷明神信仰を基にした呪法を行っていたが、耶蘇教の呪法が霊験あらたかなのを知り、自らも信者となり、それを敷衍していたという。いわば実益も兼ねた隠れ切支丹らしい。同時に、さのを手伝っていた息子の新助も捕まえ、二人の証言から手先となっている者たちを一網打尽にした。さのに騙された者たちは合計十九名で、被害額は銀に換算すると総額七十二貫目という大きな額となった。

さらに家財改めの末、紙で作った人形に釘を打ってあるのが発見された。これは切支丹呪法に相違なしと思った平八郎らが二人を拷問に掛けると、さのの師匠は播磨屋藤蔵の妾のきぬだと判明した。これで利八の証言が裏付けられた。

早速、きぬの家に踏み込むと、さのの家と同じく紙人形が出てきた。しかも天井裏に隠された莫大な金銀銭も発見した。

常の与力ならば、これだけでも大手柄だ。しかし平八郎は、きぬの上位にさらに黒幕がいるのではないかと疑った。

そんな中、きぬの家から出てきたのが、豊田貢（とよだみつぎ）という易占師との往復書簡だった。

豊田貢は「八坂の見通（やさかのみとおし）」と呼ばれるほど何事も言い当てる陰陽師で、この頃、たいへん繁盛していた。だが諸方面から噂を集めてみても、切支丹の噂は聞こえてこない。それでも平八郎はあきらめず、捜査を続けるつもりでいた。

ところがそこには、大きな管轄の壁が立ちはだかっていた。八坂は言うまでもなく京都町奉行所の管轄なのだ。そこで早速、高井実徳に相談し、京都町奉行の神尾備中守（かみおびっちゅうのかみ）に掛け合ってもらい、貢の捕縛と大坂への移送を依頼した。

しかし六月になっても、神尾からはなしの礫（つぶて）だった。京都町奉行所は大坂以上に犯罪摘発に熱心な役人が少ない役所なので、事なかれ主義が徹底しているのだ。しかも大坂に功を取らせるような仕事を進んでやるなど論外なのだろう。下手をすると、幕閣から「京都町奉行所は何をやっていた」と責められるからだ。

これに痺れを切らした平八郎は六月、高井を伴って京都町奉行所を訪問した。

話を聞いていた神尾備中守の顔色が変わった。

「高井殿、貴殿の配下の与力が、事もあろうにわが管轄の京都に潜入し、『八坂の見通』の家に行ったと申すか」

「うむ。ここにおる大塩平八郎が、商人に化けて『八坂の見通』に行き、動かぬ証拠を摑んだ」

高井が平然と返す。

「そんなことを勝手にされては困る。このことは公儀に報告する！」

「ほほう。報告したければ報告するがよい」

「何だと、無礼ではないか！」

「無礼も何もない。公儀に報告すれば、吟味役がやってくる。その時には、ありのままに述べるつもりだ」

「ありのままだと――」

神尾の顔に不安の色が浮かぶ。

「『八坂の見通』の捕縛と移送を貴殿に依頼したのは正月だ。ところが六月になっても、貴殿からはなしの礫だった。それが公儀に聞こえれば、貴殿は『仕置不行届き』でよくて更迭（こうてつ）、悪くすると『永々小普請入り』となるな」

「貴殿は、それがしを脅すのか！」

「そうだ。気に入らなければ、ここで斬り合うか。わしは切腹や改易になっても構わぬぞ」

「何だと――」

神尾は口惜しげに唸ったが、高井と斬り合うまでの覚悟がないのか、黙り込んでしまった。

――さすがだな。

平八郎は高井の肚の据わり方に感心した。神尾のような奉行職を腰掛けとしか思っていない事なかれ主義者の扱い方を、高井は知っているのだ。

「それでは高井殿、詳しく聞かせていただこう」

神尾が無念をあらわにしたような声で言う。

「最初からそう言えばよいのだ。では、大塩殿――」

「はっ」と答えて、平八郎が報告を始める。

「かくなる理由で、私が商人に化けて豊田貢という老婆の許に通ったところ、怪しげな呪法の証拠が出てきました」

「どのようなものだ！」

神尾が威厳を取り繕うように問う。

「当初は常の陰陽師のような祈禱を行っていましたが、私が商売敵を呪詛したいと言って十両置いたところ、奥から紙人形を持ってきて、何事か唱えながら小刀で切り刻みました」

「それだけでは切支丹呪法とは証明できぬ」

「はい。それで呪法を私にも授けてほしいと言い、さらに十両ばかり置いたところ、貢が恐ろしげな顔をし、『これは口外無用ぞ』と言いながら、奥から何やら持ち出してきました」

「それは何か」

神尾も興味津々になってきた。

「貢が持ち出してきたのは、天帝如来（マリア様）の絵でした」

「おお」と神尾が息をのむ。

「貢はその絵に小刀で切った指の血を注ぎながら、『これはセンスマルハライソの陀羅尼(だらに)である』と言って、何やら訳の分からぬ呪文を唱えていました」

「何とおぞましい」と言って神尾が顔を背けたが、高井は平然と平八郎に確かめた。

「その何とかいう陀羅尼は切支丹のものなのか」

「私が確かめたところ、センスマルハライソの陀羅尼とは、切支丹の呪文の類に相違ないと貢が申しました」

センスマルハライソとは、ゼウス、マリア、ハライソ（天国）を合わせた呼称だと後に分かる。

「そなたは、それで貢とやらを締め上げたのか」

神尾が戸惑う。

「はい。私の正体を明かし、貢を大坂まで連行して締め上げました」

「それは越権行為ではないか！」

「神尾殿」と高井が釘を刺す。

「ではその貢とやらを、京都町奉行所にしょっ引いていったら、どうするつもりだった」

「それはそれで迷惑な話だ」

「それならよいではないか。大塩殿、続けなさい」

「はっ」と答えて、平八郎が続ける。

「貢の師匠にあたる者に、水野軍記なる浪人者がおりました。しかし残念なことに、軍記は先年他界しました。その軍記とやらは肥前島原藩支配の豊前国長洲の出とか」

長洲は国東半島の西の付け根にあり、周防灘に面した小さな港町だ。

「その軍記が隠れ切支丹だったらしく、表向きは土御門家の出の陰陽師と称し、密かに信者を増やしていたようです」

神尾が笑みを浮かべて言う。

「だが軍記は死んだのだろう。それなら心配は要らぬ」

「さようなことはありません。軍記の蒔いた種は着実に育っています。とくにその息子の蒔次郎は、軍記の跡を継いで熱心に布教しているようです」

「それは真か！」

「ここに貢の出した名があります。その者たちを捕らえる許可をいただきたいのです」

「どのような者たちだ」

平八郎が懐から書付を取り出し、朗々たる口調で読み上げた。

「仏具屋の法貴政助、知恩院の近くに住む槌屋少弐、寺田屋熊蔵とその係累二名、医家の藤田顕蔵、伊良子屋桂蔵、高見屋平蔵、中村屋新太郎といった主に京都か大坂に住む面々です」

神尾がため息交じりに言う。

「分かった。好きにやってくれ」

「ありがとうございます」と平八郎が頭を下げると、高井が力強くうなずいた。

「神尾殿、天晴れだ。そなたの懐の深さを公儀に伝えておく」

「伝えんで結構。わしは、さっさと江戸に戻りたいだけだ」

その言葉に高井は膝を叩いて笑った。


その後、京都だけでなく近江国まで足を延ばした平八郎は、一味を次々と捕らえていった。

次第に一味の広がりも摑めてきた。水野軍記は相当の謀略家で、故郷が近い槌屋少弐と祇園新地の借り馬場（有料で乗馬できる場所）で知り合うと、二条家に出仕する宮方家士の槌屋を取り込み、その推挙によって二条家に入り込んだ。二条家を辞した後も閑院宮家に入り込み、徐々に信者を増やしていったという。

ところが使い込みが発覚し、閑院宮家を放り出された軍記は、切支丹信仰を広めることと蓄財に精を出し、その双方を実現できる「センスマルハライソの陀羅尼」などといういかがわしいものを編み出した。

早速、一斉検挙が始まった。

藤田顕蔵という医師は漢訳の耶蘇教書類を所持し、『燃犀録稿』という耶蘇教に関する研究書まで書いていた。藤田は純粋に学問的興味から耶蘇教に近づいたらしいが、幕府の法に触れる行為で、到底許されるものではなかった。

文政十一年十月、この一件は幕府評定所の手に移り、老中まで報告が上がった。評定所の吟味は「この程度では切支丹宗門とは断定し難い」という穏当なものだったが、幕閣は見せしめの意味も込めて、「切支丹宗門と差し極めよ」という判断を下した。

これにより貢をはじめとした六人を大坂三郷引き回しの上、磔刑（たっけい）とし、その他の者たちにも様々な刑罰が申しつけられた。

かくして「耶蘇教教徒逮捕一件」は落着した。この功により、平八郎の名は幕閣にまで鳴り響くことになる。

五

高井実徳というよき上役を得てから、平八郎は与力の仕事にいっそう熱が入り始めた。若い頃は「こんなことをしていてよいのか」という迷いもあったが、三十代半ばに差し掛かり、また養子を得て隠居も視野に入ってきたことで、逆に与力の仕事を生半可で終わらせたくないという思いが強くなった。

文政十年に「耶蘇教教徒逮捕一件」で大功を挙げたことも大きかった。この一件を解決に導いたことで、邪宗の蔓延（まんえん）を未然に防ぎ、多くの人を救うことができたからだ。

高井も平八郎を高く評価し、次々と重職に就けていった。同年中に盗賊役と唐物取調（からものとりしらべ）定役を兼務させると、翌年には盗賊役筆頭に引き上げた。

その間、平八郎は私的にも大仕事をやり遂げた。大仕事と言っても著作を書き上げたといった類のことではない。金策によって学問を救ったのだ。

実はこの頃、江戸の儒家として名高い林家が窮乏していた。林家と言えば始祖の林羅山が徳川家康に気に入られて以来、幕府の「御儒者」の家柄として、また幕府の文書行政を司り、その名を轟かせていた。しかしこうした家ほど家政が放漫になりがちで、遂に借金で首が回らなくなった。

当主の林述斎は金策に走り回ったが、もはや江戸で金を貸してくれる商人はおらず、このままだと幕府から叱責され、その面目は丸つぶれとなる。

これを聞きつけた平八郎は、「同じ儒学を奉ずるものとして見逃せない」として、述斎に協力を申し出た。藁をもつかむ思いの述斎は平八郎に金策を依頼する。だが「千両ほど用立ててほしい」という要求には、さしもの平八郎も困惑した。

それでも平八郎はあきらめず、弟子の豪農を中心に金策に走り回り、千両もの大金をかき集めた。これにより林家は財政の立て直しに成功する。しかも「返済は翌文政十一年から十五年賦」という緩やかなものだったので、林家は平八郎に深い謝意を示した。

平八郎にとって、単に「学問の本家を救う」という義侠心から行ったことだが、結果的に陽明学が幕府に事実上の公認を受けたことも事実で、平八郎は堂々と塾を運営していけることになった。

公私ともに順風満帆な平八郎に、新たな難題が突きつけられたのは文政十二年の三月のことだった。

その事件は、西町奉行が内藤矩佳から新見正路に代わるまでの間にあった。こうした場合、東西どちらかの奉行が「一人勤め」になり、この時は、高井が西町奉行を兼ねていた。

東町奉行所の「御用談の間」に赴き、「大塩平八郎、入ります」と襖越しに言うと、「入れ」という高井の声が聞こえた。

いつものように背筋を伸ばして文書類を検分する高井だったが、この日は顔色が悪く体調も優れないようだ。

「卒爾ですが、お体の調子でも悪いのですか」

「さすがだな。よく気がついた」

「やはりお悪いのですね」

「ああ、この年になると、いつもどこか痛んだり、調子が悪かったりする。此度は少し前に引いた風邪がなかなか治らぬ」

高井はこの年、六十七歳になっていた。

「それはいけませんな。お休みになられたらいかがですか」

「わしもそうしようと思う。それでそなたに頼みがある」

「と、仰せになりますと」

「ちと、厄介な件が舞い込んできてな。当初はわしの手で探索しようと思っていたが、この体では無理だ」

「それで私を呼び出したのですね」

高井がうなずくと手招きした。これまで大声で話すのが常の高井だったので、体調の問題でそうしたのかと、平八郎は当初思っていた。

「次の西町奉行が来るまで、わしがあちらも管掌することになったのは知っておろう」

「はい。聞いております」

「それで早速あちらに出向き、調書や吟味記録をあたったのだが、不可解なことが出てきた」

常の奉行なら、そこまで仕事熱心ではない。どうせ短期間なので、何となくやり過ごすのが普通だ。

「相当の厄介事ですね」

「そういうことだ」

平八郎の直感が「よからぬ話」だと伝えてきたが、平八郎は決然として言った。

「お引き受けいたします」

「すまぬ」と答えるや、高井が問うてきた。

「そなたは弓削新右衛門(ゆげしんえもん)という与力を知っておるか」

「はい。何度か言葉を交わしたことはありますが、知っているというほどではありません」

「そうか。どうやら弓削が中心になり、悪事を働いているらしい」

「どのような悪事を働いているのですか」

「厳密に言えば、弓削は悪事を見逃し、それによって袖(そで)の下を得ていたようだ」

――さもありなん。

与力は八十石という薄給にもかかわらず、その仕事から様々な役得がある。付け届けなどは可愛いもので、中には法外な礼銀や袖の下をたんまりもらい、二千石の旗本と同じくらいの生活をする者もいる。

「ということは、弓削は誰かと結託しているのですね」

「そうなのだ。様々な悪事に手を染めているらしく、その痕跡はあるのだが、うまくもみ消してきたようだ」

「しかしさようなことをすれば、奉行の内藤様に気づかれぬはずがありません」

「そこよ」

高井の声がさらに小さくなる。

「弓削は内藤の懐刀（ふところがたな）と噂されるくらい仲がよかったらしい。だが童子ではあるまいし、単に気が合うから仲がよいわけはないだろう」

「まさか――」

「待て。早合点するな」

高井が大きくて分厚い手を顔の前に広げる。

「内藤殿が、どこまで関与しておるかは分からない」

「しかし――」

「それを、そなたに調べてもらいたいのだ」

――これは、わしにしかできない仕事だ。

西町奉行所ぐるみの汚職の可能性すら出てきていた。

「次の奉行が来てからでは遅い。わしが東西両町奉行を兼ねているうちに探索を進めるのだ」

「分かりました。むろん秘密裏にですね」

高井が渋い顔で首を左右に振る。

「いや、堂々とやって構わぬ」

「よろしいので」

「ああ、新任の西町奉行が来てからでは、あちらに移管せねばならなくなる」

――そういうことか。

本来なら秘密裏に動き、確証を摑んでから公事に持ち込むべきだが、そんな悠長なことをしている暇はないらしい。

「承知しました」

「頼んだぞ」

その後、高井から不審な訴状や文書などの概要を聞いた平八郎は、その日の午後、西町奉行所の書庫に赴いた。


――これか。

高井から聞いた情報で、おおよそのあたりはつけてきたが、弓削らは思っていた以上に露骨なことをやっていた。

——袖の下をもらい、悪事の目こぼしをしていたのだな。

そこには、実行犯が分からないまま未解決となった強盗事件などの調書や吟味記録があった。それらは、通り一遍の聞き取りだけで捜査が打ち切られていた。

——以前から西町奉行所の扱った事件には解決していないものがあったが、もみ消していたのか。

胸底から沸々と怒りが湧いてくる。

「大塩殿」

突然の声にぎくりとして振り向くと、背後に弓削新右衛門が立っていた。

「調べ物があるとかで参ったようだが、何をお調べかな。それがしは西町奉行所の扱った公事には精通しておるので、お手伝いいたそう」

「これは弓削殿、挨拶もせずにご無礼仕った。しかしさしたることを調べているわけでもないので、手伝いは遠慮申し上げる」

弓削の眉間に皺が寄る。弓削は年の頃四十半ば。その顔には、裏街道を歩いてきた者と同じような暗い翳が差している。

——悪事を働く者は同じような顔になる。

祖父の言葉が脳裏によみがえる。

弓削は下々の訴えを聞いたり、調べたりする地方役という仕事を長らく勤めているので、与力としては古参になる。しかし地方役という職に就いて十五年以上になるが、それ以上の役には就いていない。与力は年功序列で重要な役を任されるので不自然だ。おそらく市井と密接なつながりを持てるこの役に、あえてとどまっているのだろう。

「そうは申しても大塩殿。そこもとは東町奉行所の与力ではないか。西町のことに首を突っ込むのは迷惑だ」

「それがしとて、西町奉行所のことに首を突っ込みたくはありません。しかし高井様がこちらの奉行を兼ねることになり、『この機会に双方の公事に精通しておけ』と、それがしに命じられたのです。何なら高井様に確かめてもらっても構いません」

突然、弓削が親愛の情を込めて言う。

「ああ、そうだったか。まあ、そこもととわしは同じ与力ではないか。さような命を受けたとて、すべてを把握するのはたいへんだ。当たり障りのないところで引き揚げても、高井様は納得するだろうし、そこもとの名に傷が付くものではあるまい」

「いやいや、そういうわけにはまいりませぬ。これは両町奉行所の見識や知見を一致させるよき機会ではありませんか」

「それならば、新たな西町奉行がいらしてからやればよいではないか」

「新たな西町奉行がいらしてからでは、こちらにも遠慮があって、なかなかできません」

「では、わしが東町奉行所の書庫に行ってもよいのか」

「高井様からは、『西町奉行所の与力の誰かがそう言ったら、構わぬと伝えよ』と申しつけられております」

「此奴――」

弓削が小声で舌打ちした。

――悪事を働いている者の顔だ。

平八郎がとぼけたように問う。

「それがしがこちらの書庫を調べることに、何か不都合でもおありですか」

「誰もさようなことを申しておらん」

「では、存分にやらせていただきます」

「好きにしろ。だが――」

弓削の顔が怒りで歪む。

「不確かなことで騒ぎ立てたら、ただでは済まぬぞ」

「不確かなことを詮議するのが公事であり、それがしは公事を行うための材料を集めるのが仕事です」

「減らず口を叩きおって！」

そう言い捨てると、弓削は踵を返した。

「弓削殿」

その背に平八郎が声を掛ける。

「何だ」

「『士は死なり』という言葉をご存じですか」

「知らぬ」

「土佐(とさ)の儒者の言葉ですが、短くも真理を突いていると思いませぬか」

「何が言いたい！」

「武士は潔(いさぎよ)さがすべて。悪事を働き、それが露見した時は潔く腹を切る。さすれば家名だけは断絶とはなりますまい。しかし無様な体を示せば――」

「そなたこそ覚悟を決めておくことだな」

弓削は唇(くちびる)を震わせてそう言うと、肩を怒らせて去っていった。

六

「心太虚に帰せんと欲する者は、よろしく良知をいたすべし」

平八郎は王陽明の教えを反芻(はんすう)した。

――本当に、人には等しく良知があり、誰もが太虚に至れるのか。あまりに悪に染まり、その状況に身を沈めてしまった者は、心の奥底の良知を失ってしまうのではないか。

これまで平八郎は、人の良知を信じてきた。そして学問に親しむことで、誰もが太虚に至れると思ってきた。だが人には欲という壁があり、それが太虚に至る道行きを阻(はば)んでいることも確かなのだ。

――太虚への道は遠い。欲心に囚われてしまった者は心が曇り、太虚に至る道も閉ざされてしまうのだ。

こうしたことを考えているうちに、平八郎は一つの結論に至った。

――悪事に慣れてしまった者は太虚に至れない。至れないどころか至ろうと努力する者たちの妨げになる。それゆえ正当な裁きを受けるべきだ。さすれば、それを見て改心する者も出てくる。

弓削の悪党然とした顔が脳裏に浮かぶ。弓削が袖の下や付け届けをもらうくらいの小悪党ならまだしも、弓削の行っている悪事は途方もないものだった。

平八郎は門下生を使い、弓削の跡をつけさせた。東町奉行所の同心や小者だと顔を知られているので、弓削にすぐに見つかる。だが農民などの門下生なら、その心配はない。

跡をつけた門下生から話を聞くと、弓削は油断なく背後にも気を配っていたが、平八郎が門下生まで使うとは思っていなかったのか、周囲を見て安心すると、様々な場所に顔を出したという。おそらく共犯者たちと口裏を合わせようというのだろう。

その結果、弓削の手下は、天満の作兵衛、鳶田の久右衛門、千日前の吉五郎といった「四ヶ所の者ども」の長吏で、さらに弓削の妾の親にあたる宇和島町の妓楼「八百新」こと、八百屋新蔵も一味とのことだった。

「四ヶ所の者ども」とは与力と同心の捜査を補助する手先のことで、奉行所に正規に雇われている下働きの小者とは違い、事件や事案ごとに協力して褒美をもらう者たちのことだ。このような者たちの仕事は、江戸では岡引や下引と呼ばれる者たちが引き受けていた。
四ヶ所とは天満・天王寺・鳶田・千日前のことで、彼らはそこに集住し、それぞれの頭分は長吏と呼ばれていた。

彼ら「四ヶ所の者ども」は、関ケ原の戦いで徳川方に敗れた大名家の家来衆を祖とし、そこだけに通用する掟やしきたりで独特の社会を形成していた。江戸時代初期には、勝者となった徳川家の者たちが彼らに同情して様々な仕事を与え、また犯罪まがいのことにも目こぼししていたので、彼らは次第に大きな組織と化していった。

毎年末、彼らは大坂の有徳人（金持ち）や商家を回り、節季候、鳥追、大黒舞といった舞いを披露して心づけをもらっていた。

だが彼らは次第に悪質になっていった。掏摸や窃盗犯を目こぼしする代わりに袖の下をもらうならまだ可愛いが、彼らの若者を使って掏摸や窃盗をさせるようになった。ある時など河内の有徳人の家に押し入り、家人に見つかったので一家五人を斬殺し、金品を強奪した例もある。これは西町奉行所の弓削の担当で、強盗は捕まらなかったが、遺留品から「四ヶ所の者ども」なのが明らかとなった。

さらに「四ヶ所の者ども」を調べていくと、驚くべき事実が判明した。

東町奉行所の与力番所の一室に、同心の平山助次郎と渡辺良左衛門がやってきた。

「大儀だったな。何か収穫はあったか」

「はい。もちろんです」と答えながら、助次郎がまとめてきた調書を懐から出す。

有明行灯の灯にかざしながら調書を読み出した平八郎が唸る。

「弓削は頼母子講の類でもうけていたというのか」

平八郎は銭に対して嫌悪を抱くことが多く、頼母子講などの無尽について詳しくなかった。

――だが此度だけは、そうもいかない。

助次郎が言う。

「弓削らは、江戸で流行っている無尽の仕組みを悪用したものを考え出しました」

「つまり不正無尽ということか」

「はい」と答えつつ、良左衛門が図を広げる。そこには中央上部に講元（胴元と同義）と書かれ、そこから何本もの線が下に引かれ、札子（参加者）という文字と人の頭のようなものが描かれていた。

「頼母子講に代表される無尽は、講元が札子を集め、定められた日に同額の金を拠出させ、札や籤を引くことによって一人の札子が拠出金全額を受け取ります。最初に籤に当たった札子は、それを元手に、借金を返したり、商いを始めたり、他人に貸したりできます。しかしまた次の期日が来たら、同額の金を拠出せねばなりません。それで最初に当たった者を除き、また籤を引きます。そうしたことを一巡するまでやめないので、最後まで当たらなかった札子も、期の最後には自分が投資した金額は受け取れます。そういう意味では優れた互助制度なのですが――」

また無尽には、有親無尽といって、あらかじめ最初の当選者を決めておくものと、全員平等の親無無尽があった。前者は、借金返済の期日が来て店を失うといった危機に直面した仲間を救う目的で行われ、純粋に互助会的なものだったが、文化・文政の頃から射幸性の強い後者が大半を占めるようになった。

良左衛門が話を代わる。

「また取退無尽という博奕に近い無尽が始まることで、様々な厄介事が起こり始めました」

取退無尽とは「一人取り」「二人取り」といった形で当たった者から抜けていく無尽で、外れた者は元手も失うという富籤や丁半博奕と何ら変わらないものだった。それにより様々な不正がはびこるようになる。そのため幕府は取退無尽にしばしば禁令を出していたが、闇無尽として行われることが多く、摘発は難しかった。

「こうした無尽は講元の信用が第一ですから、講元が多額の手数料を取るようになります」

助次郎が話の穂を継ぐ。

「それで話が複雑になります。つまり講元が多額の手数料を取るためには、そこらの商人では札子が集まらないのです」

大坂でも大商人たちは無尽の講元などやらないので、中小の商人が講元になる。だが商いがうまく行っている者は無尽などに手を出さないので、概して傾いてきた商人が講元をやりたがる。しかしそうなると持ち逃げされる恐れもあるので、札子が集まらない。

「そこで無尽の手練れとも言える『八百新』の主の新蔵は、弓削を引き込んだのです」

「確か弓削の妾は新蔵の娘だったな」

良左衛門があきれたように言う。

「そうです。実は順序が逆で、新蔵は弓削に近づくために娘を妾に差し出したのです」

「何だと。そんな人倫に悖(もと)るようなことができるのか」

あまりのことに平八郎がため息をつく。

「それで弓削は天満の作兵衛、鳶田の久右衛門、千日前の吉五郎を使い、札子を集めました」

「四ヶ所の者ども」は年末に舞を披露して心づけをもらっていることから、中小の商人の懐事情に精通しており、要領よく札子を集められる。

「つまり弓削が講元になっていたというのだな」

助次郎が言いにくそうに言う。

「最初はそうでした」

「最初、というと――」

「弓削くらいでは大きな無尽は開帳できません。それでどうやら――」

「まさか――、西町奉行だった内藤様がかかわっておるのか」

「はい」と答えて二人が俯く。

「何たることか」

平八郎が天を仰ぐと、助次郎もため息をついた。

「情けない限りです」

「いずれにせよ、無尽となれば証文があり、証文には講元の名があるはずだ。それを何とか見つけてくれ」

「はい」と言って二人が去っていった。

――大坂の民を守るべき奉行所が、何と堕落したのか。

内藤は悪い噂もなく、周囲の評判も悪くない奉行だった。弓削はそんな内藤をたぶらかし、仲間に引き入れたのだ。内藤のような出頭者は、江戸に帰れば勘定奉行や若年寄になれる可能性がある。だがそのためには、老中たちに金をばらまかねばならない。おそらく弓削は、内藤に一切の迷惑が掛からないことを保証し、名前を借りたのだろう。

――内藤の名が書かれた証文があり、そこに内藤の印が捺されていようと、内藤は知らぬ存ぜぬを通し、弓削が勝手にやったこととするだろう。さすれば内藤はお咎めなしとなる。

――それが譜代というものだ。

平八郎たち一代限りの「御抱席」と違い、世襲制の譜代の者たちは殺人を犯したりしない限り罰せられない。彼らの社会は血縁でつながっており、こうした場合の吟味は馴れ合いも同然だからだ。

――だがやれるだけのことは、やらねばならない。

たとえ内藤を罪に問えなくても、譜代たちへの警告にはなる。それだけでも追及する価値はある。そう思い直すと、平八郎はもう一度、食い入るように調書を見つめた。

つい熱心に調書を読んでいたので、東町奉行所を出たのは亥の上刻（午後九時頃）になっていた。平八郎は役宅のある天満橋筋長柄町を目指し、天満橋に差し掛かった。日のあるうちは賑やかな天満橋だが、日が落ちると人通りはめっきり少なくなる。亥の上刻ともなれば、人影は皆無に近い。

この夜も人気はなく、月光にあばらを浮き立たせた野犬が遠吠えを上げつつ去っていくのが見えるだけだ。

――この世には悪い奴がいる。

人には良知がある。それゆえ誰もが太虚に至れるはずだ。しかし悪にどっぷり首までつかっている者を改心させ、太虚に至る道を示すのは容易なことではない。

――だからこそ、これからは欲心に囚われない若者を作っていかねばならないのだ。

教育の力によって、太虚に至る道を示そうという志を掲げ、平八郎は塾を開いた。だがそれとて、ごく一部の者たちに道を示せるにすぎず、大半の民は太虚に至る道など考えず、武士たちも通り一遍の実のない教育を受けるだけだ。そうした状況ゆえ、悪事に手を染める者も出てくる。

とくにこの時代、幕府のあらゆる場所に貪官汚吏が横行し、もはや政に正義を求めることは困難になりつつあった。

――徳川家は二百二十年余にわたり、朱子学を基軸にした教育を奨励してきた。しかしそれは形骸化し、若者たちの心に訴えかける力を持たない。だからこそ陽明学をもっと敷衍させせねばならない。

平八郎の考えは明白だ。朱子学そのものを否定するつもりは毛頭ないが、幕府の朱子学教育が腐ってきているからこういうことになったので、新たな学問で刷新していかないと、幕府の屋台骨が揺らいでくる。

——公儀を助けるのが陽明学なのだ。

平八郎は陽明学によって悪を根絶し、とくに若者たちを太虚に導こうとしていた。

その時、橋の終端に提灯が見えてきた。人影が二つあり、欄干の近くで誰かを待っているようだ。

——武士のようだな。

二人は微動だにせず、こちらを見ている。どうやら与力と同心のようだ。

——まさか、わしを待っているのか。

その時、背後からも複数の人の気配がした。

——あっ、そういうことか。

いかに世事に疎い平八郎でも、弓削らが待ち伏せしていることに気づいた。

——これは斬られるな。

四対一では相手にならない上、刀剣収集の趣味はあっても、平八郎は腕が立つほどではない。

平八郎は初めて死を意識した。

——だがわしを殺せば、殺した者たちも、ただでは済まなくなる。

平八郎が何を担当しているかは、高井らが知っている。

——弓削はわしを斬れぬ！

そう見切ると、胸奥（きょうおう）から怒りが込み上げてきた。

平八郎は胸を張り、肩を怒らせ、前方にいる二人の前を通り過ぎようとした。その時、二人が平八郎の前に立ちはだかるように出てきた。

「大塩殿ではないか」

「何者だ。無礼ではないか！」

「大塩殿、どうした。声が震えておるぞ」

その言葉に前後の男たちがどっと沸く。どうやら背後にいた者たちも追いついてきたようだ。肩越しに振り返ると、弓削の手下のようだ。

——「四ヶ所の者ども」か。

「弓削殿か」

「ああ、そうだ」と言いながら、弓削が提灯を自分の顔の下に持っていった。

彫りの深い顔がいっそうの陰影を刻む。その顔は、四天王に踏みつぶされている邪鬼のように醜（みにく）い。

周囲の空気に殺気が満ちる。

弓削が差料を抜いたら、平八郎も抜くつもりでいた。その時は弓削だけでも道連れにしてやるつもりだ。

「弓削殿、こんな夜分にここで何をしておられる」

「ははは、わしも与力だ。仕事があってここにいる」

「何の仕事だ」

「そこもとに告げる必要はない」

「尤もだ」

弓削が数歩下がったので、同心らしき者も道を空けた。

「では弓削殿、また――」

「そうだな。それまで壮健でな」

平八郎の足が止まる。

「何が言いたい」

「別に趣意はない。だが夜道は、せいぜい気をつけることだ」

四人が再びどっと沸く。

「ああ、十分に気をつけることにしよう。では、吟味の場でお会いしよう」

「何だと！」

「では、これにて」

平八郎は平然と背を見せた。打ち掛かってくれれば、体をひねって抜き打ちで対処するつもりでいた。だが弓削が、そんな愚かなことをしてこないのも知っていた。

平八郎は謡曲の『竹生島（ちくぶしま）』を口ずさみながら、その場を後にした。だがその背は、びっしょりと汗に濡れていた。

七

八百屋新蔵が何者かに襲われた。その一報を聞いた平八郎らが新蔵の家に踏み込むと、新蔵は腸（はらわた）をはみ出させ、白目を剝いて死んでいた。弓削が手を下したか、誰かに下させたのかは分からないが、弓削が新蔵に証言をさせないために殺したと推測できる。しかも手文庫や簞笥（たんす）が開けられ、関連する文書類を物色していった形跡もある。

だが弓削やその一味が手を下したという証拠は、何一つない。証拠固めをする前に新蔵をしょっ引いておけばよかったと、平八郎は悔やんだ。

それでも平八郎には勝算があった。新蔵がいなくても札子たちが証文を提出すれば、それで十分な証拠となるからだ。

弓削としては、札子の証文があったとしても、無尽が不正だという証拠が発見されない限り、たいした罪には問われないと思っているに違いない。何と言っても、江戸にいる元西町奉行の内藤矩佳が味方なのだ。弓削が内藤の弱みを握っている限り、弓削をたいした罪に問えない。

平八郎は、札子たちの中に不正無尽の証拠を握っている者がいないか探るべく、天満の作兵衛、蔦田の久右衛門、千日前の吉五郎をしょっ引いてきて取り調べを行った。彼ら「四ヶ所の者ども」は手下が多く、さすがの弓削も手が出せなかったようだ。

三人を締め上げた結果、札子たちの名が分かってきた。八百新が「四ヶ所の者ども」を使って集めた札子は九十人三組、つごう二百七十人という規模で、それぞれの懐具合に応じて三組に分かれていた。

その中に意外な名を見つけたことで、平八郎は愕然とした。しかも三人によると、その人物は八百新と同じ伊勢国の津の出で、かなり関係が深いことも明らかになった。


役宅に帰ると、門人たちがそろって出迎えてくれた。彼らと雑談をしながら、『鏡中観花館』という扁額が掲げられた廊下の曲がり角まで来ると、食欲をそそる夕餉の匂いが立ち込めていた。

門人たちは平八郎の私的空間には立ち入り禁止なので、ここで門人らと別れ、一人で奥に歩いていく。格之助の部屋の前を通ると、格之助が素読していた。いつもなら声を掛けるところだが、今日はそんな気分にならず、そのまま自室に入った。

すかさずやってきたゆうが着替えを手伝う。

「いつもすまぬな」

「えっ」と言ってゆうが驚いた顔をする。平八郎は些細なことで礼を言わないからだ。

「突然あらたまって、どうしたのです」

「いや、礼を言いたかったのだ」

「ありがとうございます。湯と夕餉、どちらを先にしますか」

大塩邸には、門下生たちが入る屋外の風呂と、大塩一家用の屋内の風呂がある。

「格之助は入ったのか」

「いいえ。旦那様が入るまでは決して入りません」

「そうか」と言いながら座に着いたので、ゆうが「夕餉を運びます」と言った。

「いや、待て」

ゆうが怪訝(けげん)な顔をする。

「ゆう、ここに座れ」

「はい」と答えつつも、何か予感がするのか、ゆうの顔に不安の色が走る。

「何か粗相でもしましたか」

ゆうが前掛けを外して正座したので、平八郎は肚を決めた。

「今日、そなたの父上と会ってきた」

「父と――。曾根崎に行かれたのですか」

ゆうは曾根崎新地の茶屋『大黒屋』の娘で、姉が橋本忠兵衛に嫁いでいた縁で、平八郎の妾になっていた。だが茶屋といっても妓楼なので、ゆうは少女時代の話をしたがらない。

「そうだ」

「さような見苦しい場所に旦那様を招き入れるとは――。申し訳ありません」

「いや、入ってはおらぬ。義父上には奉行所まで同道いただき、奉行所で話をした」

「えっ」と言ってゆうの顔色が変わる。

「父が——、父が何かしたのですか」

「うむ。残念なことだが、奉行所で取り調べなければならぬことになった。それゆえ父上は、今も奉行所の仮牢に入っている」

「ああ」と呻くと、ゆうが手巾を取り出して涙を拭いた。

「心して聞け」

平八郎の口調が改まったので、ゆうが居住まいを正す。

「八百屋新蔵を知っておるか」

「はい。同郷の誼(よしみ)で、しばしば家にも来ていました。その八百新さんが何か——」

「うむ。そなたの父上は、八百新が肝煎りの不正無尽の札子になった」

「えっ、不正無尽ですか」

ゆうが絶句する。

「そうだ。まずは話を聞け」

簡単に経緯を説明すると、平八郎がため息をつきつつ言った。

「不正無尽の札子になっただけなら呵責程度の罪で済む。しかし——」

ゆうの顔が引きつる。

「八百新は同郷で親しくしていた義父上に、万が一のことに備え、一部始終を書いた書付を託していた」

「『万が一』とは、どういうことですか」

「八百新は賢い。いざとなれば己が犠牲にされることを知っていた。それゆえそなたの父に書付を託したのだ。そして案の定、八百新は襲われた。だがそれを襲撃者に告げる前に、問答無用で殺されたらしい」

「何と酷い――」

「それで、札子の中にそなたの父の名を見つけたわしは、そなたの父が伊勢の津の出ということを思い出し、もしやと思い問い詰めたのだ」

「父はどのような罪に問われるのでしょうか」

「不正無尽の証拠を隠していたのだ。よくて手鎖だな」

「父さん、どうして、どうして断れなかったの」

ゆうが口惜しげな声を絞り出す。

「取り調べたところ、そなたの父は多額の借財を抱えており、その大半を八百新に都合してもらっていた。それで、その金で不正無尽にも加わったらしい。そうしたことから断れなかったのだろう」

「ああ、父さん――」

この時代、罪に問われれば、財産が没収されることもある。

「それで、そなたのことなのだが――」

「えっ、私のことですか」

「そうだ。もしも父上が罰せられずに済んだ時、世の人々は何と思う」

「あっ」と言ってゆうが絶句する。

「そうだ。そなたがわしの妾だから、内々に済ませたと思うだろう」

「では、どうするというのです」

「父上が罰せられずに済み、わしが後ろ指を指されないためには――」

さすがの平八郎も言いよどむ。

――だが、そのほかに道はないのだ。

平八郎が勇を鼓して言った。

「そなたと離縁せねばならぬ」

ゆうの顔が青ざめる。

「ど、どうして――」

「わしは己に厳しくあらねばならぬ。何一つ後ろ指を指されるようなことはできないのだ」

「でも、私には関係のないことです」

「そうだ。それは分かっている。だが公私の分別だけは、はっきりとつけておきたい。わしの妾になったことを不幸と思い、あきらめてくれ」

ゆうが嗚咽を漏らす。だが平八郎は「泣くな」とは言わなかった。存分に泣かせることだけが、ゆうに掛けられる最後の優しさだと分かっていたからだ。

しばらくして、ゆうがしっかりとした声音で言った。

「分かりました。身を引かせていただきます」

「分かってくれたか。まことにあいすまぬ。むろん、そなたが生きていけるだけのものは届け続ける」

平八郎が威儀を正して頭を下げると、ゆうが首を左右に振った。

「やめて下さい。旦那様には、何一つ悪いところはありません。愚かなのは父なのです。それゆえ銭も要りません」

酷いとは思うが、平八郎もぎりぎりの生活をしている。ゆうの言葉は大いに助かる。

「生家に戻っても父を責めるではないぞ」

ゆうがゆっくりと頭(かぶり)を振った。

「生家には戻りません」

「では、どこに行く」

ゆうは笑みを浮かべるだけで、何も言わなかった。


翌日、平八郎や門人たちが見送る中、ゆうは出ていった。最後に役宅の表口で深く頭を下げたゆうは、平八郎に向かって微笑んだ。その時の悲しげな笑みが、いつまでも忘れられなかった。

後に忠兵衛から聞いた話だが、ゆうは忠兵衛の許に行き、「出家したい」旨を告げた。忠兵衛は思いとどまらせようとしたが、ゆうの意志は固く、最後には忠兵衛も折れ、懇意にしている尼寺に連れていった。

文政元年に平八郎の許に輿入れしてから十一年の年月が流れ、ゆうは三十二歳になっていた。

これ以降、平八郎の身の回りの世話は格之助とその嫁となるみねが、炊事洗濯などは門人たちが手分けしてやっていくことになる。

八

西町奉行所内の長廊を行くと、めったに使われない揚屋がある。北に面しているので日も差さないじめじめした部屋で、奉行所勤めが長い平八郎でさえ、ほとんど足を踏み入れたことがない。奉行所に勤務する与力や同心が罪を犯した場合、揚屋に入れられて取り調べを受け、奉行の裁断を仰ぐことになる。

揚屋には、弓削新右衛門が端座していた。

小者の一人に鍵を開けさせた平八郎は、「ご無礼仕る」と声を掛けると中に入った。

「貴殿が来たのか」

弓削が目を剝く。それを無視して平八郎は声高に言った。

「高井山城守の命を受けて参った。奉行の『御仕置附』を申しわたす」

弓削が畏まる。

平八郎が高井の書いた判決文を読み上げる。高井は弓削が殊勝な態度で事実を供述したことを挙げ、「切腹を申しつける」と伝えた。武士にとって屈辱にあたる斬首刑ではなく切腹となったことは、弓削にとって幸いだった。

さらに弓削を自白させるための交換条件としていた家名と家職の存続を伝え、「弓削家の家督は嫡男に取らせ、これまで通り与力とする」と告げた。

弓削がほっとしたような顔をする。

「弓削殿、すでに切腹場の支度ができている。覚悟はよろしいか」

「もとより」と答えるや、弓削が身の回りの品々の片づけに入る。遺書らしきものも何通かあるが、それは仏書らしき書物と共に机の上に残された。

――仏書を読んでいたのか。

弓削は、心を落ち着かせるべく仏書を読んでいたらしい。そこからは、弓削が死への覚悟を固めるための道を歩んでいたことが分かる。

――悪は、どのようにして人の心に忍び込んでくるのか。

常々思っていた疑問が湧き上がる。だがそれを弓削にまっすぐに問うても、まともに答えてくれるはずがない。それゆえ平八郎は別の問い方をした。

「弓削殿、何のために仏書を読んでいた」

弓削は動きを止めると、一つため息をついた。それを見た平八郎は、要らぬ問いを発してしまったことを悔いた。

「愚問だった。撤回する」

その言葉に、弓削が薄ら笑いを浮かべたような気がした。

「こんなわしでも、最後は仏の教えにすがりたいと思うてな」

「なぜだ。あの世などないぞ」

平八郎は儒者なので、極楽浄土など信じていない。

「死んで浄土に行きたいなどとは思わぬ。だがわしとて後悔はある。その後悔を、仏書を読むことで和らげたかった」

「後悔、か」

弓削が吐き捨てるように言った。

「そうだ。悪に手を染める者は、己でも分からぬうちに少しずつ染まっていくものだ」

「その自覚はなかったのか」

「あったさ。でもな――」

弓削が苦い顔で続ける。

「まず、付け届けや袖の下をもらうのが当たり前になる。誰でももらっているものだからな。それが次第に過剰になってくる。そして商人と飲みに行き、女を抱かせてもらう。そんなことが続くうちに足抜けできなくなるのさ」

「それは己の弱さから来ているのだろう」

平八郎は、付け届けや袖の下というものを一切受け取らなかった。それゆえ悪が心に入り込む隙を与えなかった。

「その通りさ。わしは弱かった。だから悪に付け入られた。まさに身から出た錆だ」

「身から出た錆か。ということは、貴殿は八百新に弱みを握られていたのか」

弓削がにやりとする。

「そういうことだ。八百新や『四ヶ所の者ども』は手練れの悪党だ。最初は軽い目こぼしを頼まれただけだったので、安請け合いしていたが、次第に大胆なことを言い出してきた。わしが断ると、付け届けや袖の下の目録を出してきた。しかも目こぼしした悪事と紐付けてあった。それを奉行所に投げ込むと言って脅されたんだ」

その手口は、役人を籠絡する典型的なものだった。

「彼奴らの手口も知らなかったのか」

こうした手口は、代々続く与力の家では父祖から徹底的に教え込まれる。だが誰もが高僧や聖人ではない。つまり付け届けはもらっても、袖の下はもらわないといった歯止めを教えられても、なかなかその通りにはできないのだ。

「知っていても駄目さ。悪の毒は少しずつ体に回り、最後にはこうなる」

弓削が自嘲的な笑みを浮かべた。

「それが分かっていながら、なぜ――」

おそらく弓削には、結末が見えていたのだろう。だからこうした形で誰かが止めない限り、進み続けるしかなかったのだ。

「それでも貴殿が家名存続を申し出てくれたので助かった。礼だけは言っておく」

「貴殿はすべてを暴露した。それで高井様が罪一等を減じられた。それだけのことだ」

髷（まげ）からこぼれた髪をかき上げると、弓削は疲れたような笑みを浮かべた。

「高井様と貴殿がいてよかった」

平八郎は、あらためて直截（ちょくせつ）に問うことにした。

「もう一つ問うてもよいか」

弓削が真顔でうなずく。

「正しい学問を修めていれば、人は悪に勝てるだろうか」

一瞬、遠くを見るような目をした末、弓削が言った。

「それは一概には言えぬ。いかに正しい学問を修めていようと、悪は容赦なく忍び込んでくる。それを振り払えるかどうかは己次第だ」

「分かった。では庭で待っている」

「つまりそなたが介錯人か」

「ああ、介錯させていただく」

それを聞いた弓削は納得するように何度かうなずいた。

この後、切腹人は沐浴の機会を与えられ、髪結いが髷を整えてくれる。そして最後の酒肴を与えられる。

平八郎が切腹場に出ると、すでに日は陰ってきていた。切腹は死の儀式であり、死者は西方浄土へと向かうので、夕刻と決まっている。

　高井が検使正の座に、牢屋奉行が検使副(ぞえ)の座に座っていた。切腹人は北面し、検使役は南面する形になる。その背後には、出役同心四人、牢屋見回り同心二人が並んでいる。床几(しょうぎ)に座っているのは検使の二人だけで、残る者たちは立ったままだ。

　切腹場には三方に白木綿(もめん)の幕が張られ、幕の中には白砂が撒かれていた。小者が畳を運び込み、白い布で覆っている。すべて真新しいものが使われ、一回限りで捨てられる。

　検使の二人に目礼した平八郎は、たすき掛けし、袴を膝までまくり上げると、牢屋同心から渡された鉢巻きを締めた。

　やがて幕の向こうで砂利を踏む音がすると、白木綿の幕の隙間から、浅葱(あさぎ)無垢無紋の裃姿の弓削が現れた。

　弓削が感情の全くない顔で座に着く。そこに牢屋同心が「末期の盃」を運んでくる。検使の二人に一礼した弓削は、盃に形ばかり口を付ける。

　続いて白木の三方が弓削の前に置かれる。そこには白扇が載せられていた。切腹は儀式なので、実際には腹を切らない。

　添介錯人が切腹人を肌脱ぎにすると、平八郎は弓削の左手後方に立った。

　――どうやら平常心のようだな。

　弓削の手先は全く震えておらず、もはや死出の道を行く覚悟ができているようだ。

　平八郎が刀を抜いて下に垂らすと、小者が桶を持って近づき、刀に水を掛ける。

張り詰めた静寂を破るように、どこかで鴉(からす)の鳴く声がする。

――頃合いよし。

平八郎は介錯人を務めるのは初めてだ。介錯人は同心の役目なのだが、此度だけは「悪を断つ」という意味で、あえて介錯人を希望した。高井もそれを特例として認めてくれた。

「大坂町奉行所与力、大塩平八郎後素、介錯仕る」

その声を聞いた弓削は、肩越しに平八郎に視線を合わせて会釈すると、続いて高井らにも目礼した。

続いて弓削は大きく息を吸うと、三方に置かれた白扇に手を伸ばそうとした。その刹那、平八郎が刀を振り下ろした。

自分の発した裂帛(れっぱく)の気合と、白刃が頸椎(けいつい)に当たる音がした。次の瞬間、大量の血液と共に弓削の首が前方に落ち、その体が崩れ落ちた。

一閃で首が落とせないと、介錯人の恥になる。そのため滞りなく首を落とせた平八郎は、心底ほっとした。

添介錯人が首を三方に載せ、それを横向きにして二人の検使役に示す。

高井が高らかに「見届けた」と答え、切腹の儀は終わった。遺骸には薄縁(うすべり)が掛けられ、棺(かんおけ)に首と共に納められる。遺骸は遺族に下げ渡され、常の武士と変わらぬ供養を営むことが許される。

高井ら二人が座を立つのを待ち、平八郎はその場を去ろうとした。その時、牢屋同心が手巾を差し出すのを受け取った。どうやら顔に弓削の返り血を浴びたらしい。あまりに緊張していたので、それさえ気づかなかったのだ。

かくして弓削の一件は解決した。弓削の隠し持っていた財産三千両を召し上げた平八郎が、それを高井に提出すると、高井は「貧民の救済に使え」と言ってくれた。これに勇躍した平八郎は米を買い入れて寺に寄進し、このところ増え始めた流民のために炊き出しをやってもらった。また農民のために種籾（たねもみ）を買い入れるなど、様々な救恤（きゅうじゅつ）策に奔走した。

その結果、平八郎の名は摂河泉の隅々まで知れわたり、幼子でさえ知らぬ者はいないと言われるようになった。

八月、新たな大坂西町奉行として、新見正路がやってきた。

新見は三十九歳の壮年で、目鼻筋の通った顔つきは美男と言ってよく、その骨柄も逞（たくま）しいので、剣術や弓術に熟達しているのは明らかだった。

この頃、平八郎は似非（えせ）僧侶の詐欺事件を担当しており、拘束している僧侶たちの供述を新見に報告した。すでに「奸吏糾弾事件（弓削事件）」は終わっており、その件を報告できなかったのは残念だったが、「似非僧侶事件」の報告が終わるや、新見の方から水を向けてくれた。

「貴殿が大塩殿か。辣腕（らつわん）ぶりは江戸でも鳴り響いているぞ」

「江戸でですか」

「そうだ」

新見がうなずく。どうやら平八郎の活躍は、江戸にも聞こえているようだ。

「それがしは、与力の仕事を全うしたにすぎません」

「そうか。そうした謙虚な態度はたいへんよろしい。しかも塾を開いているというが本当か」

「はい。自宅で塾のようなものをやっております」

「学問が好きか」

「もちろんです。長く与力をやっていて、どうしてこの世から悪がなくならないのか、ずっと考えていました。それで行き着いたのが塾でした。すなわち学問を広めることで、世の中から悪をなくそうと思っています」

必ずしもそれだけが塾を開いた理由ではないが、分かりやすい理由として、平八郎は人にそう言っていた。

「そうか。忘れがちなことだが、学問が目指すべきものの一つは、そこにある」

「新見様も学問がお好きですか」

「ああ、好きだ」

この後、二人はどんな本を読んできたかを語り合い、意気投合した。

「ときに新見様は頼山陽殿をご存じですか」

「ああ、会ったことはないが名は知っている。何でもこの国の歴史を書いているとか」

「はい。『日本外史』という大著を執筆しております」

「それは、もう書き終わったのか」

「はい。書き終わっております」

『日本外史』は文政九年に脱稿していた。

「たいした御仁と知り合いなのだな」

新見が感心したようにうなずく。

「私の方で新見様の分も手配させていただきます」

「それはまことか」

新見の顔が輝く。

「はい。お任せ下さい」

翌年、平八郎は山陽に写本二組（十一冊で一組）を無心するが、山陽から「一組は進呈するが、もう一組は謝礼がほしい」と言われ、自腹で三両を支払っている。

かくして平八郎は、直接の上役ではないものの、新見正路というよき理解者を得た。

九

十月十九日、高井から呼び出しを受けた平八郎が、高井の詰所に入ると、先客が二人いた。

――新見様ともう一人は誰だ。

正面に高井が座し、その右手に新見の横顔が見えるが、もう一人は背中しか見えないので、誰だか分からない。

「ご無礼仕ります。大塩平八郎、罷り越しました」

高井が「おお、待っていたぞ」と言いながら、扇子で左手の座を示した。

――ということは背中を向けている者は、わしより座次が低い者だな。

そう思いつつ座に着き、一礼して顔を上げると、そこにいるのは内山彦次郎だった。

内山は西町奉行所の所属なので、さほど行き来があるわけではない。ただ父の藤三郎が学問好きだったので、かねてより平八郎は親しくしていた。だが息子の彦次郎は負けず嫌いなのか、以前から平八郎と擦れ違っても横を向いてしまうほどだった。とくに最近は、功を挙げ続けている平八郎に対抗意識を燃やしているという噂が聞こえてきていた。

「これは内山殿、お父上は壮健か」

藤三郎は病がちになり、隠居して彦次郎に家督と与力の座を譲っていた。

「はい。父は日々書見などして、これまでと変わらず暮らしております」

それだけ素っ気なく答えると、内山は口を閉ざした。その仕草からは、「話したくない」という態度があからさまだった。

その気まずい雰囲気を振り払うように、新見が口を開いた。

「大坂城代の太田様とは旧知だったので、先日挨拶に行ってきた」

大坂城代の太田資始は掛川藩太田家九代当主で、清廉潔白な硬骨漢として知られていた。後に老中に三度も就任するが、一度目は水野忠邦と、二度目は井伊直弼と反りが合わずに罷免され、三度目は在職一ヶ月で辞任することになる。

「そこで太田様から意外なことを聞いたのだ」

新見によると、破損奉行の一人の一場藤兵衛から奇妙な「触書」が出されていたという。破損奉行とは大坂城内の諸建築物の造営と修理を担っている職で、同役が三人いる。破損奉行は、かつて木材奉行と呼ばれていたほど、木材の管理が主たる仕事になるので、木材業者や普請作事に携わる者との接点が多い。

新見が続ける。

「太田様が見せてくれたのだが、その『触書』には、『摂河両国村々左官ども御用弁、成就いたし候はば、勝手向用弁をも致すべし』と書かれていた」

内山が問う。

「つまり何かが成就すれば、その見返りに御用役を出すということですか」

「そうだ。その何かなのだが――」

新見が苦々しい顔で続ける。

「太田様によると、一場殿のために左官たちに無尽を作らせたのではないかというのだ」

「なんと――」と言って内山の顔が引き締まる。

高井が話を引き取った。

「しかし太田様のお立場では動けない。それで新見殿を通して、われらに調べを進めてほしいと仰せなのだ」

――そうか。袖の下だけでは、たいした額にはならぬ。それで大きな無尽組織を作り、一場らが講元になって甘い汁を吸おうとしたわけだな。

内山が問う。

「しかしわれらは、用がなければ城内に入れません。しかも城内の武士を取り調べる権限はありません」

「その通りだ。そこで左官どもを締め上げて証拠固めをしてほしいそうだ。その後は太田様がどうするか考えるという」

高井が答えると、新見が言い添えた。

「これは極めて困難な仕事になる。それゆえ東西両奉行所の腕利き二人にやってもらいたいのだ」

内山が目を輝かせる。

「相役ということですか」

「いいや」と新見が首を左右に振る。

「大塩殿を正役とし、貴殿を助役とする」

内山が唇を噛む。

内山も有能だという話は聞こえてくる。それゆえ内山をさらに鍛えるためにも、平八郎から学ばせようというのだろう。

内山はこの年三十三歳。四つ年上の平八郎は三十七歳になっていた。

　ここからの二人の活躍は目覚ましかった。

　まず大坂城の左官仕事を請け負っている摂津国小路村の治助宅に押し入り、頼母子講の証拠を押収した。さらに治助をしょっ引き、奉行所で締め上げると、頼母子講の全貌が明らかになった。

　かねてより一場の懐刀のような役割を担っていた大坂城内左官頭の為村長兵衛は、上役の一場から頼母子講や無尽で金を稼ぎたいという相談を受け、仕事を優先的に出すことを餌に、札子を集めることを思いついた。

　それで大坂城御用の左官たちの元締めの山村与助に持ち掛け、与助は左官で使っていた河内国出口村治兵衛と摂津国平田村林右衛門の二人を動かし、頼母子講の組織化を図っていった。その一人が治助だった。

　ところが、こうした悪事は根深いのが常だ。調べれば調べるほど、芋づる式に関係者の名が挙がってくる。

　途中経過を新見から聞いた太田は、その根深さに驚き、高井と新見に「穏便に済ませたい」という意図を伝えた。だが高井から平八郎には、「手じまいにしろ」といった指示がなかったので、平八郎は従前と変わらず捜査を進めていた。

　文政十二年の暮れも押し迫った頃、大塩邸に来訪者があった。

「内山殿がいらしたというのか」

門人からその名を聞かされ、平八郎は意外な気がした。二人は奉行所内で顔を合わせることが多く、何かあれば、そこで話し合えばよいからだ。

——奉行所では話しにくいことだな。

奉行所では「壁に耳あり、障子に目あり」なので、内山は密談に来たに違いない。

門人に案内され、平八郎の書斎に入ってきた内山の顔は険しいものだった。

「夜分にご無礼仕ります」

「われらの仕事には昼も夜もありません。お気になさらず」

行灯の灯に照らされた内山の顔からは、かつてのような英気溌剌(はつらつ)とした面影が失せていた。

——いつまでも若いと思っていたが、人は年を取るものだ。

それは平八郎にも当てはまる。だからこそ時を惜しまねばならないのだ。

「此度は、大塩殿の働きぶりを間近に見ることができて幸いでした」

「お役に立ちましたか」

「もちろんです」

「内山殿もお父上に似て賢い。きっと与力筆頭になれますぞ」

平八郎は世辞を言わない。心からそう思ったので言ったまでだ。だが内山は浮かない顔をしている。

「今日は、その件ではありませんね」

内山の瞳が落ち着かずに動いているので、平八郎は言いにくい話だと気づいた。

「その通りです。実は新見様から、太田様の内意を伝えるよう申しつけられてきました」

「内意とは――」

「今、われらの内偵は、破損奉行の一場様と飯島惣左衛門様、そして弓奉行、鉄砲奉行、金奉行、蔵奉行、具足奉行、船奉行にまで及んでいます」

「その下役までは、まだ手が回っていませんが――」

大坂城内は不正無尽の巣窟と化していた。破損奉行二人の手口をまねたのか、それぞれ利権を持つ奉行たちが、その代官や出入りの業者に不正無尽を組織させるようになっていた。

この背景には、奉行は老中や若年寄に金を上納しないと出頭できないという、幕府の歪んだ構造があった。すなわち奉行らは老中や若年寄に人事権を握られており、彼らへの献金額によって栄達が決まる。つまり栄達は金次第となっていたのだ。

「城内の腐敗が相当ひどいのは、大塩殿も知っての通りです」

「それゆえ徹底的に洗い出し、根から断たねばなりません」

「それは仰せの通りなのですが、太田様は、そうは考えておられぬようです」

――そういうことか。

ようやく平八郎にも、内山の来訪の目的が分かってきた。

「そうは考えておられぬということは、どうお考えなのです」

「大坂城内のことを、江戸に伝えたくないとのことです」

「ほほう。これは異なこと。つまりわれらの仕事を打ち切れということですね」

内山がうなずく。

「それはおかしい。調べをすべて終わらせてから、それを握りつぶすかどうかを、太田様が決めればよいだけではありませんか」

途中報告を読んだ太田は、あまりの腐敗の広がりに驚き、調査の中止をほのめかしてきたらしい。

「それはその通りですが――」

「たとえ罪を問わずとも、確証を摑むことで、よからぬ頼母子講にかかわっている連中に警鐘を鳴らし、やめさせることができます。しかしここでわれらが手を引いたら、連中は平然と続けるだけです」

「お待ち下さい。それがしは新見様から太田様の内意を伝えられました。大塩殿は高井様から同様のことを伝えられませんでしたか」

「はい。全く」

内山の顔に戸惑いの色が浮かぶ。

「太田様の内意を、高井様が握りつぶしたとでも」

「それは私の与り知らぬことです」

内山が言いにくそうに言う。

「高井様は高齢で、出頭の目はありません」

「だから何だというのです」

「太田様や新見様は別の考えをお持ちです」

太田や新見には、大坂で穏便に数年過ごせば、江戸に召されて若年寄や老中になる道も開けている。だから事を荒立てたくないのだ。

「別の考えとは何ですかな」

「世の中には、道が開けている方と開けていない方がいます。私たちにも道は開けています」

平八郎の胸内から、むらむらと怒りの炎が立ち上がってきた。

「ほほう。与力はしょせん与力。貴殿の力をもってすれば、ここで手を引かずとも与力の最上席に就くことは容易でしょう」

与力の最上席は「諸御用調役（しらべやく）」という、与力の仕事全体を監督する役割になる。

平八郎はすでにこの役に就いている。

「いや、よき上役に恵まれれば、別の道も開けてきます」

「つまり内山殿は直参（じきさん）になりたいのですか」

内山がうなずく。

幕府は最近になって有能な者を求めるようになった。それだけ仕事量が増え、また仕事が複雑多岐にわたるようになり、有能な者でないと務まらなくなったのだ。そのため下級武士や陪臣でも、有能なら直参に取り立てられることもある。

「しかし内山殿、この腐敗を放っておけば、やりたい放題になり、やがて手が付けられなくなるでしょう。その時の江戸の怒りを思えば、今やっておくべきです」

「大塩殿、分かりませんか」

「何がです」

「太田様の縁者や可愛がっている者まで、不正無尽に手を染めているようなのです」

——何ということだ。

平八郎は馬鹿馬鹿しくなった。

「それで『やめろ』というわけですか」

「そういうことになります。太田様は、われらを悪いようにはせぬとのことです」

「内山殿はそれでよろしいのか」

内山が険しい顔で黙り込む。

「孟子の言葉に『心を養うには、欲望を少なくするのが一番よい』というものがあります。ただ私に言わせれば、欲望を少なくするだけでは足らない。欲望をすっかりなくさないと、人としての誠が育ちません。誠が育たなければ明察に至りません。つまり欲望ある限り、物事の本質が見えてこないので、太虚に至る道は遠のくのです」

「それは分かります。しかし現世は、さように単純なものではありません」

「もちろんです。しかし完全なものを目指さずして、何のために生まれてきたのでしょう。目指しても至れなければ、あきらめようもあります。しかし目指さずしてあきらめてしまっては、悪に手を染めている連中と何ら変わらないではありませんか」

「さようなことはありません！　私は不正無尽などしません」

「それはどうですかな。かようなことで手を引くということは、内山殿は無尽でなくとも、いつか不正に手を染めます」

弓削の言葉が脳裏によみがえる。

「悪の毒は少しずつ体に回り、最後にはこうなる」

このくらいならいいだろうという気持ちが人を駄目にする。悪には決して隙を見せてはならないのだ。

「そこまで言うとは無礼ではありませんか」

内山が目を剝く。だがそれは、後ろめたさを感じている者の目だった。

「内山殿、共に正義を貫きましょう」

一瞬、逡巡した内山だったが、何かを振り払うように首を左右に振った。

「そうはいきません。私は新見様から手を引くように示唆されています。何も示唆されていない大塩殿とは違います」

あの新見でさえ、太田の顔色を窺わなければならないのだ。

――わしは何とよき上役を持ったのか。

高井も太田から同じような示唆を受けているに違いない。だが高井は、それを握りつぶしたのだ。

「内山殿、貴殿が己の道を行くのは構いません。しかし、私の道を邪魔しないで下さい」

内山が苦しげな顔で答えた。

「分かりました。私は手を引かせていただきます。大塩殿は——」

内山が口惜しげな声で言う。

「勝手にして下さい」

そう言い残すと、内山は去っていった。


内山も平八郎同様、清廉潔白でありたいと思っているのだろう。その証拠に、これまで内山の悪い噂は聞こえてこない。だが出世欲に負けて正義を見失った者は、徐々に悪に取り込まれていくだけなのだ。

平八郎は内山の姿を己の戒めとした。

その後、平八郎は単独で調査を進め、年末に目途が立ったので、報告書にまとめて高井に提出した。それをどのように扱うかは太田次第なので、平八郎の関知するところではない。

年が改まった文政十三年（一八三〇）正月、一場と飯島の両破損奉行が「御用召し」で江戸に召喚された。三月には、両名を評定所で詮議する旨が老中から太田に伝えられた。

さらに三月から閏三月、四月にかけて、関係者十四人が続々と江戸に連れていかれた。そして五月、首謀者の一場は罷免の上、遠島となる。飯島以下の処罰に関しては伝えられなかったが、おそらく江戸で何らかの罪に服すことになったに違いない。

結局、破損奉行の件だけだったが、太田は事件を幕閣に報告したのだ。

——正しき者は必ず勝つ。

自分の熱意が太田に通じたことで、平八郎はそれを確信した。

――これからも己の道を行くだけだ。

平八郎の心は青空のように澄み渡っていた。

だがほかの奉行たちが罰せられないことに、平八郎は不満だった。それゆえ高井経由で太田に「お伺い」を出してもらったが、太田からはなしの礫だった。平八郎としては不満の残る終わり方だったが、事が大坂城内のことでもあり、太田の判断に任せるしかなかった。

かくして破損奉行の一件も、平八郎の強引なやり方に太田が屈服した形で収まった。

十

――形あるものは、いつか滅びる。

『詩経』にこうある。

「形質がある物はいくら大きくとも限界があるので、いずれは滅ぶ。形質がない物はいくら小さくとも限りがないので、いつまでも伝わる。（長い年月を掛ければ）高い山岳も崩れて深い谷になり、桑畑も海原に変わる」

――そうか。分かった！

平八郎が膝を叩く。

――このわしという肉体は朽ちても、学んだことを残せばよいのだ。

文政十三年に三十八歳になった平八郎は、自分も古代中国の聖賢のように何かを書き残したいと思った。

というのも昨年来、平八郎は体の不調を覚えるようになっていた。若い頃は体力に物を言わせ、無理に無理を重ねても何ともなかった。

『甲子夜話』には、「平八は駿足なる男にて、在勤のときも、吉野には十五里とか有るを、一日に往て一日に還る体のことなりし」とまで書かれた。つまり平八郎は健脚に物を言わせ、十五里もある大坂から吉野まで一日で往復できた。

『甲子夜話』は元平戸藩主の松浦静山が記したもので、静山は林述斎を介して平八郎のことを知ったとされる。

――だが今は違う。

平八郎は長らく原因不明の疝気を患っていた。この病は腹部に疼痛を伴うもので、内臓の潰瘍や胆石が原因らしい。疝気の痛みは「さしこみ」と呼ばれ、何かのきっかけで痛みが周期的に反復する厄介なものだ。

また平八郎は心病（鬱病）も患っており、心の落ち込みが激しい時でも、それを奉行所の同僚や門人に覚られないよう、常と変わらずふるまってきたので、次第に悪化してきた。

平八郎は「武士は常に強くあらねばならない」と思ってきた。家康の馬前で大功を挙げた祖先を手本とするあまり、無理を重ねてきたのだ。だが与力と塾頭の二重生活は、平八郎の健康にも悪影響を及ぼし、長く生きられないのではないかという不安が頭をもたげてきた。

それでも与力の最上席として、平八郎は誰よりも仕事に精励しなければならない。その一方で塾を経営し、著述活動も行いたい。そのすべてを行うことは困難極まりないことだった。

そんな折、高井から悪僧たちを一掃し、綱紀を刷新したいという要望が出された。

かねてから、大坂の僧侶たちの悪行は目に余るものがあった。「何かが憑依している」と言っては法外な加持祈禱代を要求する。裁縫や洗濯のためと称し、寺内に立君や白人（しろうと）といった私娼を引き入れる。大酒を飲んで騒ぐ。魚や鳥を食べる。こういったことが日常的に行われ、檀家からも冷ややかな目で見られる僧侶が増えていた。

こうした訴えが奉行所に頻繁に入るようになり、高井も座視できなくなった。それで平八郎に摘発を任せることにした。

同年三月、平八郎はまず触書を出し、僧たちに注意を促した後、小者や門人を使い、悪い噂の立つ寺を監視させた。

その後、触書に素直に従った僧は見逃したが、触書を恐れず、悪行を続けた僧五十人ばかりは許さなかった。

高井は悪行をやめなかった僧たちの財産を没収し、遠島を申し渡した。これにより破戒僧が一掃され、大坂の寺は平穏を取り戻した。庶民は快哉を叫び、平八郎の名は畿内で知らぬ者がいないほどになった。

だがこの頃から、高井の体調不良が顕在化してきた。六月になると、新見に「不快」で欠勤という通知を届け、東町奉行所のことまで託すようになった。体調がよくて出勤できた日でも、耳が遠くなったことで公事訴訟に立ち会えなくなり、裁断が下せなくなった。

そして八月、高井が六月に出していた「病気養生出府願」が認められた。昨年まで矍鑠（かくしゃく）としていたのが嘘のような衰えぶりだったが、考えてみれば、高井はすでに六十八歳なのだ。苛酷な奉行職が勤まらなくなったとしても不思議ではない。


八月十八日の早朝、大坂津は霖雨（りんう）の後の秋霧に覆われていた。高井の役宅から船の出る安治川口まで、平八郎は高井の乗る駕籠脇を歩いてきた。

雨が降っている上、高井は駕籠の中にいるので話がしにくい。それゆえ平八郎は黙って駕籠脇を歩いた。

安治川口の船待ち茶屋の前に着き、駕籠が下ろされると、高井が大儀そうに出てきた。

「いよいよ安治川口に着いたか。これで大坂ともお別れだな」

高井は妻に先立たれているので独り身だ。子らも独立しているので、二人の従者を除いて共に江戸に向かう者はいない。

「私はここまでとさせていただきます」

「そうだな。だが船が出るまで、まだ間がある。多分これが最後となるので、それまで話でもしよう」

「ぜひ」と言いつつ、平八郎は高井の手を取り、朱色の毛氈（もうせん）が敷かれた茶屋縁台に導いた。高井は膝が悪く、最近は正座もできなくなったとこぼしていた。

「年寄り扱いするな」

それでも高井はうれしそうだ。

熱いお茶とみたらし団子がすぐに運ばれてきた。

「大坂に来て、一番うまいと思ったのがこれだ」

早速、高井が団子を頬張る。

「またいらして下さい」

「わしの年を考えろ。とても無理だ。江戸でのんびりと暮らし、お呼びが来たら、さっさとあの世に行くだけだ」

高井が高笑いする。だがその声には、どことなく寂しさが感じられた。

「此度は突然のことで驚きました。もっと多くのことを語り合いたかったのですが」

「人は別れの時、皆そう思う。だがそれでいて、別れが迫っていても何もできないものさ」

「そうですね」

「女房が死の床に就いた時、『あれもしてやればよかった。これもしてやりたかった』などと言ったら、女房に『あなた様はそう言うけど、しょせん何もできないでしょ』と言われたな」

「いかにも。それが人というものです」

高井が話題を転じる。

「わしのことよりも、貴殿の決断には驚いたぞ」

高井というこれ以上ない上役が隠居すると聞いた平八郎は、熟慮の末、家督と与力の職を十九歳の格之助に譲り、三十八歳で隠居することにした。

平八郎の与力在職は二十四年になるが、その間に挙げた功績は、「耶蘇教徒逮捕一件」「奸吏糾弾事件」「破損奉行事件」「破戒僧糾弾事件」など赫々たるものがあった。その名も江戸の幕閣にまで鳴り響き、仕事を続けていれば、内山が目指すような道も開けていたかもしれない。だが平八郎は、過去の実績や将来の道を惜しげもなく捨てた。

「与力職から退くことは前々から考えていました。ただ何かのきっかけがほしかったのです」

「それが、わしの隠居だったのだな」

「はい。しかし高井様には何の責もありません」

「そう言ってくれると、少しは気が楽になる」

高井がうまそうに茶をすする。

「心配をおかけしてしまい、申し訳ありません」

「では、これからは塾に専念するのだな」

「はい。己の道を究めようと思っています」

「そうか」

高井が遠くを見るような目をする。

「何をお考えで」

「そなたが羨ましい。まだまだ残された時間はある上、これからは学問だけに打ち込めるのだからな」

「高井様は、これまでの道を振り返って後悔がありますか」

死に際して「後悔がある」と言っていた弓削のことを、平八郎は思い出していた。

「ああ、悔いがないと言えば嘘になる。だがやり直しができたとて、同じ道を歩むしかなかっただろう」

高井が屈託なく笑う。高井は出頭の道を捨て、正義の道を行くことを選んだ。そのことに悔いはないのだろう。

「高井様、これから世はどうなるのでしょう」

「わしのような老人にはかかわりのないことだが、貴殿のような士がいれば、まんざら捨てたもんにはならんだろう」

「公儀はどうなるのでしょう」

高井が険しい顔をする。その顔には、幕府の表も裏も知っている者だけの憂いがあった。

「このままでは、見通しは暗い」

「やはり、そうお思いですか」

「ああ。どのようなものでも、時が経てば古くなる。だから常に刷新を心がけていかねばならない。だが刷新によって不利益をこうむる者もいる。そうした者は忠義面をして旧態依然としたものを守ろうとする。だがいつかは守りきれなくなる。そうなった時――」

高井が口をつぐんだ。平八郎もあえてその先を尋ねなかった。おそらく高井は、幕府という組織の終焉(しゅうえん)を感じ取っているのかもしれない。だが高井の立場で、それを言うのは憚(はばか)られる。

「それよりも貴殿のことだ」

「私ですか」

「そうだ。もはや貴殿は奉行所にかかわる身ではない。それをわきまえ、余計な口出しをしないことだ」

「はい。隠居の身となったからには、奉行所のやることに口出しなどしません」

「その覚悟があるなら、わしは何も言わぬ。一人でも多くの有為の材を育て、世に送り出してくれ」

「はい。それこそが、わが残る生涯の務めです」

その時、拍子木を鳴らす音と「船が出るぞ」という声が聞こえてきた。

「では、行く」

高井が立ち上がると、平八郎がその体を支えた。

「すまぬな。貴殿と出会えて本当によかった」

「高井様、なんともったいない――」

「この世は悪ばかりだ。皆、欲心に負けて道を見失っていく。それを正しき方向に導くのが貴殿の役割だ。大坂を――」

高井の鋭い眼差しが平八郎に注がれる。

「頼んだぞ」

「しかと承りました」

郵便はがき

料金受取人払郵便

小石川局承認

1095

差出有効期間
2023年12月
31日まで

112-8731

〈受取人〉
東京都文京区
音羽二ー一二ー二一

講談社
文芸第二出版部 行

書名をお書きください。

この本の感想、著者へのメッセージをご自由にご記入ください。

おすまいの都道府県　　　　　　性別　男　女

年齢　10代　20代　30代　40代　50代　60代　70代　80代〜

頂戴したご意見・ご感想を、小社ホームページ・新聞宣伝・書籍帯・販促物などに使用させていただいてもよろしいでしょうか。　はい（承諾します）　いいえ（承諾しません）

TY 000044-2112

ご購読ありがとうございます。
今後の出版企画の参考にさせていただくため、
アンケートへのご協力のほど、よろしくお願いいたします。

■ Q1 この本をどこでお知りになりましたか。

1 書店で本をみて
2 新聞、雑誌、フリーペーパー 〔誌名・紙名　〕
3 テレビ、ラジオ 〔番組名　〕
4 ネット書店 〔書店名　〕
5 Webサイト 〔サイト名　〕
6 携帯サイト 〔サイト名　〕
7 メールマガジン　8 人にすすめられて　9 講談社のサイト
10 その他 〔　〕

■ Q2 購入された動機を教えてください。〔複数可〕

1 著者が好き　2 気になるタイトル　3 装丁が好き
4 気になるテーマ　5 読んで面白そうだった　6 話題になっていた
7 好きなジャンルだから
8 その他 〔　〕

■ Q3 好きな作家を教えてください。〔複数可〕

〔　〕

■ Q4 今後どんなテーマの小説を読んでみたいですか。

〔　〕

住所

氏名　電話番号

ご記入いただいた個人情報は、この企画の目的以外には使用いたしません。

外で待つ従者に高井を託すと、平八郎は船着場まで付き従った。

安治川口は土砂で遠浅なので、平底船で湾内に係留されている江戸行きの大船まで行く。

高井が従者と共に平底船に乗り込んだ。その姿に向かって平八郎は深く頭を下げた。

――ありがとうございました。幸多き日々を祈っております。

この後、江戸に帰った高井は、請われて御三卿の一つである田安家の家老職に就いたが、天保五年（一八三四）にこの世を去る。享年は七十二だった。

一方の平八郎は、学問の道へ新たな一歩を踏み出していくことになる。

第三章　秋霜烈日

一

平八郎は十代半ばから三十代を与力として過ごした。この世から悪を一掃するために決して妥協せず、自らの職務に忠実な与力だった。だが悪は次から次へと湧き出し、平八郎一人では手の施しようがなくなっていた。

それゆえ平八郎は、与力として悪を取り締まることに精励するかたわら、学問の力で悪の根を断つことを目指した。身分を問わず学問を広めていくことで、この世から悪を排除し、理想の世を現出できると信じていたのだ。

だが末端の枝葉を伐採しつつ、根を断つことは容易でない。末端の枝葉はいくら刈ってもきりがないからだ。そうしたことから、「根を断つ」ことに重心を移したいと思うようになっていった。

三十八歳の時、恩師に等しい高井実徳の辞職を機として、平八郎も隠居した。与力の職は養子の格之助に譲ったので、後顧の憂いはない。
平八郎の胸内には、新たな英気が湧いてきていた。

大坂の夏は暑い。北を六甲山地と北摂山地に、東を生駒山地と金剛山地に、南を和泉山脈に囲まれ、開いているのは西だけだからだ。それゆえ西風が吹かない限り、大坂平野には熱気が滞留しやすく、平野全体がむせ返るような暑さに襲われる。

「ここはやけに暑いな」

文政十三年七月末、縁先から雨のそぼ降る庭を眺めつつ、山陽が呟いた。その手に握る団扇はひっきりなしに動いている。

「ここだけでなく、この季節の大坂は、まだどこに行っても暑いですよ」

「はははは、洗心洞先生らしい的確な答えだな」

「その洗心洞先生というのは、やめて下さい」

「だって洗心洞先生だろう。では、なんて呼べばいいんだ」

すでに二人は肝胆相照らす仲となり、軽口を叩くようになっていた。

「山陽先生が年上ですから、平八郎か後素と呼んで下さい」

山陽は平八郎より一回り上になる。

「平八郎と呼ぶのはなれなれしいし、後素というのは仰々しい」

「では、大塩君で結構です」

「分かったよ。では大塩先生――」

平八郎は苦笑いするしかない。

「なぜやめた」

「今更それを聞くのですか」

「ああ、やめたことを非難するつもりはない。その理由も薄々は知っている。だが貴殿の口から聞きたいんだ」

「山陽先生は春夏秋冬を知っていますか」

「そう来たか」と言って笑った後、山陽が言った。

「めぐる季節ほど不滅の力はない。われら人も仁義礼智を循環させてやむことがないほど、実践していかねばならない」

「その通りです。春は生命を発生させ、夏はそれを成長させ、秋はそれを成熟させ、そして冬はそれを貯蔵します。この循環こそ天の働きです。われら人にも春夏秋冬はあります。まさしく、われらは仁義礼智を循環させ、やむことがない生涯を歩んでいかねばなりません。私もその道を歩んできたつもりでした。しかし季節の変わり目、すなわち転機を感じ、新たな季節に踏み出さねばならないと感じたのです」

山陽がやれやれといった顔をする。

「つまり貴殿は、与力と学問の徒という季節から、学問に専心する季節に来たというのだな」

「はい。人の一生など長くて六十年。そんな短い中で、何かに囚われ、最も大切な時を失うことほど馬鹿馬鹿しいものはありません」

「尤もだ」と言って座に戻った山陽は、煙管に煙草を詰め始める。

「だがな、市井に出て市井から学ぶことも大切だ。書斎に収まってしまっては、学問も死んだものになるとは思わないか」

「思いません。私は二十四年間、市井を歩き、この世のすべてを見てきたつもりです。それゆえ書斎に籠もっても、学問を弄ぶようなことはしません」

「そうか。では、市井の悪は誰に退治させる」

「格之助ら若者に託します。私は根を断つことに専心したいのです」

「悪の根を断つか――。貴殿の考えるほど容易なことではないぞ」

山陽は世俗にまみれた生活をしてきた。それゆえ平八郎以上に、この世の酸いも甘いも知っていた。

「分かっています。でも宿望なくして何のための学問でしょう。私は学問を広めることで、人間が本然的に持っている善の心を呼び覚まし、この世から悪を一掃したいのです」

「太虚、か――」

「そうです。人は太虚に至る努力をせねばなりません」

山陽の吐き出した煙が部屋の中を漂っている。時折、何かを叩く音がするのは、山陽が脛にたかる蚊を殺しているからだ。

「貴殿は孟子が言うところの性善説を信奉しているのだろう」

「そうです。しかし性善説といっても様々です」

性善説に基づく陽明学も時を経るに従い、様々な流派に分派していった。中でも王龍渓や王心斎といった左派は、「人間は本性が善である」という原点に立脚していたが、欧陽南野や羅念菴といった右派は、「本性が善でも、自力でそれを保持しようとしないと、悪に染まる」と唱える。いわば太虚に至るには自己実現かつ自己救済が必要で、まずは確固たる自己を確立することが大切だと唱えた。

うまそうに煙草をふかしながら、山陽が言う。

「君は心を太虚とする努力を怠らないことで、誰でも善人になれるというのだな」

「はい。人の心の悪なるもの、すなわち欲心や野心から観念を解き放つことにより、人は太虚に至ることができます。雲一つない大空のような心を保つことで、悪の入り込む余地はなくなるのです。しかし、それが難しいのも確かです」

「つまり人は、何もしなければ邪心や悪心が心に入り込み、太虚に帰一できないのだな」

「そうです。それを克服するのが学問です。孟子も『学問の道は他無し、其の放心を求むるのみ』と言っています。つまり学問の道はほかでもない、人が見失っている心を探し求めることだ、と」

「そうか」と言って、山陽が再び煙管をくわえる。

「貴殿は高すぎる山に登ろうとしている」

「そうかもしれません。しかし誰も登ったことのない山だからこそ、登る意義があるのです」

山陽がため息をつく。

「だが貴殿は一介の元与力で、今は塾を生業にしているにすぎない。貴殿のできることは限られている。貴殿の力で貴殿の周辺は徳化できても、貴殿の力が及ばないところに悪ははびこり、やがて貴殿の死後、貴殿が徳化した領域まで侵食してくる」

「さようなことになるかもしれません。しかし何もやらなければ、この世に悪は蔓延します」

「もちろんそうだ。だがお上の腐敗はどうする。大坂のみならず江戸まで、賄賂や礼銀なくして何も動かない。それが世の中の摂理というものだ」

平八郎がうなずく。

「それが現世だというのも分かっています。お上の腐敗は、土に水が染み込むがごとく下々にまで浸透していきます。それも含めて正していくのが私の仕事です」

「貴殿は、たいへんな道に踏み出そうとしている」

「覚悟の上です」

「だろうな」と言うや、山陽が立ち上がる。

「もうお帰りですか」

「ああ、貴殿と話していると朝になる。その前に馴染みの女のいる店に行きたいんでね」

「山陽先生は、いつまでもお盛んですな」

「ああ、酒と女は生きている証しだからな」

いつまでも酒と女から抜け出せない山陽に、平八郎は落胆した。山陽こそ己の少し先を行く師だと思っていたからだ。

「どうしてですか。その時間を学問にあてれば、もっと偉大な業績が残せるはずです」

「そうかもしれん。だが酒と女があるから、生きている手応えを感じ、仕事もはかどるのだ。貴殿も肩肘張ってばかりでは駄目だ。たまには息抜きが必要だ」

「ありがとうございます。しかし私には私の生き方があります」

「そうだな。差し出がましいことを言った」

「いいえ、そんなことはありません」

「じゃ、またな」

表口まで送ろうと立ち上がりかけた平八郎を手で制した山陽は、何かの謡曲を歌いながら大股で去っていった。

――長く険しい道でも、いつか光明が見えてくる。それを信じて己の道を行くだけだ。

そう己に言い聞かせた平八郎は、いつものように書物の海に漕ぎ出していった。

二

文政十三年、天保元年へと改元されるこの年、畿内諸国が大水によって凶作に陥ったことで、百姓は困窮し、北陸から畿内にかけて流民が発生した。米価は天を衝くばかりに高騰し、それを買えない者たちの中からは、餓死者や行き倒れが出る始末となった。それでも武士階級は平然と年貢を取り立て、従前と変わらず江戸への廻米を行っていた。それにより畿内の人々の不満は、次第に高まっていた。

こうした事態に直面すれば、為政者は対策を講じねばならない。例えば、米価の上限を決める。諸侯に促して貯蔵米を放出させる。酒造用の米を制限するといった対策がこれにあたる。しかし江戸幕府や大坂の出先機関は当面静観していた。それには理由があった。凶作は見極めが難しく、翌年には一転して豊作になることもあるからだ。

しかし稲作に偏った農業政策は、寛永・享保・天明の大飢饉を経た後も改められることはなく、天候不順に陥ると、すぐに凶作の恐れが出てくるという状況が続いていた。

短期的に最も効果的なのは、東国への廻米を制限することだ。しかしそれは大坂城代の独断ではできない。だいいちそんなことを行えば、城代は即刻首をすげ替えられ、出世の道も断たれる。そのため成り行きに任せることになるが、そうなると米価の高騰でもうけようとする商人が出てくる。富商は米を買い占め、「囲持ち」と呼ばれる貯蔵を行い、さらなる米価の高騰を待つ。同じようなことを大名も行う。というのも富商は大名に多額の金を貸し付けることで家老や用人格になっており、大名に利息を捻出させるために同様のことをやらせるのだ。

苦境に陥った民は、毎日のように奉行所に押し寄せたので、その応対で奉行以下は疲弊していた。しかも大水の損害は田畑だけでなく、堂島や天満といった大坂経済の中心地にまで及び、このまま手をこまねいていると、大坂経済は麻痺することになる。

こうした状況下、大坂西町奉行の新見正路は淀川と安治川の浚渫を行うという断を下す。

これが世に名高い「御救大浚（おすくいおおさらえ）」だ。

年が明けて天保二年（一八三一）になった。二月初旬に発表された「御救大浚」は、三月には開始された。だが問題は山積していた。

横殴りの雨の中、平八郎が安治川に駆けつけると、陣笠をかぶり、蓑（みの）を羽織った新見が陣頭指揮を執っていた。その脚絆（きゃはん）は、すでに泥まみれになっている。

川には百艘あまりの小舟が浮かび、土砂をさらっては舟に載せて戻ってくるが、焼け石に水のようにしか見えない。

「新見様！」

「おう、大塩殿ではないか！」

「ご多忙とは思いつつ、居ても立ってもいられなくなり、やってきました」

「お心遣い、かたじけない」

豪雨の中なので、双方とも怒鳴り合うほどの大声になる。

「せめてものお力添えとして、握り飯を五百ほど運んできました」

平八郎は豪農の弟子に頼み込み、彼らが自分たちのために保存していた米の一部を捻出させ、握り飯にした。

「そんなに作ってくれたのか。米価高騰の折にもかかわらず、申しわけない」

「もったいない。白米は力が付きます。これほどの重労働をしている者たちに食べてもらえば、いっそう精が出ることでしょう」

平八郎の弟子たちが、大八車に乗せられた樽を下ろしていく。中には握り飯が入っている。

平八郎は手ずから樽を運び、傘で雨を遮りながら、その蓋を開けた。

「どうぞ、お召し上がり下さい」

中から湯気が上がり、白米独特の甘い香りが漂う。

「いや、働いている者たちに行き渡るまで、わしは手をつけん」

「さすが新見様！」

「そなたの真似をしただけよ」

雨雲を吹き飛ばさんばかりに、二人は笑った。

新見が浚渫に取り掛かっている安治川は、かつて河村瑞賢（かわむらずいけん）が開削した人工の河川で、「安けく治むる川であれかし」という願いから名付けられた。長さ一千丈（約三キロメートル）、幅三十丈（約九十メートル）ほどの短い川だが、上流から河口まで大量の土砂が流れ込むため、何年かに一度は浚渫作業を行わないと、川水が溢れる。

しかし浚渫は莫大な資金がかかるため、歴代の奉行たちは見て見ぬふりをすることが多く、溢れ水が起こっても、自然に水が引くのを待つのが常になっていた。ところが今度ばかりは深刻で、河岸の町家が膝の高さまで浸水したのを見かねた新見が、「川浚え」を決意したのだ。

「進捗はいかがですか」

新見が渋い顔で答える。

「この雨の中だ。予定通りにはいかない。しかも経験者が少ないので、頻繁に交代させねばならない」

この時代の浚渫は、多くの小舟を出し、長い竹竿の先に葦の茎で編まれた箕の付いた鋤簾を使い、土砂をすくって小舟に載せていくという作業になる。独特の道具を使うので、習熟すると長時間の作業にも耐えられるが、慣れていないと半刻（約一時間）ほどで疲れ切ってしまう。そのため二組が交互に川に入る形になる。だが休んでいる組も、掘り出した土砂を俵に詰め、川沿いに塁として積み上げる作業を行っているので、休む暇もない。

「では、いつ終わるのですか」

「いつ果てるともない作業だ。終わりはないかもしれない」

浚渫は水底の土砂を浚い、船舶が安全に航行できるようにすることだが、この場合、溢れ水を防ぐことが目的なので、雨の量に左右される。そのため水が溢れないようになるまで、どれくらい掘ればよいのか見当もつかない。

――これはたいへんな難事業だ。

こうした仕事に不慣れな平八郎でさえ、目標のない事業の難しさは分かる。

「で、資金はどうするんですか」

「それが頭の痛いところだ」

新見が顔を歪ませて続ける。

「とりあえず奉行所から出せる分は出しておるが、それを食いつぶすのは目前なので、そうなれば作業は続けられなくなる」

　この事業は失業者対策にもなっており、そこに働く者たちは二百人を下らない。その給金が払えなくなるということは、路頭に迷う者を増やすことにつながる。

「給金が払えなくなれば、働いている連中はどうなるのです」

「わしにもどうにもならん」

　新見が辛そうな顔をする。

「江戸に掛け合ったらいかがですか」

「そんなことはとっくにやっている」

「では、江戸は何もしてくれないのですか」

　そのことには答えず新見は言った。

「いったん始めた浚渫をやめれば、上流から土砂が運ばれてきて、やめたところに堆積する。だから河口まで土砂を取り去らねばならぬのだ」

「つまり今やめれば、この辺りが再び水浸しになるってことですね」

　二人が立つのは、ちょうど安治川橋の辺りで、両岸は雁木（階段）になり、その上には整然と納屋が建っている。いつもなら数えきれないほどの上荷船や茶船が往来し、大坂の繁栄の象徴のような場所だ。

「何とか雨がやむのを祈るしかない」

　――公儀は助けてくれないのか。

新見とて大坂に赴任してきたからこそ、この状況を見て立ち上がった。江戸の幕閣にとっては、大坂が水浸しになろうと、他人事でしかないのだ。

新見がポツリと言った。

「もはや私費を投じるしかない」

「私費と仰せで」

「そうだ。幸いにして、当家には父祖の代からの蓄えがある。それを蕩尽(とうじん)しても、これだけはやりおおせたい」

「新見様――」

「馬鹿な男だと笑われてもいい。だがやりかけたことは、中途で放り出したくないのだ」

「新見様は、どれほどの蓄えがおありで」

「ざっと千両というところだ」

この時代の一両は、現代価値で五万円ほどになる。それで計算すると、新見の個人資産は五千万円ほどになる。

「この平八郎、新見様の心意気に打たれました。縁もゆかりもない大坂のために、先祖代々貯めた金銭をすべて放出するなど前代未聞！」

「そう言ってくれるのはうれしいが、金など貯めていても、何の役に立つか分からぬ。金には使い時があり、その時に使えば生きた金になるが、ずっと持っていても死に金でしかない」

「さすがです」

平八郎がその場に土下座したので、新見や周囲の者たちが驚いた。

「この大塩平八郎、新見様の心意気に打たれました。私が大坂の富商を回り、金を集めてまいります」

「しかし大金だぞ。集められるのか」

「大坂のために、やるだけのことです」

「そうか」と言って新見がしゃがむと、平八郎の手を取った。

「大坂にそなたがいてよかった」

「新見様――」

平八郎の瞳から、大粒の涙がこぼれた。だがそれは、雨に紛れて誰にも分からなかった。

平八郎は、この時ほど雨に感謝したことはなかった。


平八郎は伝手を頼って商人たちに面談し、新見の浚渫事業「御救大浚」に理解を求めたが、どこも番頭が応対し、総じて冷たくあしらわれた。というのも凶作の余波で物が売れず、さしもの富商たちも音を上げ始めていたからだ。鴻池や大丸といった豪商でさえ、色よい返事はしてくれなかった。

それでも平八郎はめげず、何度も富商を回って事業の重要性を説いた。その熱意にほだされ、富商から徐々に資金は集まり始めた。そこには、平八郎が清廉潔白を旨として生きてきたという信頼があったからだ。

だが事業自体は無間地獄に陥っていた。河村瑞賢の昔から、こうしたことは毎年とは言わずとも何年かに一度、継続的に行わないと後で払わされるつけは膨大なものになる。だが歴代の奉行たちは、それをなおざりにしてきたため、そのつけは、新見が一身に背負ってしまったのだ。

それでも梅雨が明け、雨量も少なくなってきた。「御救大浚」にも、ようやく目途が立ち始めた。

私財も尽きた新見は、積み上げられた土砂の山に「天保山」という名前をつけ、事業の終了を宣言した。

ところがそれも束の間の同年九月、新見に小姓組番頭格御用取次見習への転属命令が出た。これは周囲が「古今珍敷出世(めずらしき)」と驚くほどの大抜擢だった。新見は賄賂など一切使わず、その才覚だけで抜擢を受けたのだ。

だが新見は無一文になってしまい、小姓組番頭格御用取次見習として初めて登城する際に仕立てようとした裃さえ買えないほど困窮していた。そこに大坂から千両が届いた。言うまでもなく平八郎からだ。

すでに大坂との縁はなくなり、新見を支えても、大坂が何ら恩恵を受けるわけではない。しかし平八郎は新見の厚意を忘れなかった。

新見は、後に十二代将軍家慶(いえよし)の御側御用取次にまで出世する。

三

天保元年の凶作から立ち直りつつある畿内各地を、天保三年、またしても水害が襲った。天保二年は豊作でもなかったが、平年並みの作柄だったので、翌年には豊作が期待されていた。

ところが翌天保三年は寒い日が続き、四月の田植えは綿入りの冬物を着て行うほどだった。さらに稲の開花期にあたる六月下旬まで梅雨が長引き、強風の吹く日も多かったので、稲の育成には最悪の状況となった。

——今年の冷夏はひどい。

般若寺村の橋本忠兵衛屋敷に向かう途次、平八郎は今年の稲の出来が極めて悪いことに気づいた。稲は頭を垂れていれば豊作だが、八月になっても直立したままなので、実が入っていない「不稔（ふねん）」だと分かる。それでも多くの村の稲が水害で倒れているのに比べれば、般若寺村の稲はまだ立っているだけましだった。

「義父上、この実り方だと、食用にできるのは十が一（一割）にもならないかもしれません」

格之助が深刻な顔をする。

「だろうな。だが忠兵衛の本業はほおずきだ。ほおずきは稲よりも水害に強いはずだ」

「大塩先生！」

その時、畦道（あぜみち）をこちらに駆け寄る影が見えた。忠兵衛と般若寺村の面々だ。

「忠兵衛殿！」

平八郎と格之助も大きく手を振った。

忠兵衛一行と合流した父子は、忠兵衛の屋敷に向かった。

屋敷に着くと、掃き清められた庭に使用人たちが整列し、どこの貴顕が来るのかと思わせた。

「忠兵衛、手間をかけさせたな」

「何を仰せか。私にとって先生は将軍家に等しいお方です」

「かたじけない」と言って、忠兵衛が開けた表口を入ると、中には忠兵衛の妻子眷属（けんぞく）が勢ぞろいしていた。

「むさくるしいところですが、どうぞこちらへ」

囲炉裏のある居間には、上座に二つの新品の座布団が並べられていた。そこに座らされた平八郎は、あらためて忠兵衛に礼を言った。

「農家の現状を見たいなどと申したので、とんだ出費を強いてしまったな」

「いえいえ、先生がこの村に来られるのは確か十年ぶりですから、このくらいの歓待はさせて下さい」

「厳密には八年半ぶりだな」

「恐れ入りました」

二人が声を上げて笑う。

出されたお茶を喫した後、平八郎が言った。

「来る道すがら田畑を見てきた」

「そうでしたか。ひどいものでしょう」

「ああ、今年の稲は全滅に近いな」

「はい。水害は、旱魃(かんばつ)や風害よりも米の収穫が見込めません」

旱魃の場合、よほどひどいものでない限り、水が全くなくなることはない。風害も同じようにすべての稲をなぎ倒したり、吹き飛ばしたりすることはない。だが水害は田畑を水浸しにするので、収穫が全く見込めないこともある。

「それでお上の救恤策は出たのか」

「いや、全く出ません。代官は村々を回り、年貢を納められない私らを罵るだけです」

「何ということだ。それが為政者の仕事か」

平八郎が天を仰ぐ。

「これまでもそうでしたが、大坂に住む武士の方々の数は知れたものです。いかに不作でも、十分に食べるだけの量は賄えます。しかし――」

「江戸への廻米だな」

「そうなのです。どうやら東国も凶作らしく、江戸からは廻米を早くしろと、やんやの催促らしいのです」

後に江戸の四大飢饉の一つに数えられることになる天保の飢饉は、長雨とそれに伴う冷夏によってもたらされた。とくに東北地方ではひどく、収穫がほとんどない地域もあった。だがこの年の飢饉はまだ序の口で、これから地獄が待っていた。

「それほどひどいのか」

平八郎がため息を漏らす。

「それでもこの辺の村は、稲よりも耐久性のあるほおずきの栽培で食べていけますが、米作だけの農家はひどい有様だと聞きます」

「そうした農家にも年貢の取り立てはあるのだろうな」

「もちろんです。江戸から要求された年貢を納められないとなると、城代から奉行まで首が飛ぶと聞いています。それゆえ代官やらその手代が毎日のように催促に来ます。それでなけなしの米を取り上げられてしまうので、百姓は食い物がありません」

「それはひどいな。彼奴らは上しか見ていないからな」

それを思うと、飢饉の前に高井や新見といった心ある奉行がいなくなったのは、大坂にとって痛手だった。

東町奉行の戸塚備前守忠栄は凡庸を絵に描いたような男で、格之助が様々な救恤策を献策しても、「それは貴殿の父が申しておるのか」などと言って取り合わないという。

新見の後任の西町奉行には久世広正が就いているが、出世しか考えていない俗物で、農村の苦しみなど顧みようとしない。

「来年から豊作になればよいのですが、このままでは、この村も立ち行かなくなります」

「何とかせねばならぬのは分かっている。だがわしは一介の村夫子だ。できることは限られている」

　仮に与力を続けていたとしても、平八郎の立場にたいして変わりはないと思うが、それでも奉行には頻繁に会うことができる。それを今は格之助にやらせているが、奉行所の仕事に精通しておらず、また実績のない格之助では、奉行から頼りにされないので、格之助を介した献策を奉行は聞いてくれない。

「義父上」と格之助が初めて口をきいた。

「それがしが、この現状を奉行に申し上げます」

「そうだな。それはしつこいくらいやってもらう。だが大本は廻米だ。それをやめさせない限り、埒が明かない」

　大坂から江戸への廻米は定量ではない。その年ごとに江戸からの指示によって送る量が決まる。そのため東国で凶作や不作が起こると、その皺寄せは西国に来る。

　――来年以降が思いやられるな。

　忠兵衛が威儀を正すと、その場に平伏した。

「先生、何とかお願いします」

「分かっている。何とかせねばなるまい」

　その後、歓談した平八郎は「泊っていって下さい」という忠兵衛の言葉を丁重に断り、午後に般若寺村を後にすることになった。二人の健脚なら、その日のうちに天満に帰り着く。

　帰り際、忠兵衛がぽつりと言った。

「先生、一つだけよろしいですか」

「ああ、なんだ」

「ゆうのことですが、尼寺に入り、健気に励んでおります」

予想もしなかった言葉に、平八郎は内心動揺した。

「そうか。様子を見に行ってくれたのだな」

「はい。こんなことをお伝えするのは気が引けたのですが、ご案じになっているのではないかと思い、つい差し出がましいことをしてしまいました」

「よいのだ。かの女も新たな道を見つけたのだ。これほどよきことはない」

「それで、その時、これを預かってきました」

それは匂い袋だった。

「これは――」

その生地は、かつてゆうが好んで着ていた縦縞柄の留袖の切片を縫い合わせて作ったものだった。

「受け取っていただけますか」

平八郎は逡巡した。これを受け取ると未練になると思ったからだ。だが次の瞬間、平八郎はその匂い袋を手に取っていた。

――このくらいのことで未練などという感情が湧きたつなら、大事など成せぬ。

「いただこう」

「ありがとうございます。ゆうも喜ぶと思います」

「忠兵衛、わしも木石ではない。だが過去は振り捨てねばならない。そなたやゆうには迷惑を掛けたが、これでよかったと思っている」

「そうですね。これでよかったんですね」

忠兵衛が己に言い聞かせるように言った。

「そうだ。すべては天の導きだ。では、またな」

平八郎は複雑な思いを抱きつつ、般若寺村を後にした。

四

その男はがっしりした背を向け、何かを書いていた。

「山陽先生」

「誰だ」

山陽は振り向かない。

「大塩です」

「ああ、貴殿か」

ようやく山陽が振り向いた。その頬はげっそりこけ、白黒混在した無精髭がみっしりと生えている。かつては黒々としていた髪も禿げ上がり、残っている部分も白髪が目立つ。

「山陽先生、ご加減が悪いと聞いていましたが」

「ああ、悪い。ずっと喀血が続いてな。どうやら労咳のようだ」

近づこうとする平八郎を手で制した山陽は、口に手巾をあてた。

「労咳と仰せか」

労咳とは結核菌による肺の感染症のことで、命取りになりかねない。

「ああ、どこで感染したのか分からぬが、藪医者の診立てだと労咳だという。おかげで誰も寄り付かなくなったので、仕事に集中できる」

「無理をなさらないで下さい」

山陽が平然と言う。

「いや、労咳という死病になったからこそ、無理をせねばならない」

労咳と分かった時、山陽は慌てず騒がず、残る時間をどれだけ有効に使うかを考えたに違いない。

「今は何をお書きですか」

「ああ、これか」

山陽によると、それは『書後題跋』という著作で、中国の古今に書かれた題跋を抜粋し、論評を加えたものだという。

題跋とは詩文や書籍に付ける「題辞跋文」のことで、その書の由来や主旨などを後世の学者が書いたものになる。

山陽が無念をあらわに言う。

「わしは詩人で史家だった。次の段階として批評家たらんとした。古今の名著を次の時代を生きる若者たちに伝えていくには、彼らにも分かるようにせねばならない。そのためには解説が必要になる」

「解説と仰せか」

あまり聞き慣れない言葉だったので、平八郎は思わず聞き返した。

「ああ、注釈と言ってもいいが、そこまで詳しくなくてもよい。つまり全体を概括して何を訴えようとしているのか、何を要点としているのかなどを伝えるものだ」

「なるほど、それは重大な仕事ですね」

「どうだ、貴殿がこの仕事を引き継がんか」

「いや、私などは――」

「分かっている。礼として言ったまでだ。貴殿には貴殿の道がある」

同じ学問の道でも、それぞれ追い求めているものが異なる。山陽には山陽の道があり、平八郎には平八郎の道がある。

「ありがとうございます。山陽先生のお仕事は息子さんか、お弟子さんが継ぐのが妥当だと思います」

山陽には三人の男子があった。三人とも学者になるが、三男の三樹三郎（みきさぶろう）は、幕末の志士の先駆けとして名を挙げることになる。

「まあ、そういうことになるだろうな。で、貴殿は何をする」

「当面は学問に精進します」

「そうか。自ら学び、若者に教える。それも一つの道だ」

だが平八郎は、それだけでよいのかと思い始めていた。

「山陽先生、私には迷いがあります」

「ほほう、貴殿でも迷うというのか」

「はい。幸いにして門下生に恵まれ、今は食べるに困っていません。しかしそれに安住して安逸を貪り、気づいたら老人になっていたということだけは避けたいのです」

「つまり何をしたいのだ」

「いつか、世のため、人のために役立つことをしたいのです」

「それがいかんのだ」

山陽が咎めるように言う。

「人には、それぞれの役割がある。貴殿の役割は、人材を育て世に送り出すことではないのか。そして世の中から悪を根絶する。たとえ貴殿の寿命が尽きようと、弟子たちがその志を継げば、百年の後には悪を根絶できているかもしれない」

「はい。それは心得ております。しかし、それだけでよいのでしょうか」

「なぜ、そう思う」

「今、世の中は飢饉によって困窮しています。学問では彼らを救うことができません」

「いかにもそうだろう。しかし貴殿は学問で救えることをすればよい。今の厄介事は為政者が正す。明日の厄介事は学者が正す。それで世の中はうまく回る」

確かに山陽の言う通りだった。誰かが先を見て、起こり得ることを防ぐ手立てを講じなければならない。そうした仕事は学者に託されている。

「それでも困窮している者たちを見捨てるわけにはいきません」

「では、聞く」

山陽が威儀を正す。

「貴殿は一両を持ち、書店に赴こうとする。かねてからほしかった稀覯本が入ったと、書店から知らせが来たからだ。その途次、飢えに苦しむ人々が貴殿に手を差し伸べ、『食べ物を恵んでくれ』と言っている。目の前には、何かの食べ物屋もある。貴殿はその一両で食べ物を買って恵んでやることもできる。だが素志を貫き、稀覯本を買うこともできる。さて、貴殿ならどうする」

「私は――」

平八郎は迷った。おそらく山陽は後者を正しい道と言うのだろう。

――だが嘘はつけない。

「私は一両を食い物に換え、困窮している者たちに恵みます」

「ははは。やはりな」

山陽が相好を崩す。

「貴殿が後者と答えれば、貴殿はわしが『天晴れ、学者の鑑』とでも申すと思っただろう」

「ああ、はい」

「そして前者と言えば、わしが渋い顔で、『貴殿はよき学者にはなれぬ』とでも言うと思っていたのだろう」

「その通りです」

「よく読んだ。だが『稀覯本など糞くらえ』という生き方、すなわち学者にあるまじき生き方をしてきたわしが、とやかく言うつもりはない。つまりどちらを取ろうと、それは貴殿の行く道なのだ」

「私は困窮した者たちを救う道を行きます」

「それでよい。ただしその道を行くなら、中途半端なところで留まっては駄目だぞ」

「分かっています。この一身をなげうつつもりです」

「その意気だ。貴殿は何をやっても後世に名を残す男になる」

平八郎は後世に名を残したいなどとは思ったことはないが、山陽ほどの男にそう言われれば、悪い気はしない。

「ありがとうございます。山陽先生のご教示の数々は胸に刻んでおきます」

「おいおい、わしを死人扱いするなよ」

「こ、これは申し訳ありませんでした」

二人が天に届けとばかりに笑った。

平八郎はこの後、完成間近だった『洗心洞箚記』の草稿を山陽に渡した。『箚記』は心の本体が「太虚」であること、また「心太虚に帰す」ためには、いかなる「功夫」を積まねばならないかを述べた書と言える。

山陽はそれを読み始めると止まらなくなり、日暮れまで読んだが読み終えることができず、結局、九月二十三日に没した。享年は五十三だった。

山陽の死の半年後に『箚記』は完成する。この完成版を山陽に見せ、その批判を受けられなかったことを、平八郎は「惟だ是れ余一生涯の遺憾なるのみ」と言って口惜しがった。

平八郎は最もよき理解者を亡くした。その死を聞いた時、平八郎は「我を知る者は山陽に若くなきなり、我を知る者は即ち我が心学を知る者なり」という言葉を『洗心洞箚記附録抄』に書き残している。山陽ほど平八郎のよき理解者はおらず、それを亡くした無念は、筆舌に尽くしがたかったのだろう。だが山陽の書き残したものは次第に大きな力を持ち始め、倒幕運動から明治維新への大きな原動力となっていく。

五

大地を一歩一歩踏みしめながら、平八郎は頂き目指して登っていた。真夏なので汗が滝のように流れる。それを首に掛けた手拭いで拭いながら、平八郎はひたすら頂上を目指した。

天保四年（一八三三）七月十日、門人の湯川幹（用誉）と窪田良政、さらに身の回りの世話をする下僕の少年・又助を伴い、平八郎は大坂を後にした。目指すは富士山の頂上だ。

平八郎には、『洗心洞箚記』を書き始めた頃からの念願があった。『箚記』上下巻の完成を天照大神に告げるため、伊勢朝熊岳山頂で燔書し、また「後世に道を興す人を待つ」ため、富士山頂の石室に『箚記』を納めようと思い立ったのだ。

とくに伊勢神宮に祀られる天照大神は、平八郎にとって「良知を致し」「心太虚に帰し」た日本最古の聖人で、太虚に帰依することと同義だった。それゆえこの旅を成功させることで太虚に至れると確信した平八郎は、慎重に体調を整え、また決行する季節や同行する者も吟味した上、この旅行を実行に移した。

この頃には、平八郎の高名は各地に鳴り響いており、この計画を人伝に聞いた伊勢神宮の御師で国学者の足代弘訓が平八郎の許を訪ね、燔書をやめて伊勢神宮の宮崎・林崎両文庫に奉納することを勧めてきた。平八郎はこれを快く了承し、富士山に登った後、伊勢に回って足代と再会する約を交わした。

七月十六日、村山浅間神社で仮眠と食事を取った四人は、翌十七日の夜明けと同時に村山口から登攀を開始した。ほぼ一日がかりとなったが、夕方には山頂にたどり着けそうだ。

途中に何度か下界を振り返ったが、雲間から雄大な風景が望めた。大地一面が緑で覆われているのは、稲が取り入れを待っているからだ。

――駿遠両国は凶作ではなさそうだな。

畿内や西国、また陸奥・出羽両国や関東諸国に比べれば、駿河と遠江両国はまだましなのだろう。

「もうすぐ山頂です」

少し先を行く湯川が明るい声で言う。すでに日は陰り、空は橙色に染まっていた。この季節は雨が多いので、平八郎は悪天候を危惧していたが、この日は快晴ではないものの、雲は厚くないので、雲の途切れた隙間から下界が望める。

「又助、重くはないか」

後方を四苦八苦しながら登ってくる又助に声を掛けると、元気な声が返ってきた。

「はい。ご心配には及びません」

とは言うものの、又助は『筍記』や平八郎の身の回りの品々を入れた行李を背負っているので、かなり遅れ気味だ。

「又助、休むか」

「いいえ、先に行って下さい。必ず追いつきます」

「分かった。無理せずついてこい」

そう言うと、平八郎は再び登攀に集中した。何と言っても湯川と窪田は二十代前半で、又助は十代後半なのだ。四十一歳の平八郎の体力では及ぶべくもない。

――人はいつまでも若くはない。だからこそ老いる前に大業を成し遂げねばならない。

若い頃の平八郎は強靱な体力の持ち主だった。大坂から吉野までの十五里の道を日帰りで往復しても、さほど疲れを感じなかった。吉野は山中なので、平地を十五里歩くのとはわけが違う。それでも休むことなく平八郎は登り下りができた。

　その反面、子供の頃から多病で伏すことも多く、健康な時と不快な時の落差は大きかった。三十代後半になって平八郎を悩ませていた持病は疝気で、腹部の疼痛に悩まされることがしばしばあった。しかし漢方によって快方に向かっていたので、富士登山と伊勢神宮詣でという大旅行に乗り出したのだ。

　急に傾斜がなだらかになり、山頂に到達したと分かった。しばらく行くと、四阿（あずまや）のようなところで休む湯川と窪田が見えてきた。二人も平八郎に気づいたのか、迎えに来た。

「又助を手伝ってやれ」

　平八郎の命に応じ、二人が又助のいるところまで下っていく。少し休んだので体力が回復したに違いない。二人は又助の荷を分けて持ち合い、こちらに向かってくる。その下方からは、富士講の人々とおぼしき十人ほどの集団も登ってきていた。

　平八郎は一人で南西方が見渡せる眺めのいい場所に出た。夕日は西の山々の中に沈みかけており、最後の光芒を放っていた。雲は依然として多いものの、駿河国の田園が、はるか彼方まで広がっているのが望めた。

　平八郎の口をついて言葉が出る。

口に太虚を吐き世界を容る

太虚口に入りて心と成る
心と太虚と一物
人能く道を存する只今か

いつの間にか傍らに来ていた窪田が、感懐深そうに言う。

「先生はかつて仰せでした。『太虚は天地を生み、天地は先祖を、先祖は父母を、父母はわれを生んだ。われは父母・先祖・天地・太虚と連綿とつながる生命の一体性のうちにある』と」

「そうだ。人も天地も一体なのだ。それを司っているのが太虚なのだ」

湯川も納得したように言う。

「つまりこの天地も自分も一体で、太虚につながっているのですね。それが富士山に登ったことで、感じ取れた気がします」

「それはよかった。草木も山河も生き物も、太虚の子として一体なのだ」

「つまり万物はすべて同一なのですね」

「うむ。万物は太虚の子で、太虚に至る道を歩んでいるのだ」

雲間からのぞく雄大な風景を望みつつ、平八郎自身も大きな感動に包まれていた。そして今までわずかに霞んでいた太虚が、はっきりとした輪郭を持って摑めたような気がした。

――来てよかった。

富士山頂から広大な大地を望むことで、平八郎は初めて自らが天地と一体化した存在で、すべては太虚の中に包摂されていると感じた。

「よし、皆で大きな呼吸をしよう。山頂で胸いっぱいに呼吸をすると、その山の霊気が心に入り、心と太虚が一つになるという。それが『心太虚に帰す』ということだ」

四人は胸いっぱいに空気を吸い込み、ゆっくりと吐き出すことを繰り返した。

続いて四人は奉納物を納めた石室まで来ると、そこに一礼し、石室の扉を開けた。中には古いものから新しいものまで、様々な品物が納められていた。平八郎のような著作もあれば、自ら彫ったとおぼしき小さな菩薩像もある。また亡き人への哀悼を込めた言葉や歌が書かれた奉納木札もある。

――人々は様々な思いからここに来て、様々な思いを託していくのだ。

それは平八郎も同じだ。自らの著作を天照大神のいる場所に最も近いと言われる富士山頂に奉納することで、照覧に供すという念願が達成できると信じていた。

――思えば、ここに来るまでがたいへんだった。

平八郎は与力の激務から解放され、ようやく著作に取り組む時間を得た。しかし著作を書き上げるのは楽ではない。それでも何とか満足できるものが完成し、無事に富士山頂に奉納することができた。

――これで念願は果たせたのだ。

平八郎は自らが背負ってきた重荷から解放され、また一歩、太虚に近づいた気がした。

――もはや思い残すことはない。

平八郎にとって、富士登山という大業を成し遂げたことは一つの画期だった。日本一の高峰を登り、山頂から万物の生きる大地を眺めるという行為は、自らが精神世界で追い求めてきた太虚を探す旅を実体験として行うことで、それをやり切ったことで「心太虚に帰す」を実感できたのだ。

一行は山頂付近で一泊した後、翌朝には「暁月（ぎょうげつ）」と「朝暾（ちょうとん）（朝日）」を同時に眺め、さらなる感銘を受けた。

この後、下山した一行は三河国の吉田港から船に乗って渥美湾を渡り、七月二十六日に伊勢に着いた。天候に恵まれないことも考え、足代との約束は余裕を持って八月一日にしていたので、五日も早い到着となった。

早速、足代の家を訪ねたが、足代は不在で、その子息の歓待を受け、その家に厄介になることになった。だがさすがの平八郎でも、主が帰ってくるまで四人で泊めてもらうのは肩身が狭い。旅費はあるので、鳥羽あたりの風光明媚な場所に行こうかとも思ったが、伊勢神宮参拝を遂げていないにもかかわらず、遊ぶのも気が引けたので、息子の言葉に甘えて滞在することにした。そうこうしているうちに足代も帰り、宮崎・林崎の両文庫に『箚記』上下巻を奉納することができた。

伊勢神宮参拝を遂げた後、足代の案内で津まで行った平八郎は、津藩の侍講で朱子学者として名の知られた斎藤拙堂（さいとうせつどう）らを紹介され、大いに打ち解けた。

八月、ようやく平八郎は大坂に帰り着いた。短期間ながら、平八郎にとって人生の節目の旅となった。

六

平八郎は旅に出る直前、林家の塾長で朱子学の大家の佐藤一斎に『箚記』上下巻を送った。この時、六十二歳になる佐藤は、すでに林家の塾長を三十年近く務め、その名声は、江戸のみならず畿内にまで鳴り響いていた。

頼山陽亡き後、面識がないにもかかわらず、平八郎は佐藤こそ「己を知る人」として敬慕していた。『箚記』を執筆していた頃から、平八郎は佐藤に送ることを念頭に置き、佐藤に読まれることを意識して書くほどだった。

「一斎佐藤氏に寄する書」という書簡は、大塩家の家譜を述べ、青年の頃の思想的煩悶(はんもん)から、陽明学に接近していった経緯など、平八郎の心中を真摯に吐露したものだった。

佐藤からの返書は、平八郎が旅に出ている最中の七月十一日に届いていた。

佐藤は「御著書『箚記』新刊全部を頂戴いたし繰り返し拝読。一条ごと、道を真実に得られたさまは、人を感激奮起させ、欣躍(きんやく)させ、自分の如き者の及ぶところではない」と褒め上げた後、「私もかねがね心の本体は『太虚』と心得ておりますが、『心太虚に帰す』ることなどできるはずなく、妄見と真理を混同する間違いをよく犯してしまいます」とあった。

そこには平八郎に対する師としての温情よりも、「そんな簡単に道は究められないぞ」という警告と揶揄があった。それだけならまだしも、「公儀が異学を禁じている今、陽明学を学んでも周囲に受け容れられない」と平八郎の奉じる学問を否定した。

佐藤には林家の塾長としての立場があり、面識のない平八郎に対し、突き放したような対応になるのは致し方ないことだった。しかも『箚記』を林大学頭に提出してほしいという平八郎の願いには、「いずれ披露します」と返した。それは「提出できない」という意味だった。

平八郎の失望は大きかった。それでも憤然として返書をしたためた。それは慇懃なものだったが、怒りに任せて書いたためか、論旨が不明確で脈略もない文章の羅列となってしまった。

これ以降、平八郎は佐藤を「曲学阿世の徒」と決めつけ、俗人同様に名利栄達に恋々とする「俗儒」とまで罵るようになる。

いかに自分の人生のすべてを懸けた『箚記』であっても、またかつて金策に走り回って林家の危機を救ったとはいえ、面識のない佐藤に著作を送りつけ、評価を得ようとしたのは身勝手そのものだが、平八郎には「佐藤だけは分かってくれる」という根拠のない甘えがあった。

佐藤の拒否的態度に遭い、一時はひどく落ち込んだ平八郎だったが、気持ちを立て直して活発に動き回っていた。

天保四年九月、平八郎は近江国高島郡の藤樹書院に進講し、ついでに賤ケ岳へと登った。

賤ケ岳は天正十一年（一五八三）、羽柴秀吉と柴田勝家が織田信長亡き後の天下をめぐって戦った古戦場で、天下取りを目指す武将たちの英気を感じ、自らを鼓舞したかったのだ。

続いて津藩の斎藤拙堂の招きに応じ、八尾久宝寺千塚原を訪れた。ここは正平二年（一三四七）に楠木正行と細川顕氏が戦った古戦場だ。

平八郎は名所旧跡をめぐる時、名刹古刹よりも古戦場を好んだ。というのも学者としての日々を送るうちに、つい武士としての己を忘れてしまうからだ。古戦場をめぐることで、平八郎は己の中にある荒ぶる魂を奮い立たせようとしたのだ。

こうした日々を送るうちに、天保五年になった。

年が明けて早々に、平八郎は摂津国東成郡般若寺村の橋本忠兵衛を訪ねた。

実は前年、畿内を中心とした一帯の風水害がひどく、「諸国凶作」という有様になっていたからだ。ここのところ凶作となっては何とか持ち直してを繰り返していたが、天保年間は持ち直すといっても平年並みかやや豊作といった程度で、百姓たちは窮乏を強いられていた。

「物成はどうだった」

時候の挨拶を終えた平八郎が開口一番で発した問いに、渋い顔のまま忠兵衛が答える。

「米作は惨憺たる有様ですね。何とかほおずきで食べていますが、これだけ天気が悪いと、いいほおずきは実りません。それゆえ仲買に買い叩かれます」

「それで実入りは、どれくらい減ったのだ」

「二、三年前の半分ほどまで落ちています。横這いの年もあることにはあったので、何とか持ちこたえてきましたが、そろそろ雇人の整理も始めねばなりません。共に働いてきた者たちなので暇をやるのは断腸の思いですが、背に腹は替えられません」

平八郎の下僕の又助も、忠兵衛の紹介だった。実は又助は捨て子で、誰かが忠兵衛なら育ててくれると思ったのか、般若寺村の端にある祠に捨てていったのだ。又助を見た忠兵衛は哀れに思い、橋本家で引き取った。雑用の爺が年を取ってきたので、数年後に引き継がせようと思ったのだ。しかし凶作で又助の食い扶持まで節約せねばならなくなり、致し方なく平八郎に引き取ってもらったのだ。

「雇人を解き放つのは、身を切られるように辛いな」

「はい。ほおずきの世話は、慣れていないとうまくできません。それで若いうちから仕込んできたんですが、十人以上の使用人を抱えるほどの収穫は、もうありません」

「こうしたことに役人は気づいているのか」

　般若寺村は天領なので、苛斂誅求も厳しい。だが大名や旗本領とて領主一個の財政を支えるために、強制的借上金を課される地域が多く、すべての皺寄せは百姓に回されていた。

「中には情け深いお役人もいますが、話を聞いてもらえるだけで、年貢の取り立てに容赦はありません。先日も『もう少し待って下さい』と申し上げたのですが、『そなたの気持ちは分かる。だが期限通りに決められた量を取り立てられなければ、わしもお役御免となる』と仰せでした。それで何とか定められたものを納めましたが、もはや私の口にも白米は入ってきません。近頃は皆で大根飯、豆飯、芋飯を食べている有様です」

　末端の役人には末端なりの辛さがあり、百姓に情けを懸けてしまえば、ほかの者に首をすげ替えられ、役料を棒に振ることになる。

——辛いのは皆同じなのだな。

凶作はすべてを破壊する。それでも江戸城内の人々の華美な生活だけは、決して破壊されないのだ。

——役人どもは無為無策で、取り立てばかりに狂奔する。これでは国が成り立たなくなる。

それが天保の現実だった。まだ天明の飢饉の頃までは、幕府も懸命に対策を講じた。しかも上下に助け合うという気風があったので、江戸城内にも節約の雰囲気があった。だが五年に一度は飢饉に襲われるようになると、幕府や江戸城の人々も感覚が麻痺してくる。打てる対策には限りがあるので、見て見ぬふりをして豊作の年を待つようになったのだ。

忠兵衛が肩を落として言う。

「本来なら米価の騰貴は、お侍さんたちにとって歓迎すべきことです。豊作だろうが不作だろうが凶作だろうが、決まった量を持っていけるわけですから。しかし、われわれ農民のために江戸への廻米を減らすとか、酒造用の米に制限を設けるといった施策を打たず、逆に余剰分を奸商に横流ししている者までいる始末です。奸商どもは路上で餓え死にする者が出ているにもかかわらず、買い占めや囲持ちによって米価の高騰を待っているわけですから、もはや人の道などありません」

「そこまでなのか」

平八郎が天を仰ぐ。

「今年は何とか凌げても、もう私のような地主層にも、余裕はありません。次の凶作の前に廻米だけでも防ぐ手立てを講じないと、たいへんなことになります」

「やはり問題は江戸への廻米か」

凶作で餓死者が出るのも、かろうじて収穫できた米穀を江戸に廻米してしまうことにあった。それを防ぐか削減できれば、流民や餓死者を減らせるというのが忠兵衛の考えだった。

「分かった。手立ては考えてみる」

「よろしくお願いします」

この危機に何ができるか、平八郎は本気で考えるつもりだった。

七

後になって次第に分かってきたことだが、「出羽大洪水」「奥羽流作」「関東大風雨」と記録された天保四年の飢饉は、各地に甚大な被害をもたらした。しかも天保元年（一八三〇）と三年が不作だったため、各地の農村は疲弊しており、その打撃は計り知れないものとなった。

各地で一揆が起こり、大坂でも買い占めや囲持ちしていると目された富商の店に、打ち壊し予告の紙が貼られるようになった。

そんな折、西町奉行の矢部(やべ)駿河守定謙(さだのり)から召しがあった。平八郎に飢饉対策を聞きたいというのだ。

久しぶりに西町奉行所に入ると、知っている顔と知らない顔が出迎えてくれた。平八郎は東町奉行所に所属していたので、さほど西町奉行所の面々とは親しくない。だがその高名を慕うかのように、そこにいる者が総出で出迎えてくれた。

案内役の先導で廊下を歩き、御用談の間に通された平八郎は、段差のない畳の上に二つの座布団が置かれているのに驚いた。

――そうか。矢部殿は上段から下問するのではなく、対等の立場で話を聞きたいのだな。

矢部の配慮に、平八郎は心中感謝した。

やがて矢部が入ってきて、双方は時候の挨拶を済ませた。

矢部は平八郎より四つほど年上の四十六歳。性剛直にして頑固なことで有名だった。まだ二十代で小姓組にいた頃、幕臣の先輩たちが炊事場に残った飯で粥を作るよう矢部に命じた。これに腹を立てた矢部は、灯明油をまぜて粥を作ったので大騒ぎとなった。それでも吟味の末、非は先輩たちにあると分かり、矢部は罰せられなかったという。

「大塩先生のご高名はかねがね聞いています」

今は下役ではないためか、矢部は敬語を使い、平八郎を客人のように遇した。

「私は一介の隠者です。過去のことは忘れました」

「さすがです。誰もが隠居すれば過去の功名を話したがるもの。ですが、どうやら先生は違うようですな」

「与力としての功名などは、過去のものです。私にとっては今が大切です」

「今、と仰せか」

うなずくと平八郎は漢詩を吟じた。

新衣を着し得て新年を祝ふ
羹餅（かんぺい）味濃くして咽（のど）を下り易し
忽ち思ふ城中菜色多きを
一身の温飽（おんぽう）天に愧（は）づ

この漢詩は、「衣服を改め新年を祝い、味が濃い雑煮は（うまいので）、喉を通りやすい。しかしたちまち思うのは、市中に溢れる青白い菜のような顔だ。（それを思うと）自分の暖かな境遇を天に恥じる」といった大意になる。

「大塩先生の赤心は分かりました」

「それはよかった。そもそも為政者というのは、民に対して無限の責務があります。飢えに苦しむ民を見つつ無為無策なのは、為政者に『明徳』がないことの証しです」

「なるほど、耳の痛い話です。では、此度の飢饉を乗り切るには、どうしたらよいでしょう」

身分が隔絶しているにもかかわらず、矢部は謙虚だった。

「まずは富商に金穀の供出を命じ、大坂の各所に御救（おすくい）小屋を建てます。そして粥の炊き出しを行います。これは飢えている者への施しだけでなく、奉行所と富商が飢饉対策に懸命に取り組んでいることとの証しになり、打ち壊しや一揆を防ぐことにつながります」

「それはすでにやろうとしているのですが、なかなか金穀が集まらず――」

「そこです」と言うと、平八郎が膝をにじって小声になった。そのため矢部も近づいたので、二人は密談するような体勢になった。

「西町奉行所の与力と同心どもに、懇意にしている富商たちから金穀を集めてくるよう命じるのです」

「もうそれをやらせているのですが、富商どもは、わずかな献金でお茶を濁そうとします」

「やはりそうでしたか。では、与力や同心にこう告げるのです」

平八郎が得意満面として言った。

「決められた以上の金穀を集めてこられた者は、これまで富商どもと癒着してきたことを一切罪に問わないと――」

平八郎が授けた知恵は、与力や同心の事情に精通しているからこそだった。

「要するに、悪事を不問に付すことと引き換えに金穀を集めさせるのですね」

「そうです。私がここに来たことは、皆に知れ渡っています。ですから私が帰った後、与力や同心に『商人どもと癒着して甘い汁を吸ってきた者は、大塩に捜査させる』と告げて下さい」

「なるほど。それはいい」

矢部が膝を叩かんばかりに喜ぶ。

「続いて、堂島米市場に対し、競り買い、買い占め、囲持ちを禁じ、米価の騰貴を防ぐ手立てを講じさせるのです。また諸大名の国元から運ばれてくる蔵米は、米の価格によって他所（よそ）に廻米してはならぬといった布告を出して下さい。つまりすべて大坂の米市場を通させるのです」

「堂島はまだしも、諸大名は聞いてくれないでしょう」

「そこが公儀の威光です。まず大坂湾に入港した諸藩の船を臨検し、その石高や俵数を記録します。それで後に蔵米として入ってきたものと照合し、数が合わなかったら老中に伝えると脅すのです」

「それなら諸大名も他所へ廻米できませんね」

「そして最後に――」

平八郎が射るような眼光で矢部を見つめる。

「江戸からの廻米要求に応えてはなりません」

「いや、それは――」

「何のかのと言って時を稼げばよいのです。おそらく火のような催促があるでしょう。その際は、一部だけ廻米するのです」

「待って下さい。それでは、私の立場がありません」

「すでに行き倒れが出ているのです。矢部殿の出世よりも、一人の餓死者を救うことの方が大切です」

「はい。その通りです」

矢部が不承不承うなずく。

――これは駄目だな。

その顔つきから、矢部が廻米するのは明らかだった。

「矢部殿に一つだけ言っておきますが、与力や同心も馬鹿ではありません」

「どういうことですか」

「着任以来、いろいろお盛んだと聞いています。私の耳に入ってきているということは、与力や同心は証拠も摑んでいることでしょう」

「えっ、何のことですか」

「くれぐれもお気をつけ下さい」

矢部が硬い顔つきになった。平八郎を乗せて様々な施策を聞き出したまではよかったが、平八郎の別の一面、すなわち病的なまでに清廉潔白ということを思い出したのだ。

この後、時間が時間なので酒肴が出された。平八郎は酒には手をつけず、食事だけいただいた。しかし矢部と民の困窮を語っているうちに痛憤し、金頭(かながしら)（ホウボウ科の一種）の頭部から尾までを嚙み砕いた。金頭の頭は硬いので有名だが、平八郎の熱情と顎の力に敵うものではなかった。この逸話は、矢部を通して江戸にまで伝わることになる。

その後、矢部は東町奉行の戸塚忠栄にも声を掛け、平八郎の提案した施策を実行に移した。その結果、一時的に米価の高騰は止まり、餓死者も減少に転じた。

この時の落首に以下のものがある。

やべられし、駿河の富士の山よりも、名は高うなる、米は安うなる

この落首は「やれうれし」にやべ（矢部）を織り込み、さらに「駿河」に矢部の受領名の「駿河守」をかけ、矢部の尽力によって米価が下がり、矢部の名が富士山よりも高くなったという大意だ。

しかし矢部は江戸への廻米だけは続けた。そのため平八郎が後に江戸の幕閣に送った建議書には、矢部の悪行が書かれていた。

矢部は天保十二年（一八四一）に江戸南町奉行に栄転するが、老中の水野忠邦と折り合いが悪くなり、わずか八ヶ月で罷免され、それを不服として絶食し、自ら命を絶つことになる。

一方、天保五年も、平八郎は活発に動いていた。

三月には、門弟数人と共に源氏と平氏の間で戦われた治承・寿永の乱の折の激戦地となった一の谷や鵯越に赴き、その帰途、湊川にある楠木正成の墓に詣でた。

この時、平八郎が詠んだ「湊川を過ぎて楠公の墓に謁す」という漢詩がある。

敵兵蘇到す湊川の傍
南北朝廷興と亡と
功烈未だ成らず漢の諸葛
死生寧んぞ転ぜん宋の天祥

星霜歳を経て河終に涸る
夷夏　今に名尚芳し
誰れか碑銘を講じ鉄薬を作し
千年不忠の腸を医療せん

湊川の古戦場に佇み、平八郎は楠木正成に思いを馳せた。そして正成への思いは、諸葛亮や文天祥といった中国王朝の忠臣へと及んでいく。いずれも敗者となるが、忠義一途に生きた者たちだ。そこに平八郎は惹かれるのだ。

前月の二月、かつて伊勢で親しくなった人々の招きに応じ、平八郎は伊勢神宮の書院で講義を行った。講義が終わり、書院の中で参加者とくつろいだ会話をしていた時、外で女人の笑い声がした。皆の顔が自然そちらを向く。そこには女芸者と付き人の少年が談笑しながら歩いていた。それを見た平八郎は、簾をすべて下ろし、外の風景が見えないようにした。

平八郎にとって、勉学の妨げになることすべてが嫌悪の対象だった。かつて平八郎はこんな漢詩を詠んだ。

身を汚す独り河間の婦のみにあらず
天下の男児多く亦然り
月娥何者ぞ詩礼に恥ぢんや

水上の流尸、顔尚妍し

河間の婦とは貞操感覚のない淫婦のことで、男性の多くはこのようなものだ（女が好きということ）。それに対して月娥（貞操感覚のある天女）は水漬く屍になっても、その顔は美しいという。それだけ徹底的に邪念を排除しないと、学問は身に付かないという戒めでもあった。

そうこうしているうちに天保五年の豊作を迎え、畿内一帯は上下共に一息つくことになる。

八

天保元年は、在位五十年に及ぶ十一代将軍徳川家斉の四十三年目にあたり、幕政の「爛熟頽廃」は覆い難いものとなっていた。

家斉が側用人の水野忠成を老中首座に任命してから十三年が経ち、忠成は贈収賄を奨励するほどの腐敗政治を行っていた。しかも忠成は、家斉の奢侈を極めた生活にも文句一つ言わず、老中の役割を果たしているとは言い難かった。

この頃の落首に、「水の出て、もとの田沼になりにける」というものがあった。「水の」と「水野」をかけ、忠成の出現によって、贈収賄が横行した田沼時代に戻ったという意味だ。

そこまでならまだしも、この頃から異国船の来航が全国各地にあり、海防費支出が膨大になっていた。それゆえ幕府財政は破綻の危機に瀕することになる。

そこで忠成は、文政から天保にかけて八回にも及ぶ貨幣の改鋳と大量の発行を行う。こうした際に最も行ってはいけない経済政策が貨幣の改鋳だが、忠成の頭には目先のことしかない。これによって物価は騰貴し、そこに天保四年の凶作が襲い、日本国中に怨嗟の声が渦巻いた。

天保五年二月に忠成が死去すると、水野忠邦が本丸老中（表老中）に就任した。

だが忠邦も贈賄によって成り上がってきた人物なので、多くは期待できない。しかも政治の主導権は家斉の側近衆が握っているため、改革に踏み切るのは極めて難しかった。


天保五年の夏、平八郎は珍しく坂本鉉之助と酒を酌み交わしていた。

「これじゃ、蒸籠（せいろ）の中の芋団子だな」

鉉之助がせわしく団扇をあおぎながら言う。

「夏なのだから、暑いのは致し方あるまい。それよりも民のことを思えば、冷夏よりもましだろう」

「そうだな。これで稲穂が豊穣の音を奏でてくれるなら、暑さも我慢できるというもんだ」

その時、門人が酒肴を運んできた。

「おっ、やっときたか」

「灘の清酒だ。懐かしいだろう」

「ああ、江戸に半年も行っていたのだ。大坂の酒が恋しかった」

砲術の進歩に合わせた新たな技術を習得すべく、鉉之助は江戸に派遣されていた。

平八郎が注いだ酒を掲げると、鉉之助は一気に飲み干した。

「うまい！」

「やはり酒は灘だろう」

「ああ、こたえられんな」

再び酒を注ぎながら平八郎が問う。

「で、江戸はどうだった」

「ああ、そのことか」

先ほどまでの陽気な様子が嘘のように、鉉之助の顔が曇る。

「東国もひどいものさ。仙台藩などは新田開発に力を入れ、実高百万石に届かんというのに、稲作に偏っていたため、此度の凶作で甚大な損害を出してしまった。とくに今年は、田植えの季節になっても水不足で田植えができず、逆に五月から六月にかけては雨続きで、ほとんど収穫が見込めないという」

仙台藩伊達家は表高六十二万石だが、新田開発が成功したことにより、実高は百万石と言われていた。

「それで仙台藩は何をしたのだ」

「まず年貢免除の布告を出し、百姓の流民化を防ごうとした。秋の収穫が見込めなければ、農民は飢え死にする。そうなるくらいだったら、土地を捨てて江戸に向かう。江戸に行けば、何とか食べ物にありつけるかもしれないからな」

「で、江戸に流民が集まってきていたのか」

「いや、わしが江戸にいた頃は、天候が回復すれば、収穫が見込める時期だったから、流民は見かけなかった。しかしその後に聞いた話では、奥羽は雨続きで、収穫はほとんど見込めなくなり、流民の集団が江戸を目指しているという」

「何ということだ。それでも江戸城内は奢侈に耽っているというのか」

「それをわしに言わせるな。まあ、いろいろ噂には聞いたけどな」

手酌で何杯も飲んでいるためか、鉉之助の顔が次第に赤くなってきた。

「そもそも公儀とは何か」

「おいおい、そういう話に持っていくのかよ」

鉉之助が後頭部をかきながら苦笑いを浮かべたが、平八郎は大真面目(まじめ)だ。

「そもそも政は『仁』だ。唐国では、往古から『仁政』を心がけることが王朝、すなわち政を担う者の最も重視すべき役割とされてきた。『仁政』とは民の生活を守ることだ。税を納めてもらう代わりに民に奉仕するのが、政を担う者の義務だ。ところがわが国の公儀は違う。民には奉仕ばかりを求め、民が困窮している時は見て見ぬふりだ。さような国には早晩、大きな変革が訪れる」

「おい、もう聞きたくない」

鉉之助が周囲を見回す。

「いや、聞け」と言って平八郎が論じ続ける。

「公儀の頂点に立つ将軍は、東照大権現（徳川家康）の血筋を色濃く引く者が重視され、能力のありなしで選ばれない。それゆえ将軍は、君臨するだけで統治はしない。実際の政を行うのは老中たちで、こちらは譜代大名の中から優秀な若者を若年寄などに抜擢し、老中の仕事を学ばせていき、一定の経験を積んだ後、先達が老中に引き上げていく。また老中や若年寄の下には、地域を治める江戸町奉行、京都所司代、大坂城代が、また寺社、勘定、普請といった専門分野の奉行が設けられている。これは実によくできた仕組みだ。しかしこの仕組みは、誰のためにある」

「おい、平さん、声がでかいぞ」

鉉之助がうんざりしたような顔をする。

「徳川家、ないしは権力構造を守ることに利のある老中どものためにある。それゆえ諸奉行は老中のため、諸役人は諸奉行のために仕事をしている。これでは腐敗がはびこるだけだ。江戸城内では華美を極める生活を続けている半面、民は置き去りにされ、野垂れ死にさえ出ている。これは政ではない。此度の飢饉も、公儀が『万物一体の仁』を忘れたことに、天が怒っているからだ」

「おいおい、やめてくれよ。お天道様のことまで、お上のせいにされてはたまらんよ」

「それはそうだが、公儀のやっていることは天理に反している。いつか鉄槌が下るはずだ」

平八郎が血涙を絞らんばかりに続ける。

「国が乱れているのは、ひとえに為政者の道徳の問題にある。わしは江戸城の頽廃ぶりを聞くと、毛髪が逆立ち怒りが収まらなくなる。彼奴らには仁なく、学なく、情もない」

「平さんよ」

鉉之助がため息交じりに言う。

「さようなことを申すのは勝手だ。しかしわれらに何ができるというのだ。われらは自らに課せられた使命を全うしていくしかないではないか」

「そうか。そなたは外国船を打ち払うのが使命だったな」

「そうだ。その何が悪い。外国船を打ち払うというのは、この国を守るための立派な仕事ではないか」

「いかにもそうだ。だが江戸城内の腐敗を聞き及んでも、建言一つしなかったのだろう」

「当たり前だ。そんなものをしたところで、物頭に握りつぶされて終わりだ」

「それがいかんのだ」

悲憤慷慨しているうちに、酔いが回ってきた。過ごしてはいけないとは思いつつも、熱くなると酒量に見境がなくなる。

「一人ひとりがあきらめず上に物申していくことで、上も過ちに気づく」

「平さん」と鉉之助が悲しげな顔をする。

「遠くに行っちまったな」

「何がだ」

「あんたがだよ」

「わしは遠くになど行っておらん」

鉉之助が首を左右に振る。

「そう思っているのは、平さんだけさ」

「どういうことだ」

「わしは一介の役人だ。お上に仕えて禄をもらっている。それを先祖から子孫まで引き継いでいくのがわしの役目だ。そんなみみっちい役人には、平さんのように生きることはできない」

鉉之助はすでに二人の子がおり、もう十代後半に差し掛かっていた。

「そなたの言うことは、わしにも分かる。だがわれら、いやわしはもう隠居したので、われらではないな。つまりそなたらが望むように徳川の世が続いていくためにも、世直しをせねばならぬのだ」

「よく分からんが、徳川の世が終わるとでも言うのかい」

「政というのは民の支持があってのものだ。それがなくなれば、その政権は崩壊する。つまり禄を子に伝えたくとも、それができなくなるのだ」

「だからといって、お上に盾突けば、よくて浪人、悪くすれば切腹だ」

「誰も盾突けとは言っておらぬ。一人ひとりの建言が政を変えていくのだ。最初からあきらめてしまっては、何も始まらぬ」

鉉之助が嘆くように言う。

「やはりあんたは変わったよ。己の考えに凝り固まっている」

「そうかもしれない。だがこの世の惨状を見よ。一人ひとりが真剣に考えねばならないところまで来ているのだ」

「そこまでではないだろう。徳川家は善政を行った。だから二百三十年余も続いてきた。その恩義は誰もが感じている」

「恩義は一代限りだ。次の代になれば、誰もが忘れる。だから新恩が必要なのだ」

「しかし公儀の善政は、誰もが認めるところだ」

「いや、よい面ばかりではない。例えば夷狄が攻めてきた時、われらは戦えるか。公儀は諸藩に大船を造ることを禁じた。それゆえ夷狄のように大海に乗り出せない。交易も制限してきたため、異国の技術も流入してこない。それゆえ鉄製の大砲を造ることさえできない。これでは夷狄に国土を蹂躙されるだけではないか」

「分かったよ」

鉉之助がため息をつく。

「平さんは、われらの生活を守るために、お上に物申していかねばならぬと言うのだな」

「そうだ。それは、お上のためでもあるのだ」

鉉之助が立ち上がる。

「わしもよく考えてみる」

そう言うと、鉉之助は軽く右手を挙げて去っていった。

その後ろ姿を見送りつつ、鉉之助との距離が大海を隔てるほどにできてしまったことを、平八郎は覚った。

九

天保六年（一八三五）になった。前年から平八郎は岡本花亭という江戸の人物と文通していた。花亭は勘定奉行下役だった五十二歳の時、幕政改革を水野忠成に建言したことで失脚し、その後、市井の人として十六年もすごし、六十八歳になっていた。それでも幕閣に独自の情報入手経路があるらしく、幕閣の中枢についての情報を、双方の知人を経由して平八郎に流してくれた。

花亭によると、老中が水野忠邦に代わっても忠成の時代と全く変わらず、将軍家斉の寵愛を得んがために贈収賄が盛んで、それを忠邦は黙認しているという。また花亭は「善人と悪人がいる」とも書いてきた。悪人とは忠成の路線を引き継いだ忠邦に相違ないが、善人とは若き水戸藩主の徳川斉昭だと分かった。斉昭は幕政改革を提唱し、改革派の老中の大久保忠真に働き掛けているという。だが家斉が健在なので、大久保派も改革に乗り出せないとのことだった。

こうした動きが少しでもあることに、平八郎は希望を持った。しかも御三家の一つの水戸藩の当主が幕政改革を訴えているということに、一縷の望みがあると思った。いくら忠邦でも御三家の当主を失脚させたり、隠居に追い込んだりするのは困難だからだ。

さらにこの正月、個人的に朗報があった。

前年の師走(しわす)、昌平黌(しょうへいこう)の儒官の一人で、寛政三博士の一人でもある古賀精里(こがせいり)の子の侗庵(どうあん)が、平八郎に政治についての意見を求めてきたのだ。平八郎は勇躍し、「真知を致し聖道実践之事」という一文を書き上げ、古賀侗庵に送った。その返書が武藤休右衛門という者から届いた。武藤休右衛門とは新見正路の家宰で、そこには平八郎の江戸出府が確定したこと、出府したら新見邸に落ち着くようにと書かれていた。

これで昌平黌に働き掛けてくれたのが新見だと分かった。新見も江戸城内の腐敗を憂えており、それを正す建言ができる者として、平八郎に白羽の矢を立てたのだ。

平八郎は天にも昇る気分だった。これで市井の一村夫子ではなく、昌平黌から正式に招聘(しょうへい)を受けた学者として認知されるのだ。

老中たちを前にして、堂々と自分の意見を述べ、さらにそれを老中たちが実践することで、万民が幸せに暮らせる世が来ることまで、平八郎は夢想した。

しかも天保六年は改革派の大久保忠真が老中首座となり、幕政刷新のため人材の登用を活発にし、平八郎のような外部の人間からも意見を聞くような風潮が高まりつつあった。

また平八郎にとっても、幕閣に近い場所に役職を得られる機会となり、そうなれば一時的な建言だけでなく、幕政改革に辣腕を振るう道も見えてくる。もちろん「功名気節」がないと言ったら嘘になる。だがそれよりも、平八郎は目の前で苦しむ人々を救いたかった。

平八郎にとって希望に満ちた一年の幕開けとなった。

四月、江戸からの招聘を待つ平八郎の許に、門人の宇津木靖がやってきた。

宇津木は「洗心洞第一の俊才」と謳われた逸材で、平八郎は『古本大学刮目』の訓点を任せたこともあった。訓点とは、漢文を訓読できるようにするための各種符号のことだ。

「いよいよ、長崎遊学と聞いた。おめでとう」

「ありがとうございます。ようやく念願叶い、長崎で蘭学を学ぶことができます」

宇津木の顔は晴れ晴れとしていた。宇津木の長兄の下総は彦根藩の家老で、兄の一人が大坂の蔵屋敷詰めだった。そうしたことから宇津木は大坂に来て勉学に励んでいたが、以前から蘭学を志し、長崎に遊学したいという志望を藩に出していた。

「本当によかった。貴殿は誰にも増して熱心だ。蘭学の習得も早いだろう」

「そう言っていただけると、重圧が少し軽くなります。此度は彦根藩の官費留学生として長崎に派遣されるので、他藩の者たちに負けるわけにはいきません」

「学問に勝ち負けはない。それよりも他藩の者とも親しく接し、人脈を築いておくのだぞ」

この時代は縦割り社会なので、大半の武士は他藩の者と交わる機会がなかった。だが最近、藩の垣根を乗り越えて人脈を築き始める人々が出てきた。その接点の一つが長崎だった。

「仰せの通り、競い合うのも大切ですが、助け合いはもっと大切です。私は多くの者から学び、この国の繁栄に尽くしていきたいのです」

「その意気だ。若い者は限りない知識欲を持たねばならぬ。わしの年齢で洋学は無理だが、もしも十歳ほど若かったら、一緒に長崎に行くと言い出していたかもしれぬ」

「でも、先生はやはり思想家です。実用学には向いていません」

「こいつはまいった」

二人の笑いが、すっかり夏の香りが満ちてきた洗心洞の庭に響く。

「私は長崎に行くことになりましたが、心配なのは畿内のことです。昨年の豊作で持ち直したとはいえ、故郷の土地を捨ててきた者たちが、いまだ大坂内をさまよっています。京都では鴨(かも)川(がわ)の河畔に建てられた掘っ立て小屋に隠され、堤から川面が見えないほどだと聞きました」

「憂慮すべきはそこだ。しかしそなたは、それを忘れるのだ」

「しかし――」

「今日の憂いを取り除くのが為政者の仕事で、明日の憂いを取り除くのが学者の仕事だ」

かつて山陽から聞いた言葉の受け売りだが、この場に最も適した言葉だと思った。

「明日の憂いとは外圧ですね」

「そうだ。これからの敵は夷狄になる。そのためには夷狄を知ることが必要だ。すなわち『彼を知り、己を知れば、百戦殆(あや)うからず』だ」

兵法書を好まない平八郎だが、あえて『孫子』の一節を引き合いに出した。

「仰せの通りです。私は蘭学と蘭語を学び、敵の内懐に入り、いつかこの国を、西洋諸国と対等の付き合いができる国にしていきたいのです」

宇津木の瞳は輝いていた。

「若い人は前途洋々だな」

　宇津木は二十七歳になるので、この時代の感覚からすれば、さほど若くはない。だが平八郎からすれば、前途が輝いているように見える。

「何を仰せですか。先生もまだ四十三歳ではありませんか」

「四十三か。『光陰矢の如し』と人は言うが、わしは人生にとって最も大切な時期を、与力として過ごした。その時間を読書にあてていれば、もっと太虚に近づけたかもしれん」

　人生という言葉の使用例は平安時代までさかのぼれるが、この時代に使用しているのは、学者など少数の人々だけだった。

「それは致し方なきことです。誰もが生まれた瞬間から、しがらみの中で生きることになります。それを振り捨てることはできません」

「わしもそう考えた。祖父の政之丞は養子として大塩家に入った。しかも父が早死にしたため、下手をすると養子としての役割、すなわち家名の存続さえ危うかった。しかしわしが祖父の養子になることで、家督相続が許された。祖父はそのことを繰り返し、わしに語った。ところがわしには、子ができなかった。そのためわしは格之助をもらい受けて養子にし、何とか三十八歳の時に隠居でき、読書三昧の日々を送れるようになった。遅きに失した感はあるが、何とかここまで来られた」

「そうでしょうか。世には家の頸木(くびき)から逃れられず、生涯くだらぬ仕事に従事して禄を食(は)まねばならぬ者も多くいます。さような者らは己の置かれた状況を嘆くだけで、自ら人生を切り開こうとしません。しかし先生は違います。惜しげもなく与力の座を放り出し、塾をお創りになったのです」

「そう言ってくれるとうれしい。だが三十八になるまで、わしはしがらみに囚われて志を実現できなかった。それもまた勇気のないことだった。しかしそなたは違う」

宇津木が強くうなずく。

「幸いにして、私は三男です。しかも長兄は家老なので、藩費留学も容易に許されました。彦根藩だけでも多くの者が、私を羨（うらや）んでいることでしょう。しかしそうした立場も天運と信じ、この国のために身を削る覚悟で勉学に励みます」

「そうか。それが分かっているなら、わしは何も申すまい。そなたは頭脳が明晰なだけでなく、人格人望にも優れている。そなたのような若者が、これからの日本を支えていくのだ」

そう言うと、平八郎は背後の床の間に飾ってあった国光の脇差を手に取った。

「これは大塩家に伝わる家宝だ。しかし床の間に飾っているだけでは、ただの刀にすぎぬ。いつか大塩家が途絶えた時、縁者と称する者に奪われ、二束三文で古道具屋に売られるのがおちだ。しかしそなたが持てば、この刀は本来の輝きを取り戻す」

「何を仰せですか。やめて下さい」

「いや、聞け」

平八郎が確信の籠もった声で言う。

「これをわしと思え。勉学が辛くなったら、この刀身を見つめよ。必ずや英気を取り戻せる」

「もったいない」

「いや、これは、そなたのような雄飛していく若者が帯びるべきものだ」

感動に咽び泣く宇津木の手に、平八郎は脇差を押し付けた。

「こちらは餞別だ」

平八郎は懐に手を入れると、あらかじめ準備していた金十両も渡した。

「先生、やめて下さい。私は――」

「よいか、そなたはわしなのだ。わしが長崎に赴けないなら、そなたが代わりに赴き、わしの代わりに学ぶのだ」

「先生――」

しばらく咽び泣いていた宇津木が、ようやく言った。

「先生、分かりました。ありがたく拝領いたします」

「それでよい」

宇津木の嗚咽が、尾を引くように書院の中に漂っていた。


かくして宇津木は長崎へと旅立っていった。

その一方、いくら待っても、平八郎に江戸からの召しはなかった。平八郎は幾度か手紙を古賀侗庵に出したが返信はなく、武藤休右衛門からは返信があったものの「時機を待て」という内容だった。こうしたことから、平八郎を召すことに反対する者が江戸にいると分かった。

平八郎は無念だったが、それでも『増補孝経彙註』という著作の執筆に心血を注ぎ、また江戸の儒学者たちと手紙で論争もしている。平八郎は、学者という立場に安住して幕府に物申せない者たちに憤っていた。

十

天保七年（一八三六）になった。この年は春先から雨の日が多く、農民たちを恐怖させていた。とくに二月から五月にかけては大雨の日ばかりで、堂島米市場では早くも凶作の予想で持ち切りとなり、買い占めや囲持ちが始まっていた。

こうしたことから米価はじわじわと騰貴し始め、それに連鎖するように、白麦、大豆、酒、油といった必需品も値上がりし始めていた。

そんな最中の四月、大坂東町奉行として跡部山城守良弼（あとべやましろのかみよしすけ）が赴任してくる。

跡部は老中の水野忠邦の実弟で、兄に負けず劣らず自分の出世しか考えない男という噂だったが、平八郎は矢部の時のように、何らかの対策は打ち出すものと思っていた。ところが跡部は、通り一遍の布令しか出さず、その一方、例年通りに年貢を徴収するというのだ。

しかも跡部が赴任するや畿内は記録的な大雨が襲い、天保七年が大凶作に見舞われるのは確実になった。これを憂慮した平八郎は、格之助を介して跡部に建言書を提出した。

いかに隠居の身とはいえ、大坂の名士となっていた平八郎だ。跡部から召しがあると思っていたが、いっこうにそんな気配はない。

これには裏があった。跡部は大坂に着くや、西町奉行の矢部定謙の許に赴き、大坂の事情を謹聴していた。その時、矢部から「大塩という元与力の話を聞くといい。大塩は気性が激しいが、こちらが誠実に接すれば骨を折ってくれる」と聞かされていた。その時は何とも思わなかったが、周りの者たちが同じことを言う。それで次第に大塩に嫉妬心や対抗心を抱き、無視することにしたのだ。

そんなことを知る由もない平八郎は、建言書を提出し続けた。奉行ともなれば、民の困窮を救うという大局に立って物事を考えるものと思い込んでいたからだ。

しかし幾度となく書いた建言書を虚しく持ち帰ってくる格之助の姿を見れば、跡部がどのような人間か分かった。それでも平八郎は書いた。無駄なのは分かっていても、市中で物乞いをする流民たちを見れば、何かせずにはおられないからだ。

大坂の周辺部から流れ込んできた流民たちは市中に溢れ、道行く人たちに手を差し伸べては物乞いする光景が日常的になってきた。芝居小屋が立ち並ぶ道頓堀沿いなどは道を歩くのにも難渋するほどで、芝居小屋に雇われた渡世人らしき者たちが、流民たちに怒鳴り散らして暴力まで振るうので、朝になるといくつもの死体が横たわっているという噂だった。

しかも跡部は困窮する者を増やすような施策も行った。大坂からの流出米を防ぐため、堺へは一日五十石から六十石、伏見には四十石、京都には五百二十石といった上限を設けたのだ。これに困った大坂周辺の民百姓は、密かに大坂市中にやってきては、家族が食べる分の米、すなわち一斗五升程度の米を買っていた。だが町奉行所は大坂の諸口に関（検問所）を設け、米を持ち出そうとする者から没収したので、何も得ずして金だけ取られ、大坂の外へと放り出される者たちが続出した。こうしたことにより、奉行所に対する怒りと怨嗟の声は日増しに高まっていた。

なぜ跡部が流出米を防ぐのかというと、江戸への廻米量を減らしたくないからだ。しかも堂島米市場での買い占めや囲持ちにも見て見ぬふりをしたので、富商たちは米価の騰貴をにらんで好き放題をするようになった。その裏で跡部に献金しているのは明らかだった。富商から賄賂をもらっていた矢部でさえ、そこまではしなかった。しかし跡部は堂々とやっているのだ。

「なんと、それは真か」

その話を格之助から聞いた時、平八郎は怒髪天を衝くほどの怒りを覚えた。

「はい。此度の知恵を出しているのは、内山彦次郎とのことです」

「奴か――」

平八郎は絶句した。かつて反りが合わず反目していた間柄ながら、平八郎は内山の中に己を見ていた。単に平八郎に反感を抱いているだけで、大坂の町をよくしていこうという志は同じだと思っていた。

――どうやら、わしの見込み違いだったようだな。

平八郎が立ち上がったのを見て、格之助が驚く。

「義父上、どこに行くのですか」

「西町奉行所だ」

「何をしに行かれるのですか」

「内山に会いに行く」

両刀を手挟んだ平八郎は表口に向かった。

奉行の跡部に会うには、それなりの手順が要る。だが与力の内山なら、面談を断らないという確信が、平八郎にはあった。

西町奉行所の御門で門衛に用向きを伝えると、内山の意向を確かめるべく奥に引っ込んだ。

「格之助、そなたは与力番所で待っていろ」

「いや、しかし——」

「斬り合いにはならぬ。男と男の問答だ。一対一がよい」

やがて取次役の老人が現れ、その案内で御用談の間に通された。格之助は素直に途中で別れ、与力番所に入っていった。

「両刀を預かります」

「何を申すか。隠居とはいえ、わしは武士だ」

「内山様は、そうしないと会わぬと仰せです」

「分かった。内山も同じだな」

老人がうなずいたので、平八郎は両刀を老人に預けた。

御用談の間では小半刻ほど待たされた。約束なしに来たので、あらかじめ予想はしていたが、平八郎は苛立つ心をなだめるのに苦労した。

しばらくすると内山が入ってきた。もちろん腰には刀を帯びていない。

「お待たせしました。突然のお越しだったので、すぐに参れずご無礼仕りました」

――相変わらず慇懃無礼な男だ。

平八郎は嫌悪を催したが、好き嫌いを顔に出しては負けだと思い直し、時候の挨拶から面談してくれた礼を丁寧に述べた。

「ご丁寧にありがとうございます。して、此度は何用で」

――とぼけているのか。

互いに嫌ってはいても、腹蔵なく話し合うつもりでいた平八郎だったが、内山の出方を見て、そう容易には腹を割った話ができないと感じた。

「内山殿は新任の跡部殿の覚えめでたきようですな」

「皮肉ですか」

内山が口端(くちは)を歪ませるようにして笑う。

「そう取っていただいても結構。しかし覚えめでたき理由が聞こえてきましてな」

「ほほう、息子殿からですか」

「そうです」

内山がため息をつく。

「息子殿にも困ったものですな」

「何が困ったのです」

「義父上は息子殿の苦衷を存じ上げておらぬかもしれませんが、気苦労が多いようですぞ」

「ほほう、どのような気苦労ですかな」

「言うまでもなきこと。与力仲間の話がすべて義父上に筒抜けになるため、息子殿と話をする者はおらず、針の筵（むしろ）に座ったような顔で奉行所に通われているとか」

——そういうことか。

平八郎には、己と親しい与力や同心がいることから、職場での格之助がそんな肩身の狭い思いをしているとは思わなかった。だが親しいのはごく一部で、また格之助と同世代の者には親しい者もいないので、格之助が孤立を余儀なくされるのは当然なのだ。

「それは知りませんでした。日々、忠勤に励んでいるようでしたので」

「大塩先生ともあろうお方が、息子殿の置かれた状況を知らぬとは驚きですな。どうやら働きもよくないにもかかわらず、連日のように跡部様に面談を求めるので、跡部様も出仕を取りやめさせようかと検討しているとか」

「これはしたり。格之助とは、よく話し合うことにします。して、用件ですが——」

「お待ち下さい」

内山が手を叩くと、次の間から同心らしき若者二人が文机と硯を運んできた。

「これはいかなることか」

「それがしも仕事です。ここで話したことは記録に残させていただきます」

――後で跡部に報告するのだな。

そのためには、正確に問答を書き取らせる必要がある。

「大塩殿、よろしいですな」

「構わぬ。ただし問答が終わった後には拝見させていただく」

「もちろんです。これは正式文書なので、お確かめになった後、花押も添えていただきます」

「よかろう」と言うや、平八郎が内山のしたことをあげつらった。

「これらの悪謀は貴殿が建言したと聞いたが」

「知りませんな」

「しらを切るのか」

「武士に対して無礼ではありませんか」

その薄ら笑いを見れば、すべての策は内山から出ているのは明らかだった。

「分かった。それなら何も申すまい。だが貴殿は今、武士と言った。己が武士という自覚はあるのだな」

内山の顔色が変わる。

「それがしを焚きつけようとしても無駄ですぞ。知らぬものは知らぬとしか答えられません」

若い頃はすぐに熱くなった内山だが、さすがに年を取って狡知に長(た)けてきたらしい。

「では、男と男として聞こう。今、大坂に溢れる流民や餓死者について、貴殿はどう思う」

「気の毒だとは思います。とは言うものの、われら町奉行所にできることは限られています。

すでに奉行所の米蔵は空になり、打てる手はすべて打っています」

矢部が備蓄した米を放出し、また奉行所の経費も富商から前借りして「御救小屋」を作ったので、これは嘘ではない。実は天保四年の飢饉対策で、奉行所の備蓄米や予備費を使い切ってしまったのだ。だからといって天保七年の飢饉に無為無策というのも困る。

「それでも大坂内に溢れる流民たちを何とかしないと、たいへんなことになる。とくに大坂から京都や諸方面へ売っていた米を止めるなどもってのほかだ。しかもなけなしの金をはたいて米を買いに来た者どもを、帰途に捕らえて米を没収するなど許し難い！」

知らぬ間に平八郎は熱くなっていた。

「お待ち下さい。われらは大坂が管轄です。まずは大坂に住む者のことを考えねばなりません」

「各地の米は大坂に集まる。それを絞ってしまえば、周辺地域の民が飢えるのは明らかだ。こんなことを続けていれば、逆に流民が大坂に流れ込み、結句、大坂も飢えることになる」

「その時は、その時で考えます」

「では、大坂に住む者どもは飢えていないか。そうではないだろう。米価が高騰し、もはや末端の者たちは食べられなくなっている。つまり流出米を止めるのは、大坂のためではなく江戸のためだろう」

「何を仰せか。それは根も葉もないこと」

「いや、江戸への廻米量は減っておらぬ。わしがこの地に様々な伝手があることは知っているだろう。大坂湊のことはすべて把握している」

内山の顔が憎悪で歪む。

「何のことだか分かりませんな」

「内山殿、そなたとわしは反りが合わなかった」

「それは関係のないことです」

「いや、聞け。仲が悪くても、わしはそなたに一目置いていた。そなたはわしの活躍に嫉妬して、わしに反感を抱いているだけだと思っていたからだ」

「嫉妬とはこれいかに――」

内山が鼻で笑う。

「わしは、そなたが大坂のために役立つ男だと思ってきた。まさかあの時のそなたが、跡部ごとき佞人のために働くとは思ってもみなかった」

「今のお言葉を書き留めてもよろしいか」

「もちろんだ。もはやわしの力で跡部を動かすことはできないからな」

「それが分かっておいでなら、この問答は無用ではありませんか」

「無用ではない。わしはそなたを動かしたいのだ。今までのことはもうよい。だから民のために動いてくれぬか。わしにそなたを見直す機会を与えてくれ！」

内山の表情が少し動いた。だがそれは一瞬のことだった。

「大塩殿、もはやこれ以上は何を話し合っても無駄です。お引き取り願えませんか」

「これは、そなたが仁を貫けるかどうかの最後の機会なのだぞ。お父上が存命なら――」

「父のことは言わないで下さい。父は一介の与力として生涯を終えました」

「そうか。そなたは、与力以上の地位を今も望んでいるのだな」

「それに答えるつもりはありません。どうか息子殿と共にお引き取り下さい」

「分かった。言いたいことはそれだけだ。しかしそなたも意地があり、『はい、そうですか』と言えないのも分かる。だから後に行動で示してくれ。これは、そなたが男になれる最後の機会だ」

内山は瞑目し、「お引き取り下さい」と繰り返した。

平八郎は「分かった」と答えるや、御用談の間を後にした。その背後から、「番所に議事録を回しておきます。お帰りの前にお目を通し、花押を書くことをお忘れなく」という内山の声が聞こえた。

――今のままでは、見込みのある者も皆こうなる。

内山も若い頃は志があったはずだ。しかし出頭のために汚水に手を突っ込んでいるうち、己も腐敗してしまったのだ。

それは内山の父について触れた時、内山が感情をあらわにしたことで明らかだった。

平八郎の胸内は怒りで煮えたぎっていたが、ある意味、何か吹っ切れた思いもあった。

――目にもの見せてやる。

この時、平八郎には、ある決意が芽生えていた。

十一

天保七年も九月になったが、依然として悪天候は続いていた。今年の梅雨は長い上に土砂降りの日が多く、畿内や西国の田畑では、収穫の見込みが全くない地域さえあった。とくに河内(かわち)平野は各所で大和川の堤が決壊し、家々は流され、死者は数知れぬといった有様となっていた。そうなると農民は流民と化し、少しでも食べられる可能性のある大坂に向かう。だが悪天候による凶作は、畿内や西国だけではなかった。

この年は奥州でも天候不順により、全く作物が取れない状態が続き、餓死者が出始めていた。梅雨の前まで天候に恵まれていた東日本一帯には、豊作の期待が高まっていたが、梅雨の長雨によってその期待も消滅した。

そうした中、甲斐国(かいのくに)では、数万の農民が甲府(こうふ)城に押し寄せた。これが「甲斐郡内騒動」と呼ばれる一揆となり、その後、この騒ぎが三河国(みかわのくに)にも伝播し、「三河加茂一揆」と呼ばれる大規模な蜂起に発展していく。これを皮切りに各地で強訴や一揆が頻発し、米穀商、酒屋、村役人宅などの打ち壊しが続いていく。農民たちは諸藩兵に鎮圧されるのが分かっていても、「座して死を待つよりましだ」と言わんばかりに蜂起した。

大坂でも、富商や米穀商の店や家を打ち壊すという脅迫文の張り紙が見られ始め、実際に九月、高津五右衛門町で小規模な打ち壊し騒ぎが起こった。

こうなれば大坂町奉行所も何らかの対策を講じねばならず、米穀商への買い占め・囲持ち禁止令、小売りの正路販売令、酒造制限令が矢継ぎ早に出されたが、米価の騰貴は収まらない。こうしたことから、奉行所の管理する備荒貯蓄米三百俵を買い入れ値段で窮民に直接売るという廉価販売策を実施したが、それでも買えない者が続出した。そのため無料での配給に切り替えざるを得なかった。

九月下旬、平八郎は門人の白井孝右衛門と庄司義左衛門を洗心洞に呼び出した。傍らには格之助を控えさせた。

白井は茨田郡守口町で質屋を営んでおり、数字に強いので洗心洞の勝手方（会計掛）をやってもらっている。

庄司は東組の同心。元は豪農の家の出で、別の豪農の家に養子入りしたところ、その家に後継ぎができたので、多額の持参金と共に同心の庄司家に再度養子として入った。二人に共通するのは、平八郎に心酔しているということと、門人の中でも裕福という点だ。

「そこもと二人を呼び出したのはほかでもない。この不穏な世をどう思う」

庄司が即答する。

「このまま何もしなければ、各地で一揆が頻発します」

「その通りだ。わしはこれまで武士だけでなく商人にも百姓にも教育を施し、誰もが良知に至れる道を示そうとしてきた。だが民は今日の糧さえない。つまり教育などという悠長なことをやっている暇はないのだ」

「仰せの通りです。しかも奉行の跡部様は、矢部様と違って先生の言葉を聞こうともせず、また何ら効果的な救恤策も打たず、これまで通りに年貢を集めては江戸に廻漕しています」

「そうなのだ。跡部は上しか見ていない。つまり江戸への廻米量を減らさず、裏では商人たちから賄賂をもらい、それを江戸の公儀にばらまいて出頭しようとしている。つまり下の者たちの苦衷など一切顧みない。これでは民は死を待つばかりだ」

跡部は江戸の幕閣からの批判を避けるため、形だけは様々な救恤策を打ち出していた。とくに炊き出しなどの施行(せぎょう)を派手にやるが、そうしたものは、見た目は分かりやすいが一時的なものなので、根本的解決には至らない。

そもそも飢饉対策は短期的な救済策(粥施行など)、中期的な米価統制策、長期的な新田開発や溢(あふ)れ水の防止策を同時並行的に行っていかないと、効果が現れない。つまり再び飢饉に襲われた時、短期的な策だけでは同じことの繰り返しになる。だが町奉行の任期が平均して三〜四年では、誰もが短期的な施策をしたがる。

それでも新見などは自腹を切って長期的な視野から「御救大浚」を行ったが、矢部は中期的な施策止まりで、跡部に至っては形ばかりに蔵米を放出しただけだ。これでは、また凶作となった時、餓死者や行き倒れが出るのは、火を見るより明らかだ。

庄司が苦い顔で言う。

「もはや我慢の限界です。畿内周辺の百姓たちは明日にも一揆となり、大坂に押し寄せてくるでしょう」

幕府の威権は依然として強力だったが、百姓たちにしてみれば「座して死を待つ」くらいなら、豪農屋敷の蔵を打ち壊し、米を腹いっぱい食べてから死にたいのだろう。

「その通りだ。わしはそれを危惧している」

白井が確かめる。

「今日は、そのことに関しての話し合いですね」

「そうだ。すでに甲州では大規模な一揆が起こっており、それが周辺地域に波及している。大坂では些少の打ち壊しがあったが、いつ何時、大規模な一揆が起こらぬとも限らぬ」

下層の小前百姓や小作農に餓死者が出るくらいでは、一揆は起こらない。凶作が大百姓と呼ばれる地主層にまで及ぶ時、一揆は起こりやすくなる。それだけ地主層は信望があり、多くの百姓を組織化できるからだ。しかし一揆を起こせば、首謀者は死罪で、その家族もすべての財産を取り上げられた上、よくて放逐、悪くて永牢となる。獄は衛生環境が劣悪なので、入牢は死を意味する。それでも一揆を起こすのは、大百姓まで一家全滅の危機が迫っているからだ。

「そこでだ」

平八郎が一拍置く。三人の顔に真剣な色が浮かぶ。

「大坂に突然一揆が押し寄せてくれれば、奉行所とてすぐに鎮圧できない。それゆえ助太刀が必要になる」

庄司が意気込んで確かめる。

「つまり奉行所を助けるための手立てを、われらが講じるというのですね」

「そうだ。一揆は破れかぶれで富商の店や屋敷を襲う。一方、奉行所の連中は、常日頃から武芸に励んでおらぬので、一揆を鎮圧できないだろう。それゆえ万が一に備え、大坂の治安を維持するために武力を養っておく必要がある」

「なるほど。それはよきお考えですが――」

　白井が庄司を抑えるように問う。

「われら洗心洞が、武力を持つということですか」

「そうだ」

「それを奉行所の許可を取らずに行うのですか」

「うむ。公儀はさような衆の存在を許可しない。正規な手続きなど取ろうとすれば、お叱りを受けるだけだ」

　江戸幕府は、自らと諸大名家以外に組織的な武力を持たせないようにしてきた。島原・天草一揆で手痛い目に遭ってからは、火力に対する締め付けがとくに厳しくなっていた。

「では、秘密裏に武力を蓄えるのですね」

「そのつもりだ。それゆえ武器は自費で購入する」

「どのような武器を用意するのですか」

「まずは鉄砲、できれば大鉄砲がよい。また棒火矢や、投擲（とうてき）用の炮録玉（ほうろくだま）（焙烙玉）も作っておきたい」

棒火矢とは大鉄砲の弾を火矢とするもので、周辺一帯に放火する際に使われる。

白井が首を左右に振りながら言う。

「そんな物騒なものを作ってどうするのです。実際に使えば、怪我人どころか死者が出るかもしれません」

「分かっている。だからすべて威嚇用だ」

「威嚇だけなら、焔硝（起爆剤）は要りません」

「いや、威嚇のために空に向けて撃つこともある」

「威嚇でも、棒火矢を空に向けて撃てば、どこかに落ちて火災が起こります」

「棒火矢は見せるだけだ」

平八郎の口数が少なくなる。

「そんなものを隠し持っているだけで謀反と疑われ、下手をすると死罪になります」

「では、どうするというのだ。われらが一揆を阻止せねば、奉行所の連中や悪くすると大坂城の連中が乗り出してくる。そうなれば必ず戦になって死傷者が出る」

大坂城という自ら発した言葉で、平八郎の脳裏に坂本鉉之助の顔が浮かんだ。鉉之助は心優しい男だが、お上の命令には従順だ。命令があれば、躊躇なく一揆に向けて砲弾を放つだろう。

しばし沈黙した後、白井が言った。

「申し訳ありません。先生の真意を誤解しておりました」

「真意、と申すか」

「はい。もしかすると一揆側となって奉行所を攻撃するのではないかと思っていました」

平八郎が否定する前に、それまで黙っていた格之助が言った。

「白井殿、それは無礼だろう。義父上は常に世の静謐(せいひつ)を願っている。一揆に与(くみ)して奉行所を攻撃するなど、とんでもない誤解だ」

「申し訳ありません」

「分かればよい」

平八郎は後ろめたい気持ちを押し隠しながら、この話を打ち切った。

「では白井は、当家の財でどれほどのものが買えるのか試算しておいてくれ」

「承知仕った」

「庄司は、そなたの屋敷の地下に武器を蓄えられるようにしておいてくれ」

「分かりました」

それぞれの役割分担が決まると、二人は帰っていった。

二人を表口まで送ってきた格之助が戻り、平八郎の対面に座る。

「義父上、私だけには真意を語ってくれませんか」

「真意だと」

「そうです。一揆を押し止めるだけだったら、大坂の諸口に門人たちを配置し、一揆に道を引き返すよう説得させればよいはずです。少なくとも得物は突棒(つくぼう)があればば十分ではありませんか。しかし義父上がそろえようとしているのは、合戦道具です。義父上は誰と合戦するつもりですか」

――さすが格之助だ。わが心中を見抜いておったか。

格之助が終始黙っていたのは、白井と庄司の前で、父子の足並みがそろっていないところを見せたくなかったからに違いない。

「聞け」

「はっ」と答えて格之助が畏まる。

「このままでは民は飢え死にし、各地で一揆が起こる。そうなれば公儀とて無事では済まぬ」

「お待ち下さい。まさか公儀と戦うと仰せですか」

「そこまでは言っておらん。だが支度だけは、今のうちにしておかねばならぬ」

「支度ということは――、義父上」

格之助の声が震える。

「公儀と戦うなど言語道断です。どこに勝ち目があるというのです」

「勝ち目を考えて戦うわけではない」

「では、死を覚悟で戦うというのですね」

「その通りだ。わしのみならず、そなたも主立つ者も捕まれば打ち首にされるだろう」

「それが分かっていながら、なぜ――」

「格之助よ、『恕（じょ）』という言葉を知っているか」

「もちろんです。義父上は『民を慈しみ、民のための政道を目指すこと、すなわち恕によって民を慈しむことこそ、国を治める者の義務』と仰せになりました」

恕とは、孔子が『論語』で唱えた言葉で、「人を思いやる心」という意味になる。だがそれだけでは、言葉の意味が伝わりにくいと思ったのか、孟子は「忍びざるの心」とした。すなわち他人の悲しみや苦しみを見て、我慢できずに駆け出してゆく衝動や本能に近い心のことだ。

「格之助よ、この窮状を見ながら、何もしないのは人として罪になる」

「それなら奉行所の前で腹を切りましょう。われら二人で切れば、江戸にも伝わります」

「それこそ無駄死にだ。抗議の自害は分かるが、われらの切腹を見て跡部が悔い改めると思うか。うるさいのが二人いなくなったと思うのがおちだ。だが大騒動を起こせば、跡部は責を負って失脚する。さすれば後任の奉行どもは、無為無策では第二、第三の大塩平八郎が出てくると思い、必死に救恤策を練るだろう」

「しかし蜂起するにしても、今は時期尚早です。新将軍が就任するまで隠忍自重下さい」

この頃、来年には、新将軍が誕生すると言われていた。新将軍就任となれば施行など大盤振る舞いをするのが慣例なので、それを待ってからでも遅くないと格之助は言いたいのだ。

「そんなものを待ったところで失望するだけだ。わしはもう待ちくたびれた。今こうしている間にも、餓死者や行き倒れは出ているのだ。富商の蔵屋敷を破り、米はもとより金銀や財貨を民に与え、一時の飢えを凌がせねばならない。わしはもう待つのは御免だ」

「それでもお待ち下さい。まだあきらめるのは早いです。跡部様も人です。この惨状を見聞し、必ずや効果的な策を打つはずです」

「では、いつまで待つ」

「新将軍就任まで」

「そこまで待てば万余の民が死ぬ」

しばし考えた末、格之助が言った。

「これから奉行所には、各地から江戸への廻米が集まってきます。小役人たちが畿内の農民を痛めつけて集めてきた米です。この米を窮民に分け与えるよう、私から跡部様に訴えます」

「その米が、江戸に廻米されるのはいつだ」

「十一月二十九日に奉行所から運び出されます」

「二月ほど後か。さほど余裕はないな」

「はい。ですから義父上からもいま一度、跡部様あてに嘆願書を書いていただけませんか」

「それは書こう。だが跡部が動く見込みはあるのか」

格之助が肩を落とす。

「それは分かりません」

「江戸からの廻米令を無視すれば、跡部は即刻首をすげ替えられる。さすれば跡部の残る生涯は不遇に終わる。それでも跡部は民のために働くか」

格之助が首を左右に振る。

「跡部様の頭には出頭しかありません。しかも跡部様は来年で三十八歳です。ここで江戸の意に沿わないことをすれば、二度と上がり目はないでしょう」

跡部が老中まで上り詰めることを考えているなら、三十八歳という年齢は若くはない。

「分かった。嘆願書は書く。だが跡部は目を通さぬだろう」

「たとえそうだとしても、やるだけのことはやりたいのです」

「これが、跡部が太虚に至れるかどうかの最後の機会になるだろう。その機会を与えてやるのも、わしの務めだ。そのためには嘆願書を書くだけでなく跡部にも会おう。そのお膳立てを整えてくれるか」

「もちろんです。ありがとうございます」

一礼して居間から去っていこうとする格之助を、平八郎が「待て」と言って呼び止めた。

「跡部が廻米令に従った時、わしは行動に移るつもりだ。その時、そなたはどうする」

格之助が悠揚迫らざる態度で言う。

「義父上と行を共にします」

「そなたは、それでよいのか」

「義父上から此度の話を聞いたにもかかわらず奉行所に届け出なければ、どのみちそれがしは死を賜ります。ここにいて『知らなかった』などという言い訳は通用しません。それゆえ義父上が起つなら、それがしも共に起ちます」

「よくぞ申した。しかし――」

「嬰児のことですね」

「そうだ。もうすぐ子が生まれるだろう」

格之助は橋本忠兵衛の実の娘のみねを娶っており、この年の十二月に一児の父となる。

「はい。しかし大義の前では些細なことです」

「その覚悟があるのだな」

「もちろんです。義父上の子となったからには、義父上に殉じるつもりです」

「分かった。その覚悟があるなら、もう何も言うまい。とにかく十一月二十九日までにやれるだけのことはやっておこう」

「義父上、やりましょう！」

格之助が覚悟を決めるように言った。


この後、格之助は江戸に廻米せぬよう懸命に跡部に訴えた。また「どうか義父と会って下さい」と嘆願した。だが跡部は聞く耳を持たず、格之助を疎んじるようになる。

そして十一月二十九日、奉行所に集められた米は船に乗せられ江戸へと運び去られた。また後に分かったことだが、翌年に控えた十二代将軍家慶の将軍宣下の儀式にかかる費用を捻出するため、通年を大幅に上回る廻米がなされたという。

さらに跡部は内山彦次郎を使い、江戸からの要求に足りない米を兵庫に買い付けに走らせていた。むろん安く買い叩くのだが、そんなことをすれば兵庫の民の飢えを促進することになる。これは明らかに与力の仕事を逸脱しており、平八郎は、跡部の手先として動き回る内山に対する憎悪を募らせた。

——もはや許さぬ。

この時、平八郎は跡部と内山を討ち取る覚悟を決める。そのため平八郎は高槻藩士の柘植半兵衛が所有していた百目筒（口径四十ミリの大鉄砲）を懇望し、刀一振りに南画一幅を合わせて交換してもらった。

続いて平八郎は、肝胆相照らした門人たち、すなわち瀬田済之助、小泉淵次郎、渡辺良左衛門、河合郷左衛門といった面々を呼び、富商の屋敷を焼き打ちする決意を打ち明けた。

彼らは驚き、最初は翻意するよう促したが、心を開いて語り合ううちに平八郎の決意が固いことを知り、行を共にすることを誓った。これにより平八郎は、住み込みの門人たちにいったん帰宅するよう命じた。彼らがいなくなったことで広くなった空間が、棒火矢や炮録玉作りの作業場となる。かくして挙兵計画は着々と進んでいった。

一方、平八郎はこれまで携わった不正無尽などの事件調書をまとめた建議書を書き上げ、それを三通書写させ江戸へ送るよう手配した。送り先は老中首座の大久保忠真、水戸藩主の徳川斉昭、そして大学頭を務める林述斎だ。

平八郎は彼らと面識はないものの、様々な情報から三人とも信頼できると感じ、幕閣に反省と改革を促そうとした。だが大久保忠真は事件を不問に付した本人で、徳川斉昭は担当外の上、関心があるのは海防だ。林述斎に至っては全くの管轄外になる。

しかも建議書は三人の目に触れなかった。というのも、こうしたものは下役が目を通してから上役に提出する慣例があるため、三通はまとめられて大坂に送り返された。

ところが三通の建議書を託された飛脚が箱根山中で腹痛に襲われ、致し方なく通り掛かった旅人に荷を託すという珍事が出来する。だがこの旅人は悪人で、伊豆山中まで来たところで、中に金目のものがないか探った末、書状しかないので放り出して逃げてしまった。

それを見つけた者が、伊豆代官の江川太郎左衛門英龍に届けた。英龍はそれを読み、大いに感じるところがあったので、配下に書写させて手元に残し、三通を江戸に差し戻した。

しかし江戸に差し戻された三通は処分されてしまう。それでも英龍が書写させたものは伊豆代官所に残され、平八郎の真意が後世に伝えられていくことになる。

第四章　心太虚に帰す

一

天保八年（一八三七）一月八日、平八郎は二十人ほどの主要な門人に招集をかけた。

中には久しぶりに洗心洞に来た者もいて、何かしら異様な雰囲気を感じ取ったのか、雑談をするでもなく緊張の面持ちで、平八郎が語り始めるのを待っていた。

「皆、よくぞ集まってくれた」

新年の挨拶を兼ねている者もいるので、それぞれが口上を述べようとしたが、平八郎がそれを制止して続ける。

「皆も知っての通り、正月を祝うどころではない。世上の困窮はここに極まった。街路には餓死者や行き倒れが打ち捨てられ、近郊から農民たちが押し寄せてきている。大坂に住む者とて、仕事がなく餓死寸前だ。このままでは各地で一揆が起こり、混乱が続けば公儀の存立基盤さえ揺さぶるだろう。しかし――」

平八郎が声を大にする。

「奉行所は事態の打開を図ろうとせず、申し訳程度に施行を行っただけだ。これは『行った』という事実を作るための施行だ。また公儀も畿内の窮状を見て見ぬふりをし、平然と廻米を命じてきている。しかも新将軍宣下の儀を大々的に執り行うため、通年以上の廻米を要求してきた。それがどれほどの量かは分からないが、廻船問屋の者の目算によると、通年の五割増しから十割増しになったという。これでは餓死者や行き倒れが出るのは当たり前だ。もしも通年通りの廻米だったら、死ななくてよい者も多くいただろう。それを思うと――」

平八郎が言葉に詰まる。

「すまない。しばし待ってくれ」

平八郎は門人たちの前で涙を流したことはない。だがこの時ばかりは、気持ちが高ぶっているのか、つい嗚咽を漏らしてしまった。だがすぐに呼吸を整えると話を続けた。

「私には、天下万民を導く使命があると思ってきた。そのために私塾も開いた。だがそんな些細な努力も、為政者たちによって踏みにじられた。公儀も奉行所も自らのことだけを考え、私利私欲にまみれている。これが商人たちに伝播し、買い占めや囲持ちが横行し、さらに米価を釣り上げている。しかも跡部は袖の下をもらっているのか、商人たちの悪行を見て見ぬふりだ。これでは救いがない。そこでだ――」

平八郎が一拍置く。集まった者たちは息をのむようにして、次の言葉を待っている。

「大坂で何が起こっているかを江戸に知らしめねばならぬと思うのだ。そのためには大きなことをやらねばならぬ」

　ここまで身を乗り出すように聞いていた面々の顔が蒼白になる。話を聞いてしまえば後に引けないのが分かっているからだ。すなわち幕府は、こうした話を聞いて訴え出ない者を許さず、蜂起に加担した者と同等に扱うのが常だからだ。

「ここから先を聞きたくない者は、座を立って構わぬ」

　その言葉に空気が凍りつく。ここにいる者はすべて平八郎に心酔し、ここまで付いてきた者たちばかりだ。それでも何人かが座を立とうとした時だった。

「わしは先生と行を共にする！」

「それがしもだ！」

「申すまでもなきこと！」

「どこまでも付いていきます！」

　瀬田済之助、小泉淵次郎、渡辺良左衛門、河合郷左衛門が次々と声を上げる。むろん平八郎が頼んだわけではない。だが四人は示し合わせてくれていたのだ。彼らのおかげで、座を立とうとする者はいなくなった。

「では、今からここにいる者は門人ではなく、世直しのために共に立つ同志となった。それでよろしいか」

「おう！」

　四人以外の者たちからも声が上がった。

「では、署名血判を行う！」

　あらかじめ用意していた巻物を取り出すと、平八郎が先頭に自らの名を記し、鎧通で指先を切って血判した。それに皆が続く。どの顔も蒼白だ。というのも幕府に反旗を翻すということは死を意味する。それが己一身だけならまだしも、幕府は縁座などという連帯責任制によって妻子眷属をも捕らえて様々な罰を下す。その先に待つのは「死」の一字しかない。よしんば子孫の誰かが生き残ったとしても、武士は士籍を剝奪され、農民は土地と財を没収される。つまり明日から糧を得る手段をなくすのだ。

「では、白井から役割分担を申し伝える」

　白井孝右衛門が皆に事前に決めていた役割を伝える。瞬く間に調達、製造、貯蔵（管理）などの担当が決まった。一つの役に二人就くのは、相互監視させるためだ。

　平八郎が「以上だ」と言うと、吉見九郎右衛門が問うた。

「お待ち下さい。蜂起の時期はいつになるのですか」

「それは向後じっくり検討したい」

「では、成算はあるのですか」

　その問いに、そこにいた者たちが顔を見合わせる。

「成算とは、公儀がわれらの意を容れ、われらも罰せられず生き残るということか」

「はい。そうした成算があってこその蜂起ではありませんか」

　その言葉に座は騒然とする。

「成算などない。われらはその場で討ち死にするか、後に刑場の露と消える」

「さ、さようなことをして何になるというのです」

吉見が賛同を求めるように周囲を見回すが、誰もが黙して語らない。

「吉見の言う通り、己一身のことを思えば、何の意義もない蜂起になる。だがわれらの死は、われらにとっても大いなる意味を持つ」

「どのような意味ですか」

「一瞬にして太虚に至れる」

この話に門人たちがざわつく。

「これまで『太虚に至る』とは、現世とかかわりなく、己自身の悟りに近いものだと教えてきた。だが、そもそも陽明学は行動する学問だ。われわれが行動できるのは現世だけだ。心の中で悟りを開いたところで何の役に立つ。われら一人ひとりの命が現世の役に立ってこそ、われらは太虚に至れるのだ」

「つまり現世で苦しむ人々のために命をなげうつ行動こそ、太虚に至るための道と仰せですか」

「そうだ。翻(ひるがえ)って考えれば、ここで行動に出なければ、いくら学問に精進したところで太虚には至れぬ」

平八郎が畳み掛ける。

「この一挙に参加することは、己一個が太虚に至れるだけでなく、公儀に対しても忠節を尽くすことになる。すなわち、われらは身をもって御政道を正し、徳川家千年の礎(いしずえ)になるのだ」

平八郎は元々忠義を重んじる人だった。すなわち倒幕など思いもよらず、幕府のため、徳川家のため自分に何ができるかを常に考えてきた。それが富商屋敷の焼き打ちだというのだ。

「諸君、ここで起たねば徳川家の家臣は不忠者ばかりだと、後世の史家に罵られる。われらの行いを見て、多くの武士たちも思うところがあるだろう。その魁(さきがけ)になれば、われらは忠義の士として青史に名を刻まれる」

水を打ったような沈黙が訪れる。だがそれぞれの顔からは、迷いの色が消えていた。

「先生、やりましょう！」

「そうだ。今こそ起つべき時です！」

多くの門人たちが賛意を示す。洗心洞は次第に熱気に包まれていった。それが頂点に達した時、平八郎が詩を吟じた。かつて詠んだ「湊川を過ぎて楠公の墓に謁す」という漢詩だ。

敵兵蘇到す湊川の傍
南北朝廷興と亡と
功烈未だ成らず漢の諸葛
死生寧んぞ転ぜん宋の天祥
星霜歳を経て河終に涸る
夷夏　今に名尚芳し
誰れか碑銘を講じ鉄薬を作し

千年不忠の腸を医療せん
門人たちの間から嗚咽の声が聞こえる。
――武士とは、かくあらねばならぬのだ。
泣くまいと思っていた平八郎の瞳からも、一筋の涙が流れた。

二

門人たちに決意を告げた翌日のことだった。坂本鉉之助がやってきたと聞いた平八郎は、取り次いだ門人に表口で待たせるよう命じると、すぐに外出の支度を整えた。

「待たせた」

「おう、平さん、久しぶりだな」

二人が年頭の挨拶を交わす。正月七日までは城内の正式行事や上役への挨拶回りなどで、鉉之助も多忙を極める。そのため例年、十日前後にぶらりと大塩邸にやってくるのが習慣になっていた。

「何やら門人たちが忙しそうにしているな」

「ああ、正月も明けたので大掃除をしようと思ってね」

「あれ、師走にやったんじゃなかったのかい」

「それが終わらなかったのだ」

鉉之助が何か提げているのを見て、平八郎が話題を転じた。

「おっ、塩鮭だな」

「ああ、初荷の北前船で届いたばかりの蝦夷地の鮭だ。でかいだろう」

鉉之助がうれしそうに鮭を掲げる。

「あいにく邸内は混乱しているので、外で食べよう」

「外ってどこで」

「任せろ」

平八郎は駕籠を二つ呼び、御池通りにある播磨屋利八の店に向かった。


「あっ、これは旦那、お珍しい」

利八は大喜びで二人を迎え、二階の奥座敷に通してくれた。むろん鉉之助の提げてきた鮭もさばいてくれるという。

「洗心洞は門人で溢れ、著作も上々の評判だ。格之助も立派な与力となり、平さんの隠居生活は順風満帆だな」

「ああ、お陰様でな」

平八郎が苦笑いを漏らす。

「そろそろ嫁を娶ったらどうだ」

「いや、門人たちが家事まで引き受けてくれるので、嫁は要らん」

「そうかい。実は城内勤めの与力が若くして急死し、その嫁の実家が再嫁先を探しているというんだ。それで口利きを依頼されてね」

「残念だがほかを当たってくれ」

「そう言うと思ったよ。でも念のため聞いたのさ」

その時、利八が酒と肴を運び込んできた。

「すまんな、利八」

「とんでもないです。お世話になっている大塩先生のためなら何でもいたします。ゆっくりしていって下さい」

利八が満面の笑みを浮かべて階下に下りていった。

「こいつは塩辛いな」

早速、鮭の切り身をつまんだ鉉之助が渋い顔をする。

「そなたは変わらんな」

「ああ、変わらん。でも平さんは変わったな」

「いや、わしも変わらぬ」

「奥歯に物の挟まったような言い方だな。何かあったのかい」

「いや、何もない」

「ああ、そうか。それならよいが――」

鉉之助が渋い顔をしながら問う。

「その後、江戸からは何も言ってきてはいないのかい」

「うむ。新見様からは『しばし待て』と言われたままだ。もはや江戸に招致されることはないだろう」

平八郎の江戸出府の一件は宙に浮いたままになっていた。あの時は、新見から「出府したら自邸に滞在せよ」と言われていたので、決定事項だと思っていた。だがあれから二年が経っているのだ。立ち消えになったとしか思えない。

「そうか。あれほど張り切っていたのにな」

「これも運命かもしれん。それを平然と受け容れるのが男というものだ」

「やけに達観した物言いだな。以前なら公儀を罵っていたのにな」

「ああ、以前はそうだった。わしも人として未熟だったからな」

鉉之助が煙管を取り出し、煙草を詰め始めた。

「しかし何か釈然としないな」

「何がだ」

「以前の平さんなら、あらゆる伝手を使って公儀の意向を確かめていただろう。この窮状を何とかするために、自分をご意見番にしろと江戸に上って嘆願していたかもしれない」

「わしも年を取ったのだ」

平八郎が盃を飲み干す。

「そうかい。ならいいんだが、別に目指すものでもできたんじゃないかと思ってね」

「別に目指すもの――。そんなものはない。これまでと同じく、わしは有為の材を育てていくだけだ」

「そうかい。でも余計なことは考えるんじゃないぞ」

「余計なことだと」

自分でも顔色が変わったと分かった。

「平さん、蛇の道は蛇だ。わしが何の役に就いているか知っているだろう」

「ああ、砲術方だ」

「洗心洞にかかわりがあることかどうか分からないが、門人の白井とかいう御仁が、さかんに鉄砲、焔硝、弾丸を購入していると、ある筋から聞いた」

「――」

平八郎が口をつぐむ。

「やはりそうか」

半身になって煙管をふかしていた鉉之助が威儀を正す。

「いいか、平さん、一揆が大坂に押し寄せてきた場合にどうするかは、われらが考えることだ。すでにその時の手配りや配置も決まっている。助勢のつもりで私塾の兵が一揆と戦ったらどうなる」

「それは――」

「一揆が終わった後、平さんたちはよくて遠島、悪くて斬首となる」

どうやら鉉之助は、平八郎たちが一揆平定のために軍備を整えていると思っているらしい。

「それは分かっている。われらの武具は脅しのためだ」

「おい、それを本気で言っているのか。十代後半の奴らに鉄砲を担がせておいてから『これは威嚇用だから使うな』と命じて、使わないと思っているのか。だいいち焔硝を手配しているということは使う前提だろう！」

平八郎も肚を決めた。

「そうだ。一揆鎮圧を手伝うことの何が悪い」

「そのことじゃない。私兵が武器を持って勝手に戦うことを公儀は許していない。戦えば一揆鎮圧に成功したとて、平さんたちは、ただでは済まぬ！」

「それは覚悟の上だ」

「そうか。では聞くが、平さんたちが横槍を入れたおかげで、われら城衆と奉行所で取り決めた一揆鎮圧手順に狂いが生じ、死傷者が出たらどうする。余計なことをするんじゃない！」

平八郎は沈黙で答えるしかなかった。

「平さんよ、あんたが功名気節で動いているわけじゃないことは、わしにも分かる。むしろ大坂のことを思って、やむにやまれずのことだとも知っている。だがな、この世には法や置目(おきめ)があるんだ。それを破れば罰を受ける。だからすぐにやめろ」

「鉉さん、よくぞ言ってくれた」

「当たり前だ。われらは友じゃないか」

「友か」

「そうだ。だから平さん、馬鹿なまねはやめてくれ。互いに年を取ってからも、こうして盃を酌み交わそうや」

「そ、そうだな」

鉉之助の双眸は光っていた。

——もはや時間はない。

大坂は、人は多いが狭い町だ。だから人の口に戸を立てられない。少しでもおかしな動きがあると、瞬く間に噂は広がる。今はまだ「一揆鎮圧の助勢」のための軍備と思われているが、いつ何時、「富商焼き打ちのための軍備」と認識されるか分からない。

平八郎は事を急ぐ必要があると覚った。

三

一月二十七日、河合郷左衛門が「お会いしたい」というので書斎に来るよう伝えると、蒼白な顔で河合が入ってきた。

「河合殿、此度の大筒の車台手配、まことに大儀」

河合は、車台三基を石材運搬用と称して購入してくれた。車台は、人力で持ち運べない百目筒のような大鉄砲には必須のものだった。

「ああ、はい」

しかし河合の歯切れが悪い。

「いかがいたした。何か困ったことや、うまくいかないことがあれば、遠慮なく申し述べよ」

「ありがとうございます。実は――」

河合が口ごもる。その額には汗が浮かび、平八郎と視線を合わせようとしない。

――まさか、河合が臆したのか。いや、そんなことはあるまい。

平八郎が平静を装いつつ問う。

「もしや決意が鈍ったのか」

ようやく河合が重い口を開く。

「実は、そうなのです」

「そなたが、か――」

平八郎が天を仰ぐ。

河合は平八郎に忠実な門人の一人だった。その河合が怖気(おじけ)づくとは思いもしなかった。

「申し訳ありません。私には十八歳を筆頭に三人の息子がおります。先生もご存じの通り、長男の八十次郎(やそじろう)は先生の門人です。次男は他家に養子にやりましたが、二人とも元服しており何の心配もいりません。しかし――」

「やはり謹之助(きんのすけ)が心配か」

河合の三男の謹之助は先天性白皮症で、弱視の上に蒲柳の質だった。そのため河合は按摩にしようとしたが、本人は学者を志し、夜も薄暗い灯明の下で勉強していると聞いていた。

「私と八十次郎が死ぬのは覚悟の上ですが、謹之助は入牢すれば、三月と生きていられないでしょう。それゆえ謹之助のことを思うと不憫で不憫で――」

河合が泣き崩れる。

「そなたの気持ちも分からんでもない。しかし――」

平八郎が強い声音で言う。

「それなら、なぜ一月八日に『身を引きたい』と申さなかったのだ。すでにそなたは同志として、すべての密事にかかわっている」

「申し訳ありません」

「では、八十次郎はどうする」

「八十次郎とも話し合いましたが、ここで袂を分かつわけにもいかず、私に従うことで納得させました」

平八郎が天を仰ぐ。

「だが事後に取り調べがあれば、われらの企てを知りながら、そなたはお上に知らせなかったことになる。そうなれば同罪だぞ」

「分かっております。しかし私は密告などいたしません」

「さようなことはあるまい」

「いや、何があろうと、密告者にだけはなりません」

平八郎がため息をつきつつ言う。

「では、八十次郎と謹之助を連れて大坂から出奔せい」

「大坂からですか。しかし行くあてはありません」

「それをわしに言うか！」

遂に平八郎も切れた。

「そなたの身勝手から、われらの一挙は危機に瀕している。せめてわれらの一挙が終わるまで、高野山（こうやさん）かどこかに身を隠すのが筋ではないか！」

しばし嗚咽していた河合が言う。

「承知しました」

「必ず身を隠しておるのだぞ」

平八郎が懐に入れていた銭袋を投げる。河合は同心の上、三人の子を育て上げたので、懐が寂しいと聞いていたからだ。

「はっ、はい。このお情けは忘れません」

河合が銭袋を捧げ持つようにして拝礼する。

「もうよい。一刻も早くわしの目の前から消えてくれ」

その言葉によって弾かれたように立ち上がった河合は、何度も頭を下げつつ、逃げるようにして出ていった。

――河合は正直に告白してくれたからよかったものの、思い余って奉行所に駆け込む者も出てくるやもしれぬ。

「大井！　大井はおるか」

奥に向かって声を掛けると、裏で薪割りをしていた大井正一郎が駆けつけてきた。

大井は玉造口与力の大井伝次兵衛の倅で二十三歳。幼い頃から有名な乱暴者で、二年前に坂本鉉之助の紹介で洗心洞に入塾した。だが昨年、塾からの帰途に泥酔し、人を傷つけたことから、親から「久離（勘当）」とされた。そのため平八郎は洗心洞に寄宿させていた。住み込みの者たちを帰宅させた折も、大井だけは洗心洞に住まわせ、雑用全般を担わせていた。それ以来、大井は平八郎に恩を感じたのか、ひと時も離れず用心棒のような役割を担っていた。

「はっ」と言って大井が平伏する。

「河合郷左衛門について頼みがある」

平八郎が事情を簡単に説明する。

「斬りますか」

「斬ってはならぬ。河合の跡をつけ、出奔するかどうかを見極めろ」

「承知しました」と言ってうなずいた大井が、すぐに支度をして出ていった。

――やはり離反者を出してしまったか。

これで蜂起の時期を早めねばならなくなった。

河合はこの後、謹之助を連れて出奔し、密告もしなかった。だが、いかなる経緯か知る由もないが、八十次郎は行を共にせず、大坂市中に潜伏することになる。

四

二月二日、西町奉行の堀伊賀守利堅が大坂にやってきた。昨年十一月に決まっていた人事だが、病気療養を理由に赴任が遅れたのだ。新任の奉行は先任の奉行、すなわち東町奉行の跡部山城守良弼の案内で、北組、南組、天満組と順繰りに市中を巡回する予定となっている。その経路も決まっていて、天満組では堂島の米市場、天満の青物市場、天満宮、惣会所と回り、迎方与力の屋敷で休息することになっていた。

堀が天満を巡回するのは二月十九日で、此度の迎方与力となる朝岡助之丞宅へ入るのが申の刻（午後三時から五時頃）となる。朝岡邸は洗心洞とは南北道を隔てて向かいになるため、大鉄砲を撃ち込むには絶好の位置にある。

これを知った平八郎は、挙兵を同日に決めた。まず二人の町奉行を挙兵の血祭りに上げ、その勢いで富商の店が建ち並ぶ天満一帯を襲おうというのだ。この時、付近への放火も行うことにした。放火は民に迷惑だが、鎮圧部隊が現れるまでに金銀米穀を運び出す時間を稼ぐには、そうするしかない。

これにより蜂起の日時が固まり、平八郎は集めてきた蔵書すべてを書林河内屋に売り払った。珍本奇籍が多かったこともあり、その総額は六百二十両に達した。この金を平八郎は施行にあてた。すなわち大坂市中の一万軒に各金一朱（現代価値で約三千百二十五円）を施行しようというのだ。これは尋常ではない施行額だった。

施行引札の配布は、弟子たちが各地に散り、庄屋や大百姓といった村ごとの代表にまとめて託すという方法を取った。その時、「大坂で変事があったと聞いたら農民を引き連れてくるように」と言い添えるのを忘れなかった。

しかしこれだけ大規模な施行が奉行所の耳に入らないわけがない。跡部が早速、「奉行所に届け出があってしかるべし」と警告してきた。跡部からの接触だったので平八郎は喜び、「諸人難渋の時節、聖賢の道を学び、窮民を救おうにも力及ばず、所持の書籍を売り払い、個人の資格で施行したもの。自分は隠居の身ゆえ、届け出るに及ばずと思ったものの、このような咎めを受けた上は中止すべきか伺いたい」と問うたところ、「予告した施行を中止しては混乱も生じよう。後一日なら行うべし」という返事があった。だが「お会いしたい」という平八郎の返信は黙殺され、跡部との連絡は途絶えた。しかし平八郎は、もはや跡部にしつこく面談をせがむようなことはしなかった。すでに後には引けないところまで来ていたからだ。

続いて平八郎は、格之助の妻のみねと生後二月（ふたつき）の弓太郎を知人に預けた。本来なら、みねの実父の橋本忠兵衛に預けるのだが、忠兵衛自身が一挙に加わっているので、そうもいかなかったからだ。

昨年の十二月に生まれた格之助の長男には、健やかに育ってほしいという願いを込めて、弓太郎という名が付けられていた。

かくして洗心洞に所狭しと並べられていた蔵書はなくなり、格之助の妻子もいなくなったことで、平八郎の決意は揺るぎないものになった。

そして平八郎は天を衝くような勢いで檄文を書き上げた。その書き出しを要約すると、「四海（日本全土の意）の困窮が続けば、天の恩恵（自然の恵み）も長く絶たれ、小人に国家を治めさせ続ければ、災害が連続するだろう。かつて聖人たちは天下人（家康のこと）の後継者たる為政者たちに戒めの言葉を残した。それゆえかの東照神君・家康公も弱者を憐れむことが仁政の基本という言葉を残したのだ」となる。その後には悲憤慷慨が続くが、平八郎が家康を信奉していることから、江戸幕府転覆を起こそうとしているのではなく、体制を温存したまま、改革ないしは原点回帰してほしいという切なる願いが伝わってくる。

平八郎はこの檄文の板摺りを行わせた。だが板摺りは職人の腕を借りねばならないので、版木師を呼んだ。そのため版木師に檄文の内容を知られないようにすべく、行ごとに並べたものを横に連ねて彫らせ、出来上がったものを植字板に綴(つづ)り合せるという手間をかけた。

刷り上がった檄文は黄絹の袋に納められ、厳重に管理された。そして挙兵の当日に、関係者が畿内各地の郷村に配布することになった。そこには檄文のほかに、「大坂天満出火の際、急いで平八郎屋敷に駆けつけよ」と書かれていた。

二月十七日の夜、平八郎は格之助と二人で夕餉を取っていた。

「格之助、妻子との別れを惜しんできたか」

この日、格之助は妻子に別れを告げるべく、二人を預けてある知人宅に行ってきた。

「はい。これが最後とは言いませんでしたが、みねは分かったようで、目に涙を浮かべておりました」

「未練はあるか」

「義父上」と言って格之助が箸を擱く。

「それがしとて人です。『未練がない』とは言いません」

「そうか。では未練を断ち切ることができなかったのだな」

「当然です。それがしの罪により、みねと弓太郎は捕縛されるでしょう。そうなれば、どれほどの苦難が待ち受けているか――」

格之助が嗚咽を堪える。

「われらはさような人の情を乗り越え、大義に殉じるのだ。これほど崇高な死はない」

「義父上は常人ではありません。だから、それでよいかもしれません。しかし私や妻子は常人です。人として当たり前の喜びを感じながら、年を重ねていきたいのです」

養子として大塩家に入って以来、格之助が初めて反発した。

「そうか。決意が揺らいでおるのだな」

「初めから揺らいでおります。ただほかの方法を考えられず、また日限までに跡部様が翻意しなかったことで、義父上との約束を果たさねばならぬという義務感から、ここまで来ました」

「さような考えでは、そなたは太虚に達せられぬ」

「それでも構いません」

平八郎が癇癪を爆発させる。

「この大馬鹿者が！　そなたは曲がりなりにも大塩平八郎の跡取りなのだぞ。さような恥ずかしきことを、よく平気で言えるな」

「義父上」と言って格之助が嗚咽を堪えつつ言う。

「皆も私と同じ気持ちです。ここまでずるずると来てしまいましたが、よく考えれば、成功してもわれらには死しかなく、これほど無駄な一挙はありません」

「無駄ではない。富商どもの蔵をこじ開け、飢えた者たちに米や財貨を分け与えるのだ。われらの死が、どれほど多くの者たちを救えるか分からぬ」

「しかし義父上は火を使うつもりですね。火を使えば民の住む家も焼かれます」

「いや、風の強さや風向きを考慮して付け火するので、焼かれるのは奸商の屋敷だけだ」

「火付けなどというものが、さようにうまく行くはずがありません。だいいち火が強ければ、われらの蜂起に参じた民たちも、富商の屋敷内に入れません」

平八郎も前々から、それを危惧していた。

「やってみなければ分からぬ」

「いかにも、その通りです。だからここで論じても仕方ないことです。それよりも大切なのは、公儀の縁座制により、一挙に加わった者たちの妻子眷属まで罰せられることです」

「皆、その覚悟はできている」

「何を仰せですか。皆はそうでも、妻子眷属は一挙のことを全く知りません。それが突然、主人が謀反人とされ、自らは入牢させられるのです。これほど理不尽なことはありません」

「格之助、それはわしにも分かる。だが、そうした雑念を乗り越えた先に太虚があるのだ」

「義父上の太虚とは何ですか。太虚は、こうした無謀な行動でしかたどり着けないものではないはずです。自らを律し、学問を修めることでたどり着けるものではなかったのですか」

「それは世が泰平ならばこそだ。これほどの地獄では行動あるのみ！」

「さようなことはありません。別の方法によって民を救うのです」

「別の方法だと。それを誰がわしに提案した！」

平八郎は代替案があれば、聞く耳を持つつもりでいた。だが誰一人として代替案を出してくる者はいなかった。

「だからといって、焼き打ちなどという極端なことをしなくても――」

「そなたはいったん合意した。それを覆すというのか」

怒りと情けなさで、平八郎は胸が張り裂けそうだった。

「そうは申しておりません。ただ、しばし思いとどまってほしいのです」

「もはや猶予はない。思いとどまれば、必ずここに踏み込まれる。さすれば同じことだ」

大塩邸では日夜、棒火矢や弾丸の鋳造が行われているのだ。周囲は与力の屋敷ばかりなので、それが知られないわけがない。つまり明日にも踏み込まれるかもしれないのだ。

「同じではありません。まずはこれらの武具をほかに移し――」

「それは別の話だ。今、論じているのは、そなたが一挙に加わるのか加わらないかだ！」

格之助は深くため息をつく。

「私は義父上の子となった時から、何があっても義父上に付き従うと決めていました」

「つまり共に起つのだな」

「起ちます」

「それを聞いて安堵した」

もし格之助が離脱することになったら、平八郎の面目は丸つぶれとなり、脱落者が相次ぐところだった。

「しかし義父上、これだけの大事を成すのです。もし加われないという者が出てきた時は、見逃してやってはいただけませんか」

「分かった。実は――」

河合の件を話すと、格之助が「よかった」と言って涙ぐんだ。

「河合殿は密告などしないでしょう。これでよかったのです」

「格之助――」

平八郎が思い切るように言った。

「そなたを養子にしてよかった」

「過分なお言葉、ありがとうございます」

格之助が畳に額を擦り付けた。

ところが十七日の夜、平八郎たちの全く知らないところで事態は進展していた。

塾というのは人の出入りが激しい。長く通う者もいれば、様々な理由で足が遠のく者もいる。そうした中の一人に平山助次郎がいた。平山はかつて熱心に洗心洞に通っていたが、ここ一、二年は遠ざかっていた。しかも昨年正月、平山は町目付となった。町目付は同僚の与力や同心の勤務ぶりを調べたり、市中の風聞を収集したり、また奉行から内々の用件などを申し付けられたりする、いわば町奉行の隠密的存在だった。

平山は大塩一党に不穏な動きがあると感じていたが、かつては自ら平八郎を師と崇めていたことから、見て見ぬふりをしていた。むろん挙兵などという大それたことをするとは思ってもいなかった。

ところがある日、渡辺良左衛門がやってきて「先生の命により聞くが、一朝事ある時は、共に起ってくれるか」と問うてきた。だが何をするかまでは教えてくれない。その時は「覚悟がある」と答えておいたが、ほかの門人と会った時も、しつこく覚悟を聞かれる。そのたびに「駆けつける」と返答したが、どうやら、とてつもない大事を起こそうとしていると分かった。

平山としては、平八郎本人から呼び出され、肚を割って説得されれば話は別だが、その内容も知らされず、ただ覚悟を聞かれることに腹立たしい思いを抱いていた。それゆえ二月十六日、自ら平八郎の許を訪れ、何をしようとしているのか問うた。

この時、ようやく平八郎の挙兵計画を明かされた平山は度肝を抜かれたが、その場で参加を表明し、署名血判した。だが本心は迷っていた。というのも計画を明かされたのが決行の三日前ということと、町目付という職に就いているからだ。

丸一日迷った末、十七日の夜、平山はすべてを跡部に打ち明けた。これに驚いた跡部は、すぐに平山を江戸に向かわせ、勘定奉行の矢部駿河守に訴え出るよう命じた。

後の話になるが、大井川の大水などで遅れに遅れた平山は二十九日に江戸に着いた。しかし早飛脚が先着しており、矢部はすべてを知っていた。その後、迷って報告が遅れたことを咎められた平山は、役を解かれて房州勝山藩預かりとなった。だが翌年六月、軟禁状態の間隙を縫って自害して果てた。かつての仲間に対して申し訳なく思ってのことか、将来を絶望してのことかは判然としない。

また二月十八日、吉見九郎右衛門の使いがやってきて「病のため一挙に参加できず」と伝えてきた。元々、一挙に批判的だった吉見だ。しかもここ数日は洗心洞に顔を見せず、使いをやっても病を理由に家に引き籠もっていた。「さもありなん」と思った平八郎は、「心ゆるゆる保養専一」と書いた書付を使いの者に渡した。邸内に籠もる吉見を無理に引っ立ててくれば、ひと騒動になる。殺そうなどとすればなおさら大騒ぎだ。この場は穏当にやり過ごすしかないという判断だった。

ところが準備万端調った十九日の早朝、全く予期しないことが起こった。

五

天保八年二月十九日の夜が明けた。空は快晴で陽光が降り注ぎ、春爛漫という言葉がぴったりの一日が始まろうとしていた。洗心洞の狭い庭にも春の息吹が満ち溢れ、死出の旅に出るには申し分のない日和(ひより)となっていた。

鶏鳴(けいめい)を聞きつつ、平八郎は筆を執っていた。

——よし、これでよい。

書き終わったものを読み返した平八郎は、大きくうなずくと、書状を折って宛名を書いた。

その時、廊下をやってくる複数の足音が聞こえた。怒号らしきものも聞こえてくるので、揉み合いになっているようだ。

「手を放せ！」

「先生は多忙だ。後にしろ！」

一人は大井正一郎だと分かった。

——もう一人は誰だ。あの声はまさか！

次の瞬間、「ご無礼仕る！」という声と共に襖が開けられた。そこにいたのは、宇津木靖と背後から押しとどめようとする大井だった。

「先生、これはいかなることですか！」

「宇津木か――。まずは落ち着け」

「これが落ち着いていられますか！」

「此奴、下がれ！」

大井が力ずくで宇津木を下がらせようとする。

「大井、もうよい。そなたが下がっておれ」

「しかし――」

「よいから、ここはわしに任せろ」

大井が襖を閉めて去っていった。

一方、部屋に身を入れた宇津木は落ち着きを取り戻し、平八郎の対面に座した。

「先生、いったいどうしたのですか！」

かつて人で溢れていた洗心洞が、今ではがらんとしており、一部の部屋には武具や武器が並べられている。それを見れば、これから何が行われようとしているかは一目瞭然だった。

だが平八郎は、あえて平然として問うた。

「いつ長崎から戻った」

「一昨日です。遅くなったので彦根藩邸に一泊させてもらい、本日一番で先生に挨拶に参りました。それでこの有様を知ったのです」

「もうよい」

「もうよいとはどういうことですか。この有様を見て黙っている者がいるでしょうか」

平八郎は腕組みし、瞑目した。

——これでは、とても宇津木を説得できない。

幸か不幸か、宇津木は長崎遊学を終え、一昨日大坂に着いてしまった。いかに一番弟子の一人とはいえ、これまでの経緯を知らない宇津木を、これから説得して一味に加えるのは至難の業に思える。

かつて平八郎は、宇津木の長崎遊学を喜び、国光の刀と金十両を餞別として贈った。それだけ平八郎は宇津木の才を愛し、将来を嘱望していた。ある意味、己の志を宇津木に託したいとさえ思っていた。

——しかし天は、宇津木をここに遣わしたというわけか。

すなわち天意を推し量れば、「蜂起を思いとどまれ」となるのだろう。

「宇津木、まずは聞け」

「何を聞くというのです！」

「そなたの推察の通りだ。しかし、もはや後には引けないのだ」

「何をやろうというのですか。まずは、そこからお聞かせ下さい」

「聞いたら一挙に加わらねばならぬぞ」

「やはりそうでしたか。しかし私が加わらぬと言ったら——」

——どうする。

平八郎は追い込まれた。だが一挙は今日なのだ。すでに触れ状は回されており、夜が明ければ、こちらに向かってくる者もいる。

——宇津木の言に従い、思いとどまったところで、一網打尽にされるのは間違いない。

だが宇津木の到着が何日か早く、宇津木が言葉を尽くして平八郎を説得したところで、平八郎の決意は揺るがなかったに違いない。

「そなたが加わらぬなら、そなたを殺すしかなくなる」

宇津木の顔色が変わる。

「私を殺すと仰せか。よほどのことをしようというのですな。先生がその覚悟なら、私にお考えを洗いざらいお話し下さい」

「いいだろう」

平八郎が計画の全容を語る。それを聞く宇津木の顔が、みるみる青ざめていく。

「——ということだ。もはや後戻りはできぬ」

「先生は変わられた。否、正気ではない」

「わしは正気だ。生まれてからずっと正気だ。正気でないのは公儀の為政者たちだ」

「その気持ちは分かります。しかし先生は民を救うために、『万物一体の仁』をなすのではなかったのですか」

陽明学者たちの唱える「万物一体の仁」とは、すべての人間の価値は同等で、自分を大切にするように他者も大切にせねばならないという教えだ。こうした一種の万人平等思想は、堅固な身分制度を基本とする幕府の最も嫌うことで、それが陽明学を排斥する理由になっていた。

「そうだ。これは公儀を目覚めさせる義挙で、われらが犠牲となり、公儀に『万物一体の仁』をなさしむるのだ」

「商人から富を奪い、民の住処を兵火で焼くことが、先生の『万物一体の仁』なのですか！」

「いかにも多少の犠牲はあるやもしれん。しかしそこまでやらぬと、公儀は目覚めない」

「そうでしょうか。まっとうに生きる者たちを犠牲にするような『万物一体の仁』など、王陽明先生はお認めにならぬはず！」

「此奴、詭弁を申すか！」

敬愛する王陽明の名を宇津木が出したことで、平八郎も激してきた。

「詭弁ではありません。陽明学の教えに背くことは、これまでの先生の歩んできた道を否定することにつながるのですぞ！」

「いいや、違う。わしは――」

平八郎が言葉に詰まる。宇津木の言っていることが正しいと覚ったのだ。

「先生のお気持ちも分かります」

宇津木の瞳は涙に濡れていた。

「私が帰るのが、もう一月、いや半月でも早かったらよかったのです。しかし天は直前に私を遣わした。これこそ先生を押しとどめ、共に『万物一体の仁』をなせという示唆なのです」

「何を言おうと、もはや手遅れだ」

「蜂起の趣旨に同意した者たちが、こちらに向かっているというのですね。今からここにいる門人たちを走らせ、道を引き返させれば罪には問われません」

「われらはもう後には引けん。わし一個の命は構わぬが、門人たちに合わせる顔がない」

「それは分かっています。それなら皆で奉行所まで赴き、その前で腹を切りましょう。言うまでもなく――」

宇津木の顔に決意の色が浮かぶ。

「私もお供させていただきます」

「さようなことで動かされるような公儀ではない」

「分かっています。しかしそれほどの思いで、われらが命を絶ったことが民に伝われば、その思いを引き継ぎ、世の中を少しでもよくしたいと思う者も出てきます。決して無駄死にではありません」

平八郎の心の内は揺れていた。確かに宇津木の言う通りにすれば、農民たちにまで累が及ぶことはないだろう。だが平八郎たちが腹を切ったところで、幕府が何もしないのは明らかで、農民たちの苦しみは続くだけだ。

「残念だが、さようなことをしても、無駄死ににしかならぬ」

平八郎の心には、いくら動かそうとしても動かない公儀に対する徒労感ばかりがあった。

「先生、『志士仁人（じんじん）は生を求めて以て仁を害するなし』というお言葉を覚えておいでですか」

「もちろんだ」

これは『論語』にある言葉で、「自分の生存のために、仁慈の気持ちに背くようなことを志士や仁者はしない」という謂になる。

「今の先生は自らの生を納得あるものとすべく、多くの人を巻き込もうとしています。これこそ仁を害していることになりませんか」

「わしは生を求めていない。もはや死あるのみだ」

「それは分かっています。しかし自らの生涯を飾るような死を遂げたいがために、仁を失っていると思います」

「そうではない。仁の本性を極めるために起つのだ！」

宇津木が俯いて首を左右に振る。

「もはや何を言っても無駄のようですね」

「ああ、わしの決意は変わらぬ。ここでそなたに説得されて蜂起をためらえば、多くの門人たちに『大塩とはその程度の者だったのだ』と思われる」

「それがいけないのです！」

宇津木の声が高まる。

「皆が離れていこうと、皆に後ろ指を指されようと構わぬではありませんか。奉行所の前で腹を切れば、誰も陰口など叩きません。『大塩先生は仁をなすために生き、そして死んでいった』と言います」

「そなたの言いたいことは分かった。そなたと分かり合えず無念だ」

「では、斬りますか」

「斬らねばどうする」

「ここを出て奉行所に赴き、此度の暴挙を伝えます。さすれば大坂は焼かれずに済みます」

「今、暴挙と申したな」

「申しました。暴挙と呼ばずして何と呼べばよいのでしょう」

「分かった」

平八郎は半身になると、床の間に置いていた刀を取った。

「死を賜るのですね」

「そうだ」

「いいでしょう。しかし私にも親類縁者や知己がおります。しばしの時をいただければ、郷里の兄に遺言を書き、その後に自裁します」

兄とは、彦根藩家老の宇津木下総のことだ。

「致し方ない。その暇をやろう」

平八郎は大井を呼ぶと、宇津木のために別室を用意させた。

宇津木が別室に去ると、平八郎は大井に耳打ちした。

「もはや猶予はない。宇津木が遺書を書いたら討ち取れ」

「よろしいので」

「ああ、致し方ない」

断腸の思いを押し殺し、平八郎は命じた。

やがて宇津木が部屋を出て厠に立った。切腹の直前に厠に立つのは、切腹した時に見苦しいものを出さないための武士の心得だ。そして念入りに手を洗うのは、身を清める潔斎の意味がある。

宇津木が厠を出て手水鉢（ちょうずばち）で手を洗っているところに、背後から大井が声を掛けた。

「宇津木殿、覚悟はよろしいか」

宇津木が振り向くと、大井は槍を構えていた。

「切腹ではないのか」

「わしは先生から命じられたことを行うのみ」

「分かった」と言うや、宇津木は縁側に座して腹をくつろげた。

「覚悟はよいか！」

「もとより！」

凄まじい気合と共に大井の槍が、宇津木の心の臓のあたりを貫く。その正確な一撃に、宇津木は声もなく倒れた。

平八郎は、この一部始終を居室で聞いていた。

——宇津木よ、見事な最期だった。

その後、宇津木の遺書は同行してきていた従者に託され、兄の許に届けられることになる。

宇津木靖、享年二十九。

天下に隠れなき有為の材として、表舞台に出る前の無念の死だった。

六

六つ半（午前七時頃）になろうとする頃、宇津木の遺骸を室内に運ばせていると、表口が騒がしくなってきた。

「何事だ」と問いながら平八郎が表口に出てみると、そこに立っていたのは一人の尼だった。

「そなたは――」

「ご無沙汰いたしております」

ゆうが腰を折って挨拶する。

「どういうことだ」

「あなた様が事を起こすと忠兵衛様から聞き、居てもたってもいられなくなり、駆けつけてまいりました」

どうやら蜂起のことを、橋本忠兵衛から聞いたらしい。

「まずは入れ」

そう言って平八郎は、ゆうを自室に招き入れた。その途中で宇津木の寝かされている部屋の前を通ったが、ゆうは一瞥すると手を合わせただけで、何も聞かずについてきた。

自室に通した平八郎は、何と言ってよいか分からなかった。

「かような場所に来るとは、どういうつもりだ」

「連座のことをご心配ですね。覚悟の上です。それゆえ寺には還俗（げんぞく）するという書付を残してきました。かような姿なのは、ほかに着るものがないからです」

「しかし還俗してしまえば、そなたを守るものは何もないのだぞ」

尼のままなら、いかようにも言い逃れはできる。しかし還俗してしまえば、平八郎の妾という身分に戻ったと解釈され、獄に入れられる可能性が高い。

「もはや入牢と獄死は覚悟の上です。私はあなた様の妻、いや妾として死にたいのです」

「そなた、気は確かか」

「はい。以前から忠兵衛様には、ほとぼりが冷めたら還俗し、もう一度あなた様の妾になりたいと申し入れていました。それで忠兵衛様は此度のことを明かしてくれたのですが、それはあくまで最期の別れのため。まさか本気で還俗し、妾に戻るとは思ってもみなかったはずです」

忠兵衛は般若寺村の人々を集め、今頃、こちらに向かっているはずだ。

「しかし蜂起は今日の午後だ。名残を惜しむ暇さえない」

「分かっております。私はあなた様の家を守っています」

「いや、出陣の折には、ここも焼くつもりだ」

「そうでしたか。ではここに立ち、捕吏が来るのを待たせていただきます」

さすがの平八郎も、ゆうの一途さに心打たれるものがあった。

「分かった。そこまで覚悟しているなら何も言うまい。そなたはそなたの筋を通せ」

「ありがとうございます」

その時、再び表口が騒がしくなった。

「先生、瀬田殿が駆けつけてきました」

「済之助が――」

瀬田済之助には、東町奉行所の動きを摑むべく、昨夜から今朝にかけて、泊番で奉行所に詰めさせていた。

「よし、分かった」と答えるや、平八郎が表口に向かおうとすると、廊下の向こうから済之助が血相を変えて走ってきた。

「たいへんです！」

「どうした」

「一挙が発覚しました！」

「何だと。それは真か！」

「はい。今朝になり訴え出る者があり――」

済之助の話は以下のようなものだった。

明け方、吉見九郎右衛門の意を受けた倅の英太郎と河合郷左衛門の倅の八十次郎が、奉行所に訴え出た。しかも平八郎の書いた檄文を証拠として提出したので、いよいよ挙兵が事実と判明した。その檄文は、板摺りの作業の最中に河合八十次郎が盗んだものだった。

その訴状の中に、一味として瀬田済之助と小泉淵次郎の名があった。

奉行所では「すわ、一大事！」となり、跡部は済之助と淵次郎の二人を御用談の間へと呼び出した。この間に入るには、室内でも手挟んでいる脇差を預けなければならない。そこで二人はそろって御用談の間に向かうと、その前で待つ同心に脇差を預けた。

ところが話が長くなるかもしれないので、済之助は厠に寄ることにし、淵次郎は先に御用談の間に入った。そこで待ち伏せていた者たちが淵次郎に斬りかかったことから大騒ぎになった。これを厠で聞いた済之助は逃げ出したが、その時、跡部の「やむをえん、斬れ」という言葉が耳に入ったので、淵次郎は斬り伏せられたに違いないという。

「淵次郎が斬られたか」

淵次郎はいまだ十八歳の青年だ。

「はい。まずは間違いないと――」

「だとすると、もはや猶予はないな」

事態は突然動き出した。

――夕方まで待っていれば、ここを急襲される恐れがある。もはや行動あるのみ！

平八郎の立てた作戦計画は以下のようになる。

二月二日に西町奉行として新たに堀伊賀守利堅が赴任してきた。赴任したばかりの町奉行は、すでに着任している迎方奉行と共に、最初に北組、二度目に南組、三度目に天満組と決められた順序で市中を巡回し、夕刻に迎方奉行の部下にあたる与力宅で休息するのが慣例となっている。今回の迎方奉行は東町奉行の跡部山城守良弼で、十九日の三度目の巡回に休息所を提供する与力は朝岡助之丞になる。

実は、朝岡が表沙汰にならない様々な不正を働いていたことを平八郎は突き止めており、この機会に朝岡も討ち取ろうと思っていた。

また仇敵の内山彦次郎を何としても討ち取りたいと思っていたが、あいにく内山は江戸に送るための米を兵庫に買い付けに行っており、大坂を不在にしていた。

そこで平八郎は、二人の町奉行が朝岡宅に入ったところで襲撃し、両町奉行と朝岡を討ち取り、その勢いで大川を南へと渡り、富商たちの店や屋敷が密集する船場方面を焼き打ちするつもりでいた。その頃になれば日が落ちており、奉行所は混乱して後手に回るからだ。

「先生、いかがいたしますか」

瀬田済之助が詰め寄る。その背後には、続々と集まってきた者たちも含め、五十人ばかりの視線が平八郎に注がれている。

「致し方ない。跡部らを討ち取ることが叶わなくなったが、われらは私怨から蜂起するわけではない。正々堂々と行軍し、われらの志を世に問おう」

「おう！」

皆が賛意を示す。

「よし、出陣の支度をせい！」

「おう！」

「畿内各地に走り、この一挙に賛同した者たちに、すぐに集まるよう伝えよ！」

それぞれの村ごとに触頭は決まっているので、その言葉を聞いた者たちが洗心洞から駆け出していく。

「残っている者は聞け！」

「はっ」と答えて、皆が縁に立つ平八郎の許に集まった。

「当初は今夕に挙兵するつもりだったが、無念ながら奉行所に知られたようだ。まだ頭数もそろっておらぬが、支度が出来次第、出陣する！」

「先生、やりましょう！」

「必ず成功します！」

皆は口々に叫び、勇んで出陣の支度に掛かった。


一方、跡部は迷っていた。このまま東町奉行所の与力や同心で天満の洗心洞に向かえば、その隙を突かれて東町奉行所を襲われる心配がある。それゆえ跡部は鎮定よりも奉行所の守りに専念するという断を下す。

この判断が間違っていたのは明らかで、騒ぎを最小限にとどめるには洗心洞を襲撃するのが一番だ。しかし跡部も与力や同心たちも、泰平の世を生きてきた者たちだ。命を懸けて戦う恐怖には勝てない。しかも奉行所を守るという建て前なら、幕閣から卑怯のそしりを受けることもない。

だが何も手を打たないでは、責を問われる。そのため跡部は大坂城代配下の鉄砲奉行から合計四十名の鉄砲同心を借り、また玉造口定番の遠藤但馬守(えんどうたじまのかみ)に加勢を頼んだ。この時の玉造口月番同心支配（担当者）は坂本鉉之助だった。

これを聞いた鉉之助は、三十名余の同心を引き連れ、東町奉行所へと向かった。

七

出陣の支度をしていると、畿内各地から続々と同志が集まってきた。男たちは肩を叩き合い、互いに励まし合い、中には「よくぞ来てくれた」と言って涙する者もいた。

――皆、先がないのを分かっているのだ。

この一挙が死を覚悟してのものなのは明らかだ。成算も勝算もない。ただあるのは、やむにやまれぬ情熱だけだ。

「平八郎様、格之助様、これを」

ゆうが真新しい装束一式を用意してくれた。

「これは――」

「晴れの門出です。私が貯めた銭で買いました」

「そうだったのか」

平八郎は着の身着のままで行くつもりだった。流れ弾に当たれば、それまでのことだからだ。しかしゆうは、まっさらの下帯から、鎖帷子（くさりかたびら）や手甲脚絆まで用意してくれていた。

格之助も頭を下げる。

「義母上（ははうえ）、ありがとうございます」

「義母上と呼んでくださるのですね」

「これまで、どうしてもそう呼べず、申し訳ありませんでした」

「よいのです。私には子がいなかったので、最後に息子を持ててよかったです。ありがとう」

二人のやり取りは、平八郎にとってもうれしいものだった。血のつながりのない三人だが、間違いなく一つ屋根の下に暮らす家族だったのだ。

——大切なのは血のつながりではない。心のつながりだ。

平八郎は常人のような喜びを感じた。

ゆうが平八郎に向き直る。

「お二人は奥の間で着替えて下さい」

「そうだな。気遣いすまぬ」

装束一式を抱え、二人が奥の間に入った。

「いよいよだな」

まっさらな下帯を巻きながら、平八郎が格之助に語り掛ける。

「はい。後は、われらのなすべきことをなすのみです」

「その意気だ。きっと天は見ていてくれる」

「義父上」と格之助が改まる。

「この一挙によって、われらは良知に至れるでしょうか」

その言葉は、格之助が最後まで平八郎を信奉している証しだった。

「至れる。われらは陽明学の最も重んじる行動そのものを起こすのだ。これにより良知に至り、われらの生は成就する」

己に言い聞かせるように、平八郎が言った。

最後に両刀を手挟むと、白木綿の鉢巻きを締め、二人は皆の待つ庭へと向かおうとした。

その時、奥の間の縁に、ゆうが控えているのが目に入った。

「ゆう、わしの晴れ姿を見てくれ」

「立派なお姿です」

ゆうの瞳は、涙が溢れんばかりになっていた。

「そなたには辛い思いばかりさせてしまった。今更だが――、すまなかった」

「何を仰せですか。ゆうは果報者でございます」

「そう言ってくれるか」

「はい。たとえ短い間でも、あなた様にお仕えすることができ、ゆうはうれしゅうございました。次は冥府でお仕えしたいと思っています」

「そうだな。冥府で会おう。その前に一つだけ、わが願いを聞いてくれるか」

「はい。何なりと」

「すでに忠兵衛に頼み、格之助の妻子を伊丹（いたみ）の紙屋幸五郎方に匿（かくま）ってもらっている。そなたもそこに行き、共に子らのめんどうを見てほしいのだ」

格之助の妻子眷属とは、妻のみね、息子の弓太郎、養女いく、下女りつの四人になる。

「しかし――」

ゆうには死の覚悟ができていたのだろう。その顔に迷いの色が浮かんだ。

「義母上――」と言って格之助が膝をつく。

「わが妻は体が弱く、子二人のめんどうを見きれません。どうかみねを支えて下さい」

平八郎も口添えする。

「ゆう、どうか頼む」

しばしの逡巡の後、ゆうが首を縦に振った。

「分かりました。子らの行く末を確かめた末、みねさんと共に出頭いたします」

「それでよい」

「お世話になりました」

「わしの方こそ――」

「いってらっしゃいませ。ご武運をお祈りしています」

――さらばだ。これまでありがとう。

平八郎は視線でそう返すと、正面に向き直った。そこには、出陣支度の整った者たちが待っていた。

「皆、そろっておるか！」

平八郎の高らかな声が聞こえると、洗心洞の庭に集まった門人たちの顔が引き締まった。その総数は百人余に達しており、入れなかった者たちが外に溢れていた。

「これから出陣する。まずわが屋敷に火をかける」

不退転の覚悟で出陣する時、屋敷に火をかけるのは、鎌倉時代以来の武家作法の一つだ。

用意していた松明(たいまつ)に油を染み込ませると、次々と点火されていく。それを持った門人たちが邸内の各所に散る。

あらかじめ外しておいた「洗心洞」の扁額を、格之助が運んできた。

「義父上、よろしいか」

「もちろんだ」

格之助が扁額を縁に立て掛ける。すでに室内からは黒煙が上がり始めている。

「これまで、われらの学問を育んでいただき、ありがとうございました」

平八郎が屋敷と扁額に向かって頭を下げると、門人たちもそれに倣った。

続いて一行は塀を引き倒すと、燃え盛る洗心洞を背にし、一斉に外に出た。その時、格之助が袱紗に包まれた何かを差し出した。

「これは――」

袱紗を除けると、黒漆に金箔で「天下泰平」と大書された軍配が姿を現した。

「軍配です」

「かようなものまで用意してくれたのか。すまぬな」

「いえ、これは大塩家の蔵にあったものです。由緒は分かりませんが、このような時のために出しやすい場所に置いておきました」

「そうだったのか」

平八郎は大塩家に軍配があるとは知らなかった。しかもそこには「天下泰平」という文字が書かれていた。格之助は蔵の掃除をした際、捨てずに取っておいたのだ。

「格之助、朝岡の家人には退去するよう伝えたな」

「はい。家人たちを追い立てた後、中を確かめましたが、誰もおりません」

「よし、火をかけろ」

朝岡宅にも火がかけられた。平八郎は数々の不正を行ってきた朝岡助之丞が許せなかったからだ。本来なら討ち取りたいところだが、せめて家を焼くことで溜飲を下げた。

この頃になると、遠巻きに眺めていた与力の家人たちも、「すわ一大事！」とばかりに逃げ出していく。

「出陣！」

平八郎が軍配を振り下ろす。

燃え盛る火を背にしながら、槍、刀、鉄砲、または棒などの長柄の打物を手にした一行は、天満の与力町を後にした。

隊列の先頭に押し立てられているのは、「天照皇太神宮」、「湯武両聖王（とうぶりょうせいおう）」、「東照大権現」、「五七の桐の紋所に二つ引きの印」の描かれた旗、そして「救民」と大書された四半旗一流だ。

「五七の桐の紋所に二つ引きの印」は足利家の二つの家紋で、大塩家の本家筋今川家が、足利家から枝分かれしたことに由来し、「湯武両聖王」とは、暴君を討つないしは都から追放した殷王朝の湯王と周王朝の武王にあやかろうという意図から作られた旗だ。

旗幟を翻しながら一行が与力町を出ると、平八郎が命じた。

「隊列を組め！」

平八郎の号令に応じ、あらかじめ決められていた隊列が組まれた。

平八郎は部隊を三つに分けていた。先備は格之助で、中備は平八郎、後備は瀬田済之助が大将となる。先備は若くて物怖じしない者たちが、中備は門人たちが、後備は駆けつけてきた農民たちが配された。すなわち先備が反撃を警戒し、中備が破壊ないしは放火し、後備が略奪するという陣立だ。尤も後備は武器を持っていない者もおり、戦力として期待できない。

与力町を出て西に向かった一行は、与力町の向かいにあたる中屋敷西町辺りの商家を打ち壊すなどして天満橋筋に出ると、そこを北上し、淀川に突き当たったところを西進して同心町で不正に携わった同心の家を打ち壊しつつ、天神橋筋を南下した。

一行の背後からは黒煙が上がり、人の喚く声や女の悲鳴も聞こえてくる。

——難儀をかけるが許せ。

幕閣を目覚めさせるには大きな事件を起こすほかない。もはや嘆願や抗議の切腹では効き目がなく、これだけの大事を成して初めて世間の耳目も集まり、幕閣も調査に乗り出してくるはずだ。

——堪えてくれ。

平八郎は、「火をつけろ」という指示を出していなかった。だが後備にいる窮民たちの中には、略奪となれば火をつけるのが常套手段と思っている者がいる。すなわち火が上がれば人は逃げるか消火活動に力を入れる。その隙を突いて物を運び出すのだ。

その時、先備にいた大井正一郎が、中備の平八郎の許に駆けつけてきた。

「たいへんです。天神橋が落とされています」

「それは真か！」

奉行所が、騒ぎを天満周辺にとどめようとしているのは明らかだった。だが富商たちの店や屋敷は、船場と呼ばれる一帯、すなわち北浜から道修町や淡路町にかけて密集している。そのためには、大川に架かる天満橋や天神橋を渡らねばならない。

ちなみに船場は正式な町名ではなく、民たちがそう呼んだため定着した俗称になる。北は土佐堀川、東は東横堀川、南は長堀川、西は西横堀川を境とし、南北半里（約二キロメートル）、東西四半里（約一キロメートル）という狭い地域が船場にあたる。

――何とか大川を渡り、船場に行かねば。

船場に到達できなければ、富商たちの蔵を壊し、窮民たちに米穀や銭を分け与えることができなくなる。

――やはり天満橋筋を南下し、天満橋を渡るべきだったか。

不正を働く同心たちを懲らしめるため、北上してから南に下って天神橋を渡ろうとしたことを、平八郎は後悔した。

——だが天神橋が落とされていたということは、天満橋は先に落とされているはずだ。

天満は大坂城の西北にあり、大坂の城下町の中心は西に広がる一帯だ。その中に船場も含まれる。天満からそこに行くには、東から天満橋、天神橋、難波橋という三つの橋のいずれかを渡る必要がある。天満橋を渡れば、目の前が東町奉行所なので、そこで足止めされれば、富商屋敷の打ち壊しという当初の目標を達成できない。そのため平八郎は、迂回して天神橋を渡るつもりでいた。

「西の難波橋に向かえ！」

「はっ」と答えて大井が走り去る。二町ほど先に見える先備が西に走っていくのが、わずかに確認できた。

——間に合えばよいのだが。

やがて平八郎たち中備も大川に突き当たった。そこに大井が走り戻ってきた。

「難波橋の奪取に成功しました」

「ということは、敵がいたのか」

「はい。人夫を指揮して破壊に取り掛かろうとしていましたが、鉄砲を撃ち掛けると逃げ散りました」

「よし、でかした！」

奉行所の者たちだと思うが、逃げ散ったということは大塩軍の武威を過度に恐れている証拠になる。そうした恐怖をうまく利用できれば、かなり暴れられる。

平八郎は先備によって確保された難波橋を渡った。右手には中之島の東端が見え、大川は北を流れる堂島川と南を流れる土佐堀川に分かれる。

——いよいよだな。

難波橋を渡ると北浜だ。

旗旒（きりゅう）が風に靡（なび）く。馬上でないのが残念だが、平八郎は生涯最初で最後の大将の気分を味わっていた。

——わしは合戦遊びがやりたかったのか。そうではあるまい。

一瞬よぎった大将気分を、平八郎は恥じた。

やがて全軍が橋を渡った。

八

その頃、東町奉行所は混乱を極めていた。跡部の疑念は、自分が呼び寄せたにもかかわらず玉造口与力たちにも向けられていた。というのも与力の一人の大井伝次兵衛は、門人の大井正一郎の父なのだ。しかも鉄砲隊を率いてきた坂本鉉之助自身が、平八郎の無二の友だということは誰もが知っている。さらに同心の藤重槌太郎（ふじしげつちたろう）も、平八郎から請われて砲術指南のために月に三度も洗心洞に通っていた。

そうした面々が押っ取り刀で駆けつけてきたので、跡部は肝をつぶした。そこで跡部は、鉉之助らに相談せずに天満橋と天神橋を切り落とすという挙に出る。

これには鉉之助が激怒した。鉉之助は天神橋南詰の町家に兵を忍ばせて待ち伏せしようとしていたからだ。迎撃の支度を整えた鉉之助が天神橋南詰に達すると、すでに橋は落とされていた。鉉之助の策は跡部の了解を取ってのものだったが、跡部は鉉之助を疑い、独断で橋を落としたのだ。

いったん東町奉行所に戻った鉉之助は跡部を詰問し、跡部の首根っこを摑まんばかりに「ならば自ら出陣せよ！」と言ったが、跡部は腰が抜けたかのように動こうとしない。

跡部の疑心と臆心から大乱を未然に防ぐ好機を逃してしまった鉉之助は、地団駄踏んで口惜しがった。

しかし城代の土井大炊頭利位（どいおおいのかみとしつら）の使者として堀伊賀守が東町奉行所に来て、跡部に出陣を促すと、さすがの跡部も重い腰を上げざるを得なかった。

堀の仕事は使者だったが、功名心のある堀は、騎乗のまま奉行所の前にいた京橋組を従え、跡部に先立って船場に向かった。


一方、北浜に渡った平八郎らは、周辺の蔵屋敷に火をかけて回るよう指示すると、さらに南へと進んだ。土佐堀川南面の蔵屋敷は大名のものが多いが、委細構わず放火し、また炮録玉を投げ込んで火災を起こして回った。

――これで目覚めよ！

民の困窮を尻目に暴利を貪る者たちに鉄槌を下し、平八郎の気分は最高だった。

その時、前方から再び大井が駆けてきた。

「先生、格之助殿が、これで船場は丸焼けになるはずなので、東横堀川を東に渡り、奉行所を襲いましょうとのこと！」

「よし、分かった」

大井が駆け去ると、平八郎は軍配を掲げて周囲に命じた。

「東に向かい、奉行所を焼き払う！」

「おう！」

平八郎は知る由もないが、すでにこの時、後備は軍勢の体を成しておらず、略奪に狂奔していた。

東に向かった平八郎たちの前に二つの橋が見えてきた。平八郎の指示により、先備は南の高麗橋を、中備は北の今橋を渡り、西から東へと向かった。

今橋を西から東へと渡った中備が南下し高麗橋に差し掛かった時、高麗橋の方から敵が駆け寄ってくるのが見えた。先頭を行くのは騎乗の武士だ。

敵も平八郎らを認めたらしく、馬上で馬鞭を振り回しつつ何事かを喚いている。

――いよいよ、来たか！

敵将（堀伊賀守）は同心たちを一列横隊にさせると、片膝立ちで鉄砲を斉射させた。

「伏せろ！」

平八郎の的確な指示で中備の者たちが一斉に伏せたので、一人として傷つかずに済んだ。

一方、この斉射の音に驚き、堀の乗馬が暴れ出して堀を振り落とした。硝煙の中でこれを見た同心たちは、口々に「大将討ち死に！」と叫びながら引いていく。同心たちは堀を討伐軍の大将だと思っていたのだ。

堀は周囲に助け起こされたが、馬の姿は見えなくなっていた。

一方、平八郎率いる中備は、南に進んで先備と合流することにした。

「よし、南へ進め！」

平八郎の命に応じて中備が前進する。先備は敵と接触しなかったためか、平野橋の東詰で待っていた。先備との合流を果たした中備は、商家や蔵屋敷に放火し続けた。

一方、堀が撤退してきたのを見た銈之助は、追いついてきた跡部勢と合流すると反撃に転じた。火事装束に身を包んだ銈之助は、内骨屋町（うちほねやまち）筋から内平野町を進み、平野橋東詰にいる大塩勢と遭遇した。

双方は砲戦を開始したが、砲力では圧倒的に奉行所が有利だ。というのも青銅砲の奉行所側に対して、大塩勢は木砲なのだ。これでは戦いにならない。しかも背後が平野橋だったことが災いし、大塩勢はわれ先に船場方面へと逃れようとした。

「引くな、とどまれ！」

格之助の声が聞こえる。だが何の遮蔽物もない場所では、砲撃で吹き飛ばされるだけだ。

「引け、引け！」

平八郎は引き太鼓を叩かせた。これにより大塩勢は船場方面へと引いていった。

これが乱一回目の衝突の内平野町の戦いになる。この戦いでは、流れ弾に当たり、大塩勢の人夫一人が死んだ。

すぐに鉉之助らの追撃が始まったが、この勢いで平野橋を西に渡れば、待ち伏せに遭うかもしれない。そこで鉉之助は少し引き返したが、火災の黒煙で方向さえ定かでなくなった。この時、跡部は落馬を装い、味方に「先に行け、先に行け」と叫んでいた。

一方、内平野町の戦いで農民たちが四散したため、最大で三百ほどいた大塩勢は百ほどに減っていた。幹部では渡辺良左衛門が負傷し、歩行が困難となっていたが、人夫が肩を支えて何とか連れていった。

平八郎らは南に折れて淡路町筋を西に向かい、堺筋に出たところで双方は再び遭遇し、砲銃戦が始まった。

鉉之助は鉄砲を一発放つと遮蔽物を盾に取って前進し、大塩方の大砲方を狙撃していた。

その時、物陰から鉉之助を狙っている者がいた。下辻村の猟師・金助だ。金助は腕が確かなことを買われて先備となっていた。鉉之助は慌てて弾を込めようとしたが、金助の方が一瞬早く、銃弾が飛んできて鉉之助の陣笠を撃ち抜いた。

その後は、双方の姿が黒煙で見えなくなったので、鉉之助はさらに町家の陰に隠れながら進み、西に退いていく大塩勢の大砲方を捕捉した。

鉉之助は果敢にも路上を駆け出し、十間ばかりの距離に折り敷くと銃弾を放った。鉉之助の放った弾は物頭らしき者の腰を貫き、それを見た大砲方は大砲を残して逃げ出した。鉉之助が狙撃に成功したのは、大砲方物頭の梅田源左衛門だった。

鉉之助はさらに先に進んだが、後から追いついてきた跡部は、梅田の首を切り、あたかも自分が討ち取ったかのように槍の穂先に刺して掲げさせた。

その頃、進んで敵と相対するか、いったん引いて有利な場所を確保してから反撃に転じるかで、平八郎も逡巡していた。

その時、大井が前線から走り戻ってきた。

「申し上げます。梅田殿討ち死に！」

「撃たれたのか」

「大砲方の者によると、そのようです」

その言葉を聞き、平八郎の周りにいる者たちは動揺した。

「分かった。致し方ない」

その時、銃声が轟くと、どこかに当たった。誰も傷ついていないところを見ると、外したようだ。いかに名手でも、これだけ黒煙が立ち込めている中で、的に当てるのは困難だ。

「先生、ご無事ですか！」

皆が平八郎を守るように四囲を固めたが、狙撃手がどこにいるかは分からない。

——近くにいるはずだ。

平八郎には、そんな気がした。

「先生、引きましょう！」

「もう十分です。今なら脱出できます」

皆が口々に脱出を勧める。元々成算などない挙兵なのだ。命を長らえることができたら、自害せずに脱出することはあらかじめ決めてある。というのも各地の一揆が蜂起すれば、再起が叶うからだ。

——だが、これでは早すぎる。

本来なら、この騒ぎが畿内全土に広がるまで戦い続けたかった。そのためには二日から三日はかかる。だが半日で潰えてしまえば、近隣から集まろうとしている農民たちも、参加することを躊躇せざるを得ない。

その時、再び銃撃音が轟くと、平八郎の手にしていた軍配を打ち砕いた。

「先生、もう猶予はありません！」

「仕方ない。引くぞ！」

平八郎がそう命じた時、どこかから懐かしい声がした。

「平さん、逃げるのか！」

「鉉さんか！」

「そうだ」

黒煙が晴れると、辻の真ん中に白刃を提げた鉉之助が立っていた。

「平さん、もはや逃げ隠れなどできぬ。尋常に勝負いたせ」

「よかろう！」と言って道を引き返そうとする大井を、平八郎が「待て！」と言って制した。

「鉉さん、望むところだ。わしが相手をしよう」

「先生、お待ち下さい」

「皆は下がっておれ！」

「平さん、わしが討ち取ってやる！」

雷鳴のようにそう喚くと、平八郎が駆け出した。

「この俗物め！」

二人の太刀がぶつかり、火花を散らす。すぐに鍔迫り合いが始まる。

「平さん、なぜかような大事を起こした。民が――、民が難渋するではないか」

「お上が聞く耳を持たないからだ」

「だからと言って、ほかに方法があるだろう」

「この道以外に何がある！」

二人が飛びのく。

「平さん、斬りたければわしを斬れ。そしてこの場で腹を切れ」

「腹など切ってたまるか。今にも畿内各地から農民たちが押し寄せてくる。さすれば大坂城とて奪えるのだ」

「何を言っておる。こんな挙兵に誰も賛同せぬ！」

「問答無用！」

二人が再び刃を合わせる。刃を合わせながら、二人は狭い路地に入った。路地は黒煙に取り巻かれ、互いの姿さえ見えにくい。

「平さん、もう終わりにしよう。平さんの気持ちは十分に伝わった」

「嫌だ。わしは最後まで見届ける」

「見届けたところで公儀は動かぬ！」

「さようなことはない！」

その時、一軒の家屋が路地に崩れてきた。二人が本能的に飛びのく。その間に家の残骸が横たわり、図らずも二人は隔てられた。

「平さん、こんな終わり方はしたくない。だが逃げるなら、とことん追っていくぞ」

「来るなら来い。わしは――、わしはこの騒動の結末を見届ける！」

平八郎が堺筋に出ると、探していた者たちが集まってきた。

「先生、さあ、お早く！」

彼らに囲まれ、平八郎はその場から姿を消した。


一方、鉉之助が迂回して平八郎らが去っていった路上に出ると、すでに大塩一派の姿は見えなかった。しかも農兵の姿さえなく、そこかしこに武器が置き捨てられていた。

これが淡路町の戦いになる。

鉉之助らは追撃を続けようとしたが、周囲が黒煙に包まれ、それ以上は進めなかった。

戦いは終わった。時刻は申の刻（午後四時頃）を回っていた。挙兵から鎮圧まで約八時間を要したことになる。

奉行所側は負傷者一人おらず、大塩方は梅田と二人の人夫が死んだ。この時の衝突で命を落とした町人は十五人に達した。多くは焼死だったが、六人には鉄砲傷と刀傷があった。双方ともに気が立っており、右往左往する中で殺されたのだ。

船場の火災は収まるところを知らず、奉行所の面々も消火活動を手伝わねばならなかった。そのため平八郎らは脱出に成功し、幹部一人さえ捕まらなかった。この頃になり、城代の土井大炊頭や近在の大名らも兵を出してきたが、後の祭りだった。

鉉之助をはじめとする玉造口定番の面々も必死の消火活動を行ったが、火の勢いはとどまるところを知らず、二十日の戌の下刻（午後八時半頃）になって、ようやく鎮火した。

後に「大塩焼け」と呼ばれるこの火災によって、類焼町数百十三、被災家屋三千三百八十六軒、被災世帯数二万二千五百七十八家を数え、「死人避難者数知れず」といった有様になった。実に大坂の家屋の五分の一が灰燼（かいじん）に帰し、その被害は甚大なものになった。

だがこの挙兵を機に、畿内各地で一揆が頻発し、大坂に押し寄せてくるという平八郎らの予想は、物の見事に外れた。それゆえ体制側は、徐々に規律を取り戻しつつあった。

九

平八郎たちの命を懸けた一挙は終わった。だがそれ以上のことは何も起こらず、ただ大坂の五分の一が焼け野原になっただけだった。

一時の衝撃から立ち直った奉行所も捜査を開始し、十九日の夜には、大坂に蔵屋敷を持つ諸藩などに平八郎父子をはじめとする幹部たちの人相書きが配られた。武士や町人を問わず、少しでも似ている者や疑わしき者は、すべて捕らえて大坂城代か奉行所に差し出すようにという厳しいものだった。

二十一日には摂津・播磨の二国の津々浦々に触書が回され、河川の通行も河口で遮断された。

これにより平八郎らはお尋ね者となったが、大坂城や東西両奉行所は第二次攻撃を予想し、戦々恐々たるものがあった。跡部は玉造口定番の遠藤但馬守に応援を頼み、奉行所の防備を厳にした。その後も風説は収まらず、平八郎一派が摩耶山(まやさん)や甲山(かぶとやま)に集結しているとの情報を得ると、すぐさま与力や同心を派遣した。しかしそうした情報の類は風評に過ぎず、ことごとく空振りに終わった。

平八郎らは忽然(こつぜん)と姿を消してしまった。

実は、平八郎には逃亡までも視野に入れた計画があった。

淡路町堺筋で大塩勢が壊滅した後、平八郎らは奉行所側の虚を突くように東に向かい、再び平野町に出た後、火災の避難者たちに交じり、天神橋の東の八軒屋（はちけんや）に向かった。八軒屋は川舟の舟寄せ場となっていたからだ。この時、十九日の申の下刻（午後四時から五時頃）だった。

平八郎に同行しているのは、格之助、瀬田済之助、渡辺良左衛門、庄司義左衛門、白井孝右衛門、橋本忠兵衛に、それぞれの従者など十四人だ。

彼らは八軒屋でちょうどよい大きさの舟を見つけると、船頭を脅して大川に漕ぎ出させ、人目のないところで着込や武器を捨て、逃亡する時に民家から盗んだ着物に着替えた。河口から湾外に出ることも検討されたが、川舟でそんなことをすれば見つかるので、しばらく川を上り下りすることで奉行所の目を欺（あざむ）くことに成功した。

だが、いつまでもそうしているわけにはいかない。平八郎はまず橋本忠兵衛を下ろし、伊丹の紙屋幸五郎方に匿ってもらっているゆうとみねに自害を勧めるよう伝言を託した。それを容れた忠兵衛は、大工の作兵衛と共に下船した。これが今生最期となるのは確実なので、双方別れを惜しみ、冥府での再会を約した。

その後も、それぞれ落ち行く先のある者から下船していき、最後は平八郎父子、瀬田済之助、渡辺良左衛門、庄司義左衛門の五人となった。だがいつまでも大川を往復しているわけにはいかない。そこで意を決した一同は、船頭に礼銭を払って口止めし、上陸を果たした。

一行は火事場の混乱を選ぶように川筋の道を進んだが、まず庄司義左衛門がはぐれて四人になり、さらに瀬田済之助とも別れた父子は、負傷した渡辺良左衛門を支えるようにして逃亡を続けた。

その後、庄司義左衛門は大和から伊勢路まで抜けられたが、頼るべき知己もいないため、覚悟を決めて来た道を引き返し、奈良まで来たところで捕縛された。

瀬田済之助は河内国の恩知村で縊死した。百姓家で休息中に寝込みを襲われ、慌てて逃げ出したので大小を帯びておらず、致し方なく山中で自ら首をくくったのだ。

大井正一郎は、一味の二人と共に尾張国から美濃路を経て能登国まで逃れ、知己の許に滞在していたが、路銀が乏しくなり、京都に戻って金策しようとしたところを捕らえられた。

橋本忠兵衛は、平八郎の伝言をその家族に伝えんと伊丹の紙屋幸五郎方へ赴いた。ゆうとみねは自害を覚悟したが、弓太郎といくを預けてから自害しようとなり、知己のいる京都に向かう。だがその途次、一行は奉行所の警戒網に掛かって召し捕られた。

後に、この五人に下女のりつを加えた六人は弓太郎を除いて獄死する。弓太郎は牢に寄宿させられ、牢番の使い走りのようなことをさせられていたが、一切の教育を受けさせてもらえず、文字が読めず、受け答えにも不自由するような少年にされた。

弓太郎は牢番と共に町に出た折、町人から「お前さんの家はどこだい」と聞かれると、「あっち」と言って牢の方を指さしたので、皆の笑い者にされたという逸話も残る。弓太郎は十五歳になった折、どこかの寺に入れられ、その後の消息は伝わらない。

かくして一挙に加わった主立つ者たちは、自殺、自訴、召し捕りなど様々な最後を迎えた。何らかの罪に服した者は、乱参加者の身内や関係者も含めて七百五十に達したが、有罪となった者の多くは獄死したという。

唯一、西村利三郎という農民だけが逃れることに成功した。利三郎は知己の僧を頼って剃髪し、江戸に渡って托鉢僧となったが、九月に流行病で死去した。

そんな中、平八郎父子だけは、雲隠れするかのように姿を消していた。


平八郎父子は逃亡を続けていた。だが渡辺良左衛門は、負傷による衰えが著しく、二人についていけなくなった。

そのため引き止める父子の言葉に首を振り、どうしても切腹するという。三人は河内国の田井中村の山中まで入り、人目につかないところで良左衛門は切腹して果てた。平八郎は良左衛門を介錯し、その首と胴を手厚く葬った。

その後、父子は寺に入って盗んだ僧衣に着替え、頭も剃髪して大和路に入った。だが途中の関が厳重だと聞いたため、道を引き返して大坂に舞い戻った。大坂を出るのは困難だが、入る分には詮議もなかった。

乱から五日後の二月二十四日、父子は油掛町の美吉屋五郎兵衛方に到着した。五郎兵衛は平八郎の遠縁にあたり、平八郎に心服していた。今は手拭地の仕入れを生業としており、妻、娘、孫、そして下男下女など十人で暮らしていた。

実は、あえて今回の一挙に五郎兵衛を参加させず、こうした場合の隠れ家として利用するつもりでいたのだ。

「ここだ」

「義父上、本当に匿ってくれるでしょうか」

「事ここに至れば五郎兵衛を信じるしかない」

平八郎が「もし、備前島町（びぜんじまちょう）の河内屋八五郎の使いの者です」という合言葉をかけると、中から閂（かんぬき）が外される音がし、五郎兵衛が顔を出した。

「やはり先生でしたか」

「そなたを頼る時が来た」

「分かりました。まずはこちらへ」

五郎兵衛の顔色が変わるのが分かった。おそらく平八郎が来ないと思い始めた矢先だったのだろう。だが来たことで、自らと妻子の死を覚悟したのだ。

五郎兵衛に通された離座敷は、すでに迎え入れる支度が出来ていた。母屋とはつながっておらず、日当たりの悪い中庭にあり、蔵の代わりに使われていたようだ。中庭同様、離座敷の周囲にも所狭しと手拭いが干してあり、それが離座敷の存在さえ隠している。

「どうぞ」と言われて入った一室は六畳間で、他に何もない殺風景なところだった。

「かような場所に先生を押し込めるのは不本意ながら、ほかに場所もなく――」

「よいのだ。これほどの場所を用意してもらい感謝の言葉もない。そなたは脅されて匿ったと一筆書くので安心せい」

「いや、それはちと難しいかと」と言いつつ五郎兵衛が真ん中の畳を上げると、中には穴が深くうがたれ、二つの畳が敷かれていた。そこには水と干物のような食べ物も置かれている。

「これは――」

「私が作ったものです。捕方が来た時、ここに暫時（ざんじ）お隠れになって下さい」

「そうか。ここまでやってくれたのだな」

平八郎は感慨無量だった。

「こんなものを作ってしまえば、罪は逃れられません」

「すまない」

平八郎と格之助が頭を下げた。

「食事は日に三回、私が運びます。家人にも先生方のことは知らせていませんので、家人が来た時は、捕方も一緒だと思って下さい。厠は離座敷から外に出ずに行けます」

五郎兵衛が裏手の戸を開けると短い廊下があり、厠の戸が見えた。

「では」と言って五郎兵衛が一礼して去っていった。その顔は蒼白になっていた。

二人になると、格之助が言った。

「義父上、どうやら密告はされぬようですね」

「うむ。迷惑をかけてしまうが致し方ない」

「では、これからどうするのです」

その場しのぎでひたすら逃げてきたため、格之助とは、今後のことについて語り合っていない。

「聞け」という平八郎の言葉に、格之助が威儀を正す。

「われらは命を長らえた。むろん死を恐れるものではない。だが無駄に死んでも大義は実現できない」

「ということは、いつか自訴するのですか」

「うむ。いつかはここに踏み込まれるだろう。死は免れ難いが、建白書が老中首座の大久保様(忠真)に届けば、何らかの動きがあるはずだ。おそらくわれらは江戸に送致され、厳しく取り調べを受ける。その時に、これまでのことを洗いざらいぶちまける。さすれば大坂の腐った者たちは一斉に失脚し、新任の者たちが仁政を行うはずだ」

「しかし、大久保様が目を通さない、ないしは通しても粛正を命じなければどうなります」

「そこだ」と言って、平八郎が瞑目する。

「もしもさようなことなら、公儀は遠からず瓦解する。大久保様は聡明なお方だと聞く。必ずやそれに気づき、腐敗を一掃してくれるはずだ」

「だとよいのですが——」

格之助は釈然としていないようだ。

平八郎は倒幕を目指しているわけではない。逆に江戸幕府の体制を維持するために、幕府に目覚めてもらいたい。その一心でこの一挙を行ったのだ。

「唐国では、善政が廃れた王朝はことごとく滅んでいる。これほど腐敗していながら、わが公儀だけが命を長らえるとは思えない」

「それは尤もですが、これほど堅固な公儀が瓦解するのでしょうか」

「われらが生きているうちは、大丈夫だろう。だがわれらのような捨て石が積もれば、いつかは瓦解する」

「捨て石がなければ、新たな世を呼び込めないと仰せですね」

「そうだ。だがわしは、徳川家に仕える者の一人だ。これで公儀が改心してくれるなら、それでよいと思っている」

格之助がため息交じりに言う。

「それは難しいかもしれませんね」

「かもしれん。だが水面に石を投じなければ、水面は従前と変わらぬ。われらが石となって波紋を起こすことで、次なる波紋が起こるはずだ。それを見届けることは、われらには叶わぬかもしれぬ。だが波紋が次々と起これば、いつか池の水は溢れ出し、公儀でも手に負えなくなる」

「そうなるとよいのですが」

格之助は、平八郎よりも事態を楽観していなかった。

十

その後、捜査の手は五郎兵衛までは伸びず、平八郎父子も窮屈な生活に慣れてきた。だが五郎兵衛が仕入れてくる外の話は、平八郎が予想していたようなものとは違い、相変わらず跡部は健在で、何のお咎めも受けていないという。

平八郎の失望は大きかった。幕府は自浄能力さえ失っており、何事も穏便に済ませることしかできなくなっていたのだ。

平八郎は格之助に自害をほのめかしたが、格之助は「しばし待ちましょう」と言って聞かない。いつの間にか自害を望んでいた格之助と、混乱が起こらなければ自訴に及ぼうとしていた平八郎の立場が入れ替わっていたのだ。

狭い空間に閉じ込められ、読書もできない状況では議論するしかない。議論が今後のことになるのは当然で、二人は徹底的に議論したが結論は出ない。それだけならまだしも、狭い空間に長く二人でいることで、双方には亀裂が生じ、格之助は平八郎に盾突くようになっていた。遂に二人は部屋の隅と隅に座し、口も利かなくなっていた。

そんなある日、「もし」という五郎兵衛の女房の声がした。女房が来るのは初めてなので、二人に緊張が走る。

「何事だ」

「主からの伝言です。本日、家財改めのため役人の出張があるとのことで、しばし母屋の女中部屋に入っていてほしいとのことです」

「五郎兵衛はどうした」

「どうしても他用で外出せねばならず、伝言を託されました」

――それはおかしい。

女房に伝言を託すなら、自らそれを伝えてから外出すればよいだけだ。

平八郎は冷静な声音で問うた。

「なぜ母屋の女中部屋に行く。ここには隠れ場所があるだろう」

女房の返事はない。女房が床下の隠れ場所を知らないはずがなく、「女中部屋に移れ」というのは、暗に捕方が来たことをほのめかしたのだろう。

振り向くと格之助が、こちらをじっと見ている。

平八郎がうなずくと、格之助が首を左右に振った。かねてより、いざという場合には自害するよう格之助に言いつけていたが、格之助は自訴を主張するようになっていたので、自害を拒否しているのだ。

——どうする。

すでに家の周囲は、捕方が囲んでいるはずだ。

——捕縛されるか自害しか道はないな。

平八郎はとりあえず答えた。

「分かった。支度をするので、しばし待ってくれ」

外の気配をうかがったが、さすが捕方だけあって、気配を完全に殺している。

——そうか。生け捕りを命じられているのだな。だから踏み込めないのだ。

平八郎が格之助の前に座すと言った。

「格之助、いよいよだ」

「お待ち下さい。私は命を惜しむものではありません。しかし義父上は自訴すると決めたではありませんか。私もいかなる責め苦に遭おうとも、耐え抜く覚悟をしました。ここは縛に就き、堂々と白洲で正論を述べましょう」

「まだ言っておるのか。公儀は聞く耳を持たぬと分からぬのか！」

農民たちが蜂起しなかったことに、平八郎は失望していた。そのため当初の自訴から次第に自害に傾いてきていた。それは格之助と全く逆の心の動きだった。

「今更自害などできません。覚悟を決めて縛に就くべきです」

「卑怯なり、格之助！」

「どのみち死ぬのですから、卑怯ではありません」

外で人が行き来する音がする。こちらの会話が漏れ聞こえたのだ。

その時、聞き覚えのある声がした。

「大塩平八郎、神妙にいたせ！」

「まさか――」

「そうだ。そなたが毛嫌いする内山彦次郎だ。神妙に縛に就けば、手荒な真似はせぬ。お奉行様は切腹させると仰せだ」

それが出まかせなのは明らかだった。

「彦次郎！」

平八郎が口惜しさを堪えて問う。

「そなたが捕方を率いてきたのだな」

「そうだ」

「では、そなたの思い通りにはいかぬ！」

平八郎は格之助を残して、己だけでも自害するつもりでいた。

その時、何か言い争う声がすると、「いいから任せろ！」という懐かしい声が聞こえた。

「まさか、鉉之助か」

「ああ、わしだ。平さんが自害するのを止めるために派遣されてきた」

「そなただろうと、わしの意思は変わらぬ」

「待て。土井様は直に取り調べを行うと仰せだ」

「何だと」

大坂城代の土井利位と直接相対せるなら、これまでの跡部らの不正を告発できる。

「だから自訴してくれ。そなたらの一挙は無駄ではなかったのだ。しかも土井様は切腹させると仰せだ」

「それは真か――」

平八郎にとって、土井の前でありのままを述べた後、切腹できるという提案は、あまりに魅力的だった。

――わが一念が通ったのだ。

白洲で存分に熱弁を振るい、その後、堂々と腹を切る己の姿を思い描き、平八郎は歓喜に咽んだ。

　その時だった。

「義父上」という冷めた声が聞こえた。

「これは罠です」

「何を言う。鉉之助は嘘偽りを申したことはない」

「坂本殿も騙されているとしたら」

「何だと」

　平八郎は自分の人のよさに唖然とした。

「われらは過酷な拷問の末、何ら申し述べる暇も与えられず、磔になるでしょう」

　武士にとって切腹と磔では、同じ死でも雲泥の差がある。

「そなたは、なぜそう思う」

「あまりに虫がよいからです。此度の騒動で、土井様も跡部様も老中の覚えは悪くなり、おそらく出頭も止まるはず。つまりわれらに恨み骨髄というわけです。しかも江戸に送致すれば、大坂の悪行が暴露されます。それゆえ、拷問によって苦痛をあらわにしたわれらの尾羽打ち枯らした姿と、磔で殺される時の苦痛を見せることで、民に立ち上がる気力を失わせるつもりです」

　格之助は冷静だった。

「そうかもしれぬ。だがわしは鉉之助に賭けてみたいのだ」

「では、勝手になされよ」

「待て、格之助！」

そう言うと、格之助は眼前に置いていた脇差で、腹をかっさばいた。十文字腹なので、傷は肺にも達し、口から血が噴き出した。

「義父上、ここに火をかけ、すぐに腹を召されよ。私は一足先に行き、六道の辻で待っております」

「格之助、わしを恨むか」

「いいえ、平々凡々とした生涯を送るくらいなら、こうして民のために死ねることは、わが本望です」

「よくぞ申した。そなたはわしの自慢の息子だ」

「ご免！」と言うや、格之助が脾腹（ひばら）深く刃を突き立てた。そのまま前方に突っ伏すと、瞬く間に血溜まりが広がっていく。

気づくと、外では内山と鉉之助がやり合っていた。

「もはや猶予はない。踏み込むぞ！」

「待て、内山！」

二人がもみ合っているのが分かる。

「平さん、出てこい。もう内山を止められぬ」

続いて「打毀（うちこわ）せ！」という声が聞こえた。離座敷を木槌や鉞（まさかり）で破壊しようというのだ。

——もはやこれまで！

平八郎はあらかじめ用意していた火薬を撒くと火をかけた。瞬く間に炎と黒煙が広がる。

「平さん、待て！」

「鉉之助、すぐにここを離れろ。ここには爆薬が仕掛けてある」

その言葉が聞こえたのか、外が騒がしくなると、人が遠ざかっていく足音が聞こえた。

「平さん、どうしても聞いてくれぬか」

「鉉之助、今までの好意を感謝している」

しばしの沈黙の後、鉉之助の悲しげな声が聞こえた。

「分かった。平さん、武士らしい最期を遂げてくれ。いつかあの世で会おう」

「さらばだ」

鉉之助の足音が遠ざかっていく。炎の中で突然の静寂が訪れた。

——これでよい。わしはやるだけのことはやった。だが太虚に至ることはできたのか。

平八郎は脇差を抜くと、ゆっくり腹に突き立て横に引いた。待っていたかのごとく、深紅の腸（はらわた）が飛び出してくる。

続いて平八郎は、脇差を持ち上げると喉にあてた。

——陽明先生、ご覧（ろう）じろ！

それを喉仏に突き立てると、鮮血が迸るのが見えた。だが次の瞬間、すべての視界が閉ざされると、平八郎は物音一つしない静寂の中にいた。

――そうか。これが太虚なのだな。

平八郎は心地よい達成感に浸りながら、心中で歓喜の声を上げた。

――大塩平八郎、ただ今、太虚に至りました！

深い安堵の海を漂いながら、平八郎は己の体がくずおれていくのを感じた。

かくして幕府を震撼させた男の生涯が終わった。この一挙だけで、幕府の屋台骨は揺るがなかったが、民のためにすべてをなげうった大塩平八郎の名は、浪華の地に永遠に刻まれることになる。

江戸幕府が終焉を迎えるのは、平八郎の死から三十年後の慶応三年（一八六七）になる。

【参考文献】

『大塩平八郎』幸田成友　中公文庫
『大塩平八郎』宮城公子　ぺりかん社
『大塩平八郎　構造改革に玉砕した男』長尾剛　ＫＫベストセラーズ
『大塩平八郎の時代――洗心洞門人の軌跡』森田康夫　校倉書房
『大塩平八郎の読書ノート　洗心洞箚記』上下巻　吉田公平　タチバナ教養文庫
『大塩平八郎の乱　幕府を震撼させた武装蜂起の真相』藪田貫　中公新書
『武士の町　大坂「天下の台所」の侍たち』藪田貫　講談社学術文庫
日本史リブレット　人『近藤重蔵と近藤富蔵　寛政改革の光と影』谷本晃久　山川出版社
『頼山陽とその時代』上下巻　中村真一郎　ちくま学芸文庫
『大阪古地図むかし案内――読み解き大坂大絵図』本渡章　創元社
『歴史のなかの大坂　都市に生きた人たち』塚田孝　岩波書店
『町人の都　大坂物語　商都の風俗と歴史』渡邊忠司　中公新書
『近世大坂の経済と文化』脇田修　人文書院

各都道府県の自治体史、論文・論説等の記載は省略いたします。

本書は、小説現代二〇二二年十一月号に掲載されたものに、加筆、訂正しました。

伊東 潤（いとう・じゅん）

1960年、神奈川県横浜市生まれ。2007年、『武田家滅亡』（角川書店）でデビュー。『国を蹴った男』（講談社）で「第34回吉川英治文学新人賞」を、『巨鯨の海』（光文社）で「第４回山田風太郎賞」と「第１回高校生直木賞」を、『峠越え』（講談社）で「第20回中山義秀文学賞」を受賞。近著に『天下大乱』（朝日新聞出版）『一睡の夢 家康と淀殿』（幻冬舎）がある。

伊東潤公式サイト　https://itojun.corkagency.com
ツイッターアカウント　@jun_ito_info

浪華燃ゆ

第一刷発行　二〇二三年三月十三日

著者　伊東 潤

発行者　鈴木章一

発行所　株式会社　講談社
〒一一二-八〇〇一　東京都文京区音羽二-一二-二一
電話　出版　〇三-五三九五-三五〇五
販売　〇三-五三九五-五八一七
業務　〇三-五三九五-三六一五

本文データ制作　講談社デジタル製作

印刷所　株式会社ＫＰＳプロダクツ

製本所　株式会社若林製本工場

ISBN978-4-06-530813-4
N.D.C. 913　350p　20cm